黒衣の宰相　上◆目次

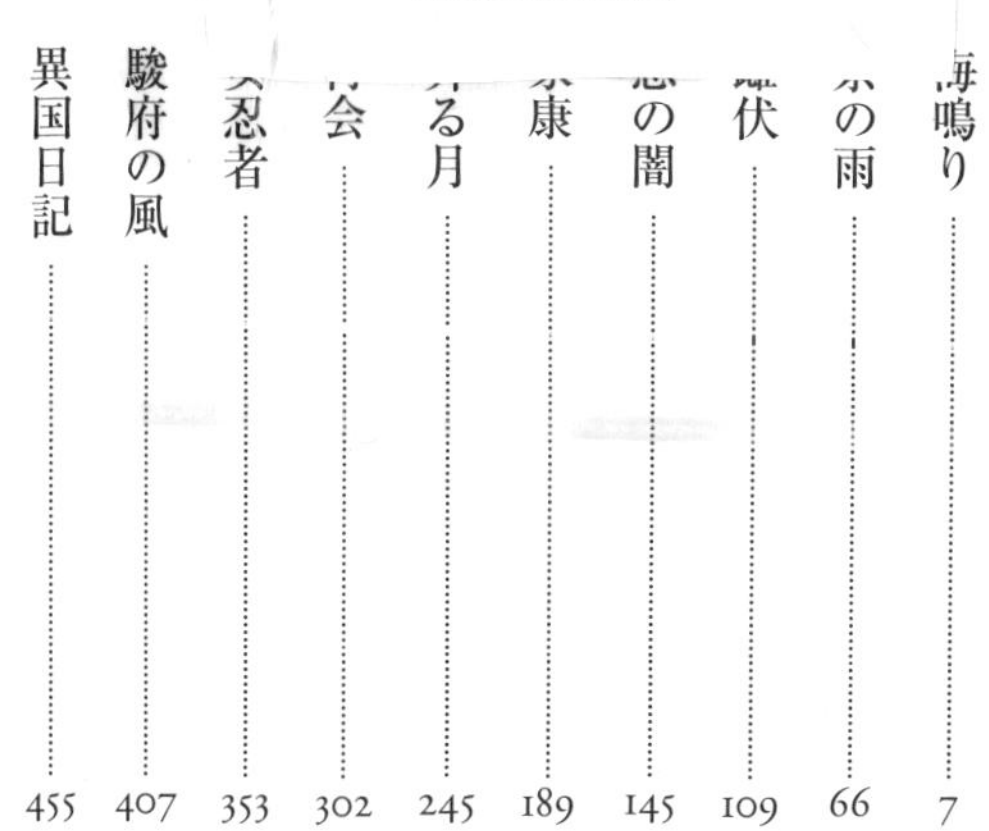

下　目次

黒衣の宰相　上

徳川家康の懐刀・金地院崇伝

海鳴り

「副司（ふうす）さま、副司さま……」

耳もとで声がした。

磯に寝そべってまどろんでいた若い僧侶は、両目を大きく見ひらき、ゆっくりと身を起こした。

白皙（はくせき）の男である。秀麗といっていい顔立ちをしている。

目じりがするどく切れ上がり、瞳に人を魅き込むような強い光があった。

男は、名を崇伝（すうでん）という。当年とって、二十四歳になる。京の名刹（めいさつ）、瑞竜山南禅寺の禅僧だった。

のち、徳川家康の右腕となり、

——黒衣（こくい）の宰相

と異称された、金地院崇伝の若き日の姿である。

「どうした、六弥太」

崇伝は、自分を揺り起こした者を振り返った。

「近くの農家に頼み込んで、握り飯をつくらせてまいりました。どうぞ、お召し上がり下さいませ」

ふところにかかえてきた竹皮包みを差し出したのは、南禅寺で下働きをしている雑色の六弥太だった。

崇伝と同い年だが、こちらは優美な風貌の禅僧とは対照的に、色黒く、肩ががっしりとし、野の匂いのしそうな粗削りの顔をしている。

六弥太が、崇伝に対してひたすらへりくだっているのは、雑色と僧侶という身分のひらきがあるためで、それをのぞけば、ふたりは幼いころから南禅寺で育った、兄弟のようなものであった。

「見よ、六弥太。この海だ。この海の向こうに、おれの夢がある」

味噌を塗った握り飯をかじりながら、崇伝は目の前に広がる夜の海を見つめた。

ふたりがいるのは、肥前国東松浦半島の呼子の磯である。くろぐろとした磯のすぐ足もとまで、波が打ち寄せている。

「寺を勝手に抜け出したこと、玄圃霊三さまはお怒りでしょうか」

六弥太が心配そうな顔をした。

「なに、かまうものか。老師は、太閤を恐れているのだ。おこりたいだけ、おこらせておけばよい」

「しかし……」

玄圃霊三というのは、崇伝が副司をつとめる南禅寺聴松(ちょうしょう)院の住持である。

崇伝と雑色の六弥太が、住持のゆるしを得ず、京の南禅寺を抜け出したのは、いまから半月前、文禄元年（一五九二）の二月二十五日のことであった。

おりしも、天下統一をなしとげた太閤豊臣秀吉は、朝鮮、明(みん)国への出兵をくわだて、兵を北九州の東松浦半島、名護屋(なごや)城に集結させていた。

そのようなとき、

「明国へわたりたい」

と、崇伝は言いだしたのだから、住持の玄圃霊三が止めるのも無理はない。

崇伝が明国へわたりたいと願ったのには、わけがある。

海の向こうで、

——学問を深めたい

と、思ったのだ。

学問をきわめれば、それは世に出るための武器になる。若き崇伝にとって、学問とは、身を立てるための手段のひとつであった。

崇伝は、武門有数の名家に生まれた。

室町幕府で〝四職〟と呼ばれた名門、

赤松

一色

京極

山名

のうち、一色氏の血を引いている。

しかし、名家とはいっても、それは遠い過去の話にすぎない。室町幕府が、戦国乱世の梟雄たちによって肉を食いちぎられるように衰退したのち、名門一色氏もむかしの力を失った。

崇伝の父、一色秀勝は、室町幕府最後の将軍、足利義昭に仕えていた。

が、その十五代将軍義昭は、上洛を果たした織田信長とやがて敵対、京を逐われて室町幕府は滅んだ。崇伝の父秀勝もまた、京から逃亡せねばならなくなった。

まだ五歳の幼児だった崇伝が、家臣の平賀清兵衛に背負われ、南禅寺に入ったのはこのときである。

（力を持たぬというのは、なんと哀しいことだ……）

五歳にして、父母と別れ、禅寺での厳しい修行の日々を送らねばならなくなった崇伝は、今日まで何度、その思いを嚙みしめたことか。

いかに名家の出であっても、過去の権威にすがっていては、厳しい戦国の世を生き抜くことはできない。

力を持たぬ者が、どれほどの屈辱を嘗めねばならぬか、崇伝は幼いときから骨の髄に沁み入るように思い知らされた。

もっとも、力とはいっても、禅寺に入れられた崇伝には、武将のごとき兵馬の力を手にすることは望むべくもない。

加うるに、崇伝の青春期、天下は織田信長、さらにはその覇業を継いだ豊臣秀吉のもとに固まりつつあり、武力をもって一国一城のあるじとなることは、ほぼ不可能に近い時代になっていた。

（これからの世の中で、力とはすなわち智恵だ。広い世界をおのが目でたしかめ、智恵を深めねばならぬ……）

明国への渡海を思い立ったのは、そのためである。

明国の禅刹で学問をきわめ、

——日本第一の学生

となり、学をもって世に出る。

それが若き崇伝の、闇に光を見るような、こころざしであった。


「帰りたければ、寺へ帰ってもよいぞ」

崇伝は、雑色の六弥太に言った。

「おれには、明国で学問をきわめたいという望みがある。おれのこころざしに、おまえまで付き合うことはない」

「わたくしにも、こころざしはありまする」

六弥太が、やや心外そうな顔をした。

「何だ、おまえのこころざしとは」

崇伝は六弥太の、色黒の顔を見つめた。

雑色の六弥太は、生まれて間もなく、南禅寺の門前に捨てられていたのを、寺の僧侶に拾われ育てられた、天涯孤独の孤児だった。

身分こそちがえ、身寄りのないふたりは、幼いころからよき友垣(ともがき)となった。

眉目秀麗、童子のころから寺はじまって以来の秀才とうたわれた崇伝と、腕っぷしが強いだけが取り柄の雑色の友情を、寺の誰もが不思議に思った。

しかし、ふたりの孤独な魂は、たがいに強く引き合い、太い絆(きずな)をはぐくんできた。

長年の友のこころざしを、うかつにも崇伝は知らなかった。

「聞いて、笑われますな」

「笑わぬ」

「わたくしは、海の向こうへわたり、あきうどになろうと思うておりまする」

「商客の徒か」

幼年のころより寺にいて、学問よりほかに、ほとんど俗世のことを知らぬ崇伝は、目をあらわれたようにおどろいた。

「商客の徒になって、どうする」

「明国と日本をまたにかけ、いずれは船持ちの大あきんどになって、天下一の財を築きまする」

「大きな夢だな」

「副司さまとて、一介の禅僧で終わる方ではございますまい。わたくしが寺の雑色で一生を終わりたくない、何ごとか自分の生きたあかしをこの世に刻みつけたいと思ったのは、副司さまの大望に心を動かされたためでございます」

「大望か……」

波の音が高くなった。風が強くなってきたらしい。

湿気をふくんだ夜風の冷たさが、肌に沁みた。

「それにしても、遅い」

「豊臣軍に見つかったのでしょうか」

「とすれば、別の船を探すしかないが」

崇伝が眉をひそめたときだった。

「副司さまッ、あれを」

六弥太が立ち上がり、海のかなたを指さした。

沖のほうで、明かりがちらちらと揺れている。明かりはいったん消えたかと思うと、ふたたび海上にともり、点滅を何度も繰り返した。合図の明かりである。

「どうやら、迎えが来たようだな」

「はい」

船から下ろされた艀(はしけ)が一艘、磯に向かって近づいてくるのが見えた。

艀から飛び下りてきたのは、麻の袖切りじゅばんに茜(あかね)色のふんどしを締めた男たちであった。

剽悍(ひょうかん)なつらがまえをしている。闇のなかで底光りする目が、崇伝を突き刺すように見た。

「おまえか、明国へわたりたいという命知らずの坊主は」

首に太い金鎖を巻きつけた、頭目らしき男が言った。腰の荒縄に、黒漆(くろうるし)塗りの打刀をぶち込んでいる。

「いかにも」

男の凄みに臆することなく、崇伝は前にすすみ出た。

「松浦党の者だな」

「おうさ。おれが松浦党にその人ありと知られた、呼子ノ藤左衛門よ」

男が唇の端を吊り上げて笑った。

松浦党とは、玄界灘をのぞむ肥前国松浦地方をねじろとする海の武士団である。彼らは、朝鮮、明国の海岸を荒らしまわる、

——倭寇

の中核として、おおいに恐れられていた。

松浦党は、

「上松浦党」

「下松浦党」

の二派にわかれる。

このうち、上松浦党は松浦地方の東側、唐津、呼子あたりの湊を領分とし、下松浦党は西側の平戸から五島列島あたりを縄張りとしていた。

しかし、天下統一をなしとげた秀吉が、《海賊禁止令》を発したことによって、彼ら

の海賊行為は禁じられることになった。

下松浦党のほうは、天正十五年（一五八七）の九州攻めがはじまって間もないころに、いちはやく秀吉によしみを通じて帰順を誓っていたが、薩摩島津氏とのかかわりが深かった上松浦党は、中立の態度をとって秀吉に従わなかった。

のち、上松浦党も秀吉の威に服するようになったが、両者の関係はかならずしも良好とはいえなかった。

そこへ、今度の唐入りである。

かれらの縄張りである東松浦半島に、遠征の拠点となる名護屋城が築城されるにおよび、上松浦党の不満は頂点に達した。

呼子ノ藤左衛門は、その上松浦党の海賊頭のひとりである。

豊臣軍による朝鮮攻めの厳戒態勢がしかれるなか、渡海をくわだてる崇伝は、

（太閤に不満を持つ上松浦党なら、禁を破って船を出すことも恐れぬだろう……）

と、人を通じて呼子ノ藤左衛門にわたりをつけ、倭寇の船に便乗することを頼み込んだのである。

「約束の金子はどうした」

呼子ノ藤左衛門が低い声で言った。

「ここにある」

崇伝は、墨染の法衣のふところから、切り金の入った革袋を取り出した。坊主頭を隠して、革袋を受け取り、口紐をゆるめて中身をたしかめながら、

「尻の青い若僧が、よくぞこれだけのまとまった銭をつくったものだ。押し込み強盗でもはたらいたか」

男の言葉に、横でふたりのやり取りを聞いていた六弥太が気色ばんだ。

「副司さまに向かって、無礼な物言いはゆるさんぞ。その金子は、副司さまが肌身はなさず持っておられた、一色家伝来の野笹の小太刀を売り払い、苦労して工面されたものだ。それを、盗人をはたらいたなどと……」

「やめよ、六弥太」

崇伝は冷静な表情を変えなかった。ここで喧嘩をしては、渡海の夢は果たせない。

(こらえるべきときは、こらえねばならぬ……)

とは、幼少のころから苦労を重ねた崇伝の生きる智恵であった。

「金は渡した。あとは頼むぞ」

「言っておくが、明国までは遠い。途中、風向きが悪くなったときは、方向を転じ、朝鮮の海岸へ船を着けるかもしれぬが、それでもよいか」

「朝鮮と明国とは陸つづきだ。そうなれば、歩いてでも行くまでのこと」

「若僧のくせに、性根がすわっている。気に入った」

崇伝と六弥太は、艀を使って呼子ノ藤左衛門の船に乗り込んだ。

船は、三百石積みの八幡(ばはん)船であった。

甲板に、あつく松脂(まつやに)が塗ってある。波をかぶっても、船内に水が入らぬようにとの用心のためである。

帆は、木綿ではない。竹を網代(あじろ)に編んだものだった。

木綿の帆は、雨天のときに水がしみ込み、あつかいがむずかしくなる。その点、竹の帆は、雨をはじくため、荒天であっても航海をつづけることができる。

船上には、矢を射るための高櫓(やぐら)がもうけられていた。

「あれは何だ」

崇伝は、高櫓のまわりに立てかけられた畳を指さし、呼子ノ藤左衛門に聞いた。

「あいつは、矢除けよ」

藤左衛門が言った。

「厚畳が二枚も三枚も重ねてある。敵の船から矢が飛んでこようが、百匁(もんめ)弾が飛んでこようが、通しゃしねえ」

船はしばらく加部島の沖で休んだのち、風の向きが北東に変わったのを見すまして、網代帆をあげた。

帆が、春の清明(せいめい)の強い風を受けふくらんだ。

船は波を割きながら、玄界灘をすすんだ。

倭寇の船――すなわち八幡船は、春の清明節、もしくは秋の重陽節のあとに吹く北東風にのって、大陸へわたるのをならいとしている。

倭寇は明国の浙江省、福建省あたりの海岸ぞいの邑々を荒らしまわり、ときには揚子江をさかのぼって、南京近辺に出没することもあった。

九州から中国沿岸までは、おもいのほか近い。

風の具合さえよければ、五島列島を出てから、わずか四、五日ほどで大陸が見えてくる。瀬戸内海を通って京へのぼるよりも、はるかに近い。海を知り尽くした倭寇にとって、東シナ海はおのが庭のようなものである。

藤左衛門の八幡船は、呼子の浜から、いったん五島列島の宇久島に立ち寄り、そこで水、食糧を積み込んだのち、一気に浙江省の寧波をめざす手はずになっていた。

「そなたは、太閤秀吉の渡海禁止の令に逆らうことが怖くはないのか」

崇伝は、しらじらと明けはじめた東の空をみつめて言った。

呼子ノ藤左衛門は、赤銅色に陽灼けした顔に皓い歯をのぞかせて笑い、

「太閤が怖くて、倭寇がやっていられるか。だいたい、こんどの唐入りも、おれたちには迷惑千万だ。大事な稼ぎ場が戦場になっちゃあ、飯の食い上げよ」

「太閤の唐入りは、倭寇のあいだでも評判が悪いのか」

「そりゃあそうよ。太閤は、海の外のようすを、まるで知らねえときている。こんなちっぽけな島国の人間が、大明国を支配できるかよ。天下人が異国のことを知りもしないで、これからの世の中、わたっていけるはずがねえ。日本(ひのもと)だけが、国じゃねえんだ」

「そなたは、朝鮮、明のほかにも、異国の土を踏んだことがあるのか」

知識に飢えた崇伝は、相手が泣く子も黙る倭寇の親玉であることも忘れ、熱心に聞いた。

「あたりめえだろう。おれを誰だとおもってやがる。朝鮮、明はもとより、安南(あんなん)、占城(チャンパ)、シャムにも行ったことがある」

「安南、シャムは仏教国だが、占城はシバ神を祀る異教の国だったな」

「そうだ」

「占城の湊へ入ると、石塔が丘の上にそびえ立ち、町を歩けば、火炎樹が真っ赤な花を咲かせている。人々の肌は浅黒く、つねに檳榔子(びんろうじ)を噛んでいる。湊では、伽羅(きゃら)や沈香(じんこう)などの高価な香木が取引されている」

「おまえ、行ったこともないのに、どうしてそんなことまで知っている」

藤左衛門が、おどろいた顔で崇伝を見た。

「行ったことがなくとも、それくらいはわかる」

「しかし、おまえ、まるで占城の景色をその目で見たことがあるようじゃねえか」

占城とは、いまのベトナム南部にあったチャム人の国である。

インド文化の影響を受けヒンズー教を国教とし、伽羅、沈香など香木の取引によって栄えていた。古くは林邑（りんゆう）と呼ばれ、わが国の雅楽のなかにも、林邑楽として占城の音楽がつたわっている。

「知識は、すべて漢籍（かんせき）から得たものだ」

崇伝は言った。

「書物を読めば、千里先の異国の景色をありありと頭に思い浮かべることができるし、また、千年前の都のようすを手に取るように知ることもできる」

「なるほどのう」

藤左衛門が感心したようにうなずいた。

「わしは、生まれてこのかた、書物などただの一度も読んだことがない。自分の目で見、耳で聞いたものしか信じねえ。だが、おまえの書物の知識とやらにはおどろいた」

「知識もまた、刀や火縄銃のような武器になる。わたしは、そう思っている」

「だが、書物でもわからぬことが、ひとつだけあるぞ」

藤左衛門が、黒みがかった唇を皮肉にゆがませた。

「書物でわからぬこととは何だ、藤左衛門」

「先のことよ」

「先のこと……」

「いくら書物を読んで、頭のなかにごたいそうな知識とやらを詰め込んだところで、ゆくすえ、何が起きるかわかるめえ。この船が嵐で沈めば、おまえが苦労して詰め込んだ知識だって、すべて水の泡だ。航海がうまくいくかどうか、こればっかりは、誰にもわかりゃしねえ」

「たしかに、そのとおりだ。先のことは、誰にもわからない」

低くつぶやくと、崇伝は陽光にきらめく春の大海原を見つめた。

その日の夕刻――。

船は、五島列島の宇久島に着いた。

宇久島は五島の島々のなかで、もっとも北に位置する、周囲三十七キロあまりの火山島である。

富士山のような美しい形をした城ヶ岳が、なだらかな裾野をひき、赤褐色の熔岩の崖が、紺碧の海に向かって落ち込んでいる。

海岸線はほとんど岩場だが、目が痛くなるほどの純白の砂浜が、島のところどころにあった。

ソテツやハマユウの群落が島をおおい、いかにも南国らしい風情がただよっている。

「しばらく、この島にとどまることにする」

宇久島の入江で船を下りた藤左衛門が、磯に腰をおろし、南蛮わたりのタバコを長煙管でふかしながら言った。

砂浜に打ち寄せる波が、しずかだった。

「約束がちがうぞ。すぐに寧波へわたるはずではなかったのか」

崇伝は語気をするどくした。

太閤秀吉の渡海禁止令をおかして、明へ行こうというのである。ぐずぐずしていては、いつ豊臣軍に見つかり、密航を邪魔されるかわからない。

（一刻も早く、日本を離れなければならない……）

崇伝は、あせっていた。

だが、藤左衛門はいっこうおかまいなしのようすで、紫煙をゆったりと口から吐き出し、

「悪いが、おまえのためだけに船を出すわけじゃねえんだ。おれたちには、おれたちの都合ってもんがある」

「都合とは何だ」

「この宇久島で、ほかの倭寇の船が集まってくるのを待ち、十数艘そろってから船団を組んで海をわたる。仲間が集まらねえうちは、船を出さん」

「待っているうちに、豊臣軍に見つかったらどうする」

「そのときは、そのときよ。いっそ、太閤の軍を相手にひといくさするか」

藤左衛門が、カラカラと笑った。

いくら話しても、埒(らち)が明かなかった。だが、船のぬしは、藤左衛門である。そのぬしが、船を出さないと言う以上、おとなしく従うしかない。

落ち着かぬ気持ちをかかえながら、崇伝は船中で一夜を明かした。

翌日は快晴——。

波がおだやかで、風も弱い。

じっとしているのがもったいないほどの、好天である。

「おのれ、藤左衛門め。おれをあなどって船を出さぬのか」

後年、沈毅(ちんき)冷静といわれ、めったに感情をおもてにあらわさぬことで知られた崇伝だが、さすがに若い。

眉のひいでた秀麗な顔に、あらわな怒りを浮かべた。

「あせってはなりませぬ、副司さま。水主(かこ)たちの話では、船を出せぬもっともな理由(わけ)があるようです」

水主たちにまじって、水や食糧の積み込みを手伝っていた雑色の六弥太が、崇伝をなだめた。

「倭寇の八幡船は、いつもなら百艘あまりもこの島に集まり、八幡大菩薩の旗を押し立てて、海をわたるとか。それが、今年は太閤の唐入りのせいで、さっぱり仲間が集まらず、藤左衛門も苦労しているようです」

たしかに、六弥太の言うとおりであった。

宇久島に着いてから、二日、三日と待ったが、和寇の八幡船はいっこうに姿を見せない。島の入江には、藤左衛門の船のほか、漁師の小舟が浮かんでいるきりである。

（命知らずの倭寇も、天下人の武威には勝てぬのか……）

豊臣政権の力の大きさを、崇伝はあらためて肌で感じた。

それゆえにこそ、おのれもまた、

（力が欲しい……）

身もだえするほどの激しさで、野望を胸のうちにたぎらせている。

五日たっても、船は集まってこなかった。

藤左衛門も、さすがに負い目を感じたか、

「今宵、宇久の島主の館で宴がある。よかったら、おまえたちも来るがいい」

と、崇伝を誘った。

宇久島の島主は、宇久正澄という。福江島の宇久氏（のちの大名、五島氏）の支族にあたる正澄は、下松浦党に属し、海外貿易に手を染めて少なからぬ財をなしていた。

「まいりましょう、副司さま。船で夜を明かすのにも、あきあきしていたところです」

藤左衛門の誘いに膝をたたいて喜んだのは、雑色の六弥太だった。

「島主の館では、海の向こうのさまざまな話も聞けましょう。だいいち、毎日、そのようにふさぎ込んでおられては、お体に毒です」

崇伝自身は、さほど酒は好きではないが、南禅寺にいたころから、六弥太が人に隠れてこっそり洛中の酒肆に通っていたのを知っている。

泥酔して、祇園社の神人と喧嘩沙汰になったのを、崇伝が住職にたくみに言いつくろい、寺から追い出されぬよう、かばってやったこともあった。

つねづね、

「おまえは、酒におぼれておのれを忘れるくせがある。それだけは、心したほうがよい」

と、六弥太をいましめている。

だが、欠点を知り尽くしている半面、自分とはちがう奔放な個性を持った幼友達が、崇伝には好ましくもあった。

「せっかく、おまえがすすめるのだ。島主の館へ気晴らしにゆくか」

「そうこなくてはいけませぬ。たまには、副司さまも羽目をはずされませ」

六弥太が、浅黒い顔をほころばせた。

島主の館は、入江にそそぎ込む川を十町ばかりさかのぼったところにあった。底の平たい川舟が、入江と館のあいだを行ったり来たりし、荷を運んでいる。

崇伝と六弥太は、川舟の一艘に便乗し、宇久正澄の館へとおもむいた。

月桃が、つややかな深緑色の葉を茂らせている。

春さきにしては、蒸し暑い宵だった。

島主の館の庭には、月桃のほかに、ソテツ、シュロなどが植えられ、名も知らぬ南国の草花が色あざやかに咲いている。

庭に面した大広間では、宴がたけなわとなっていた。

宴席のはしにつらなった崇伝は、ギヤマンの酒杯に唇をつけ、大広間を冷たく眺めわたした。

貿易で巨利を得ているだけあって、宴会は盛大なものである。朱漆塗に沈金をほどこした盆にのせられた染付の大皿に、山海の珍味が盛られている。

呼子ノ藤左衛門配下の船乗りにまじって、島の男たちが酒を酌み交わし、おおいに食らい、かつ大声で語り合っていた。

上座のほうを見ると、藤左衛門と並んで、館のあるじの宇久正澄がすわっている。

宇久正澄は、およそ海の男に似つかわしくない、口もとにうすい髭をたくわえた、色白、細おもての公家顔の男であった。

年は、四十五、六だろう。

(鄙(ひな)にはまれな……)

品のいい風貌をしている。

それもそのはず、宇久家は、壇ノ浦合戦で敗れた平家一門の子孫にあたり、落人(おちうど)から五島列島の支配者になった一族である。

「浮かぬ顔をなさっておられますな」

酒杯に口をつけるふりをするだけで、さっぱり酒のすすまぬ崇伝を見て、六弥太が耳もとでささやいた。

「おれはむかしから、猥雑な酒の席を好まぬ。酒は智恵の鏡をくもらせ、人を悟りの道から遠ざける」

「しかし、禅では酒を般若湯(はんにゃとう)と申し、たしなむことをみとめているではございませぬか」

「酒がきらいなのではない。酒に酔って、あらぬことを口走り、みにくい本性をあらわにする人の姿を見るのがきらいなのだ」

と言うと、崇伝は墨染の衣の裾をはらって、しずかに立ち上がった。

「副司さま、どちらへまいられます」

「頭を冷やしてくる。おまえはおれにかまわず飲んでおれ」

崇伝は、人に気づかれぬように、白緒の草履をはいて庭へ抜け出た。

皓々と月が照っている。

満月である。青白い月明かりを浴びて、庭の木々や草花が底光りするように美しかった。

（少し、酔ったか……）

ほんの一、二杯、酒杯をかたむけただけだが、頭の芯が火照っている。

花の匂いに誘われるように、庭の奥まで歩いていったとき、崇伝は月桃の葉の陰に、人の気配を感じた。

「誰だ」

崇伝は、闇を探るように声をはなった。

月桃の葉陰にいた者が、おどろいたように身じろぎした。

暗がりから、その者が姿をあらわした。

女人である。まだ十六、七といったところだろう。若竹色の地に、青海波の模様をちらした、さわやかな小袖を着ている。

輪郭がほっそりとし、鼻すじがとおり、唇は品よく引きしまっていた。こちらを見つめる黒い瞳が、底深く漂うように、すずやかな光をたたえている。

美人といっていい。

月の光が露となって地上に下りたら、おそらく、こんな感じであろう。

「そなたは……」

「あなたこそ、誰。呼子ノ藤左衛門どののお仲間ですか」

と言ってから、娘は崇伝が僧形であることに気づき、小さく息を呑んだ。

娘は、刺すような目で崇伝を見つめ、

「もしやあなたは、父上が言っていた、太閤の禁令を破って明国へわたろうという留学僧……」

「いかにも」

崇伝は顎を引いてうなずいた。

「そなたは、この館のあるじ、宇久正澄どのの娘御か」

「……」

見知らぬ男を警戒しているのか、娘はこちらに瞳をすえたまま、何もこたえなかった。

だが、娘が宇久正澄の縁につらなる者であることは、正澄そっくりの細おもてや、京の公家の姫のごとき

臈(ろう)たけた顔立ちを見れば、すぐにわかる。

娘はしばらく押し黙っていたが、やがて、胸のうちの好奇心が抑えきれぬといったように、目を大きく見開き、

「あなたは禁をおかして、渡海することが怖くはないのですか」

典雅な響きの声で聞いた。

「そなたの父とて、禁令を破り、海の向こうへ倭寇ばたらきの船を出していよう。男とは、何ごとかをなさんとするとき、危険はかえりみぬものだ」

「……………」

湿った夜気に、木の葉や花の匂いがこもっている。

木々のあいだを透かして、三線（さんしん）の音色がこぼれてきた。大広間で、誰かが弾いているのであろう。三線の響きとともに、哀調を帯びた節まわしの、寂（さ）びた歌声が流れてくる。

「そなたの名は」

崇伝が問うと、

「紀香（のりか）」

娘はまたたきもせずに言った。

潮風にさらされた海の男の声が、暗い木々を濡らして響く。哀調を帯びた調べであった。

〽舟影は水につらなり
　人影は空に映ず

　孤雲古城を去り
　この生、潮流に随う

「あれは……」

　崇伝は広間のほうを振り返りながら、娘に聞いた。

「古くより、宇久島の海の男のあいだにつたわる歌です」

「漢詩のような歌だな」

「聞いていると、寂しくなります。遠い海の向こうで戦い、死んでいった者たちの魂がこもっているような気がします」

「……」

　たしかに、そんな気がした。

「この館には、遠い昔、曹洞宗をわが国につたえた道元禅師が、渡海の途中に立ち寄られたと申します」

　話しているうちに、気をゆるしてきたのか、紀香が自分から口をひらいた。

「宇久家は、鎌倉の世から五島を領してきたのだな」

「はい」

　娘はうなずき、

「画僧の雪舟さまも、渡明船の風待ちのあいだに、館へ腰を落ち着けたそうです」

「みな、海の向こうに、おのれの夢があると思ったのであろう」

「あなたさまにも夢が……」

「おれは、明国へ力を手に入れに行く」

「力とは？」

「僧侶にとっての力とは、すなわち学問だ。学問を身につけて、世に出る。それがおれの夢だ」

会ったばかりの娘を相手に、崇伝は知らず識らず、多弁になっていた。

「世に出て、それでどうなるというのです。あなたも、太閤のような我がままな権力者になりたいのですか」

「わからぬ」

「………」

「わからぬが、いまのままの自分で一生を終わりたくはない」

崇伝の双眸が、するどい光を帯びた。

「わたくしも、そう」

紀香が小さく笑った。

笑うと、頬に指で押したようなえくぼが生まれ、微妙な陰影ができる。

「でも、わたくしはあなたさまのように、自分のさだめを変えられそうにない。与えられたさだめを、生きるしかないのです」

娘の目の奥に、寂しげな翳が揺れた。

「そなたのさだめとは……」

崇伝の問いに、娘は謎めいた微笑を浮かべ、星のこぼれるような夜空を見上げた。

春とはいえ、花冷えの季節である。身の引きしまるような夜気に、心なしか声がふるえる。

「見ず知らずのお方に話しても、せんないことです」

「……」

「そのようなことより」

紀香は崇伝のほうを振り返り、

「せっかく、いらしたのです。おもしろきものをご覧になってゆかれませぬか」

「おもしろきもの？」

「はい」

きらきらと光る目でうなずくと、崇伝の返答もきかず、娘は先に立って夜の庭を歩きだした。誘われるように、崇伝も紀香のあとにつづいた。

満月が皓々と照っているので、足もとは思いのほか明るい。

庭の築山をのぼっていくと、くろぐろと枝を茂らせるクスノキを背に、小さな茅葺きの六角堂があった。

暗いのでよくわからないが、軒のかたむきかけた古い御堂のようである。

「おもしろいものとは、このなかにあるのか」

「はい」

娘は六角堂の格子戸をあけた。

戸のきしむ鈍い音とともに、月明かりがさっと御堂のなかに射し込む。

瞬間、

——あッ
と、崇伝は息を呑んだ。

暗い六角堂の奥に、女人が立っていた。白い薄衣をまとい、こころもち首をかたむけて、婉然とほほえんでいる。

豊かな頬から、血の色が透けるようだった。

「いかがでございます。暗がりのなかで見ると、まるで、生きているかのようでございましょう」

紀香が言った。

「この女人は……」

「その昔、わが館で渡海の風待ちをなされた画僧の雪舟さまが、つれづれのままに、六角堂の壁に岩絵具で女人の絵姿をえがいたものと聞いております」

「これが、絵か」

崇伝は御堂のなかへ入り、女人の頰に手をふれてみた。

なるほど、指先にふれるのは、すべらかな女の肌ではなく、冷たい板壁の感触だった。

「しかし、雪舟が女人の絵をかいたなど、聞いたこともないが」

「なんでも、当家につたわる話によれば、雪舟さまはこの館の娘に恋をし、明国へ渡海するにあたって、その断ち切りがたい思いを振り捨てるため、娘の絵姿を六角堂の壁にかきのこされたとか」

（あの雪舟ですら、女人への煩悩におぼれかけたか……）

崇伝は壁にえがかれた絵を見つめた。

崇伝自身は、二十四になる今日まで、女人に心をうばわれたことがない。幼いころから禅刹に育ち、ひたすら学問にのみ打ち込んできた。

とはいえ、煩悩がまったくないといえば嘘になる。いや、人よりも強い煩悩が、おのれの心の奥にひそんでいると思う。

だが、女人への煩悩より、はるかに巨大な〝野心〟というケモノが、崇伝のうちで咆哮をあげていた。

（女に心をうばわれているようでは、男の大望を果たすことはできぬ。いまは、それよりもっとほかに、なすべきことがある）

かつて、この館に逗留した雪舟もまた、行く手に大きな野心あらばこそ、絵のなかに女への思いをひそかに封じ込め、海をへだてた異国へわたったのであろう。

明の国で水墨画の真髄を学んだ雪舟は、帰国後、「山水長巻」「天橋立（あまのはしだて）図」といった数多くの名作をのこし、

――日ノ本一の画僧

と、称されるまでになった。

（それにしても、似ている……）

崇伝は、雪舟のえがいた女人の絵姿が、目の前にいる紀香に、よく似ていることに気づいた。

ほっそりとした顔の輪郭、すっと通った鼻すじ、底深くただようようなまなざし、何もかもそっくりといっていい。

「この女人は、そなたの先祖か」

崇伝は聞いた。

娘は、指先で壁の絵をなぞってうなずき、

「五代前の館のあるじ、宇久正方（まさかた）の三女、お婉（えん）さまだそうにございます。お慕い申し上

げていた雪舟さまが明国へわたったあと、髪を切って尼になったとつたえ聞いております」

「薄幸な女人だな」

「そうでしょうか。このような想いのあかしを、恋の形見にのこされたのです。ふしあわせとばかりは、申せませぬ」

「女の気持ちとは、そうしたものか」

「さあ」

紀香が、霧にかすむような笑みを口もとに浮かべた。

そのとき、築山の下のほうで、崇伝を呼ぶ声がした。

崇伝がいっこうに宴席にもどらぬので、雑色の六弥太が、気になって探しに来たらしい。

「紀香とやら、眼福をさせてもらった。おれは、広間へもどる」

「あの……」

「何か」

問い返した崇伝の目を、娘がひたと見つめた。

そして、口にしたのは、崇伝が思わず耳をうたがうような言葉であった。

——明晩、亥ノ刻（午後十時）、館の離れにあるわたくしの寝所へしのんできて下さいませ。

娘は、またたきの少ない黒い瞳で思いつめたような表情で、たしかにそう告げた。

聞きまちがいではない。

娘はみずから、初対面の男に自分を抱いてくれと誘ったのである。

（大胆な……）

と、思った。

もっとも、この時代、女性の貞操観念はさほど強いものではない。好きな男がいれば、思いのままに枕をともにし、また別の男とも契りを結ぶそんな中世的なおおらかさが、のこっていた。

（しかし……）

あの紀香という娘にかぎっては、みずから男を誘うという行為が、およそ似つかわしくない。もっと清らかな、五月の風のようなさわやかさを、崇伝は娘のなかに感じていた。

それだけに、

（女人とは、わからぬものだ）

南禅寺きっての秀才といわれ、和漢の書を苦もなく読みこなす崇伝が、この道ばかりは理解にくるしんだ。

崇伝にとって、

——女
とは、道ばたに生えた草と同じく、森羅万象、この世に在るもののひとつにすぎない。いままで女犯の戒を破らずにきたのは、道心堅固だからではなかった。それがおのれにとって、必要なきものと考えたからだった。

しかし、世の半分を占めているのは女人である。

崇伝が俗世での栄達をはかるには、摩訶不思議な女人という存在の深奥にふれるのも、またおのれの知識を広げることになるのではないかと思われた。

が——。

（つごうのいい言いわけをしているが、ようは、渡海前の昂ぶりを鎮めるために、女を抱きたいだけではないか……）

なれぬ酒を飲み、船に引きあげても火照りのさめやらぬ崇伝に、もうひとりの自分がささやいた。

娘の切なげに何かを訴えるような目、小袖の衿の合わせ目からのぞく肌の白さを思い出すと、自分でも制しきれぬほどの肉欲が、ふつふつと体の奥から湧いてきた。

「くだらぬ」

崇伝は闇に向かって言葉を吐き捨てた。

女のことで心をかき乱されるなど、われながらどうかしている。

（きっと酒の酔いのせいだろう……）

その夜は寝もやらず、兵学の書を読んで明け方を迎えた。


陽が高くなってから、六弥太が船倉にいる崇伝のもとへ顔を出した。

ゆうべ、宇久家の館で浴びるように酒を飲んだにもかかわらず、いつもと変わりない顔をしている。

「お目ざめでございましたか」

「おまえは酒が強いな」

「なれでございまする。なれてしまえば、酒も水と同じ」

「水と同じだったら、飲まぬほうがよい」

「いや、もののたとえにございます」

陽灼けした顔をほころばせて笑うと、六弥太は首をのばし、崇伝の手もとをのぞき込んだ。

「副司さまは、何をなさっておられました」

「『六韜（りくとう）』を読んでいた。軍書は仏典を読むよりおもしろい。生きた人間の智恵が詰まっておる」

「仏典より、軍書を好まれるとは、いかにも副司さまらしい。いっそ、僧侶をやめて侍になり、一色家を再興されてはいかがでございます」

「一色家か」


そもそも崇伝は、室町幕府の〝四職〟と呼ばれた武門の名家、一色家の出である。しかし、戦国乱世のなかで家は没落。

崇伝の父、一色秀勝は、いまは入道して入齋と称し、世に出る覇気もなく、失意の日々を送っている。伯父の藤長が秀吉に仕え、わずかに一色家の命脈をたもっているものの、すでに往時のおもかげはなかった。

（あのような家を再興して何になる……）

崇伝のなかでは、家の名など、ただの形にすぎない。いずれ、おのれが世に出ていくときに、何かの役に立つこともあろうが、それはただ、それだけのものである。自分は一色家の名ではなく、

（おのれの名をこそ、この世に刻みたい）

崇伝は思う。

「そういえば、副司さま。ゆうべ、酒に酔った宇久館の者から、いささか気になる話を耳にいたしました」

「気になる話だと」

崇伝は『六韜』を閉じた。

「なんでも、宇久正澄のひとり娘が、近々、太閤秀吉のもとへ召し出されるとか」

「ほう」

「名を、紀香どのと申すらしゅうございます」

（あの娘か……）

崇伝は、月桃の葉の陰で出会った娘の、清麗なおもかげを思い出した。

「おもて向きは、太閤の側室、淀殿（よどどの）づきの侍女として召し出されるそうにございますが、じっさいのところは、美貌の評判を聞きつけた太閤の女狩りの網にかかったと申します」

「女狩りとは何だ」

聞きなれぬ言葉に、崇伝は秀麗な眉をひそめた。

「副司さまは、ご存じありませぬか。好色な太閤の女狩りは、ちまたでは有名な話にございますぞ」

と、声をひそめた六弥太が語るところによれば――。

太閤豊臣秀吉が〝女狩り〟をはじめたのは、いまを去ること五年前の、九州島津攻めのおりからであるという。

秀吉の筆頭侍医で、政治顧問をつとめる施薬院全宗（やくいんぜんそう）が、秀吉の好みに合わせ、家柄がよく、美しい女を狩り集めるようになった。

尾張の農民の小せがれから、天下人の地位にまで駆けのぼった秀吉だが、おのが覇業のあとを継がせるべき子供がいない。

長浜城主であった若いころ、側室の南殿に待望の男子、秀勝が生まれたものの、ほどなく死んだ。のち、同じく側室の淀殿が、鶴松という男子を出生したが、これも幼くして死んでいる。

医師施薬院全宗が指揮をとった女狩りのうらには、何としても自分の跡取りをもうけたいという、秀吉自身の切実な願いがあったのである。

理由は、ともあれ——。

この女狩りのために、数多くの女人が、秀吉の淫欲のいけにえになったことは、まぎれもない事実である。

「そうか……。あの娘が太閤のもとへ召し出されるのか」

いま思うと、紀香という娘は、顔に寂しげな翳をただよわせていた。

（さだめには逆らえぬと言っていたな）

さだめとは、女狩りによって、太閤秀吉に召し出されることだったのだ。

おそらく、太閤のもとへ行くのは、娘の本意ではあるまい。権力者の命に抗しきれず、心ならずも従うのであろう。

（おれを誘ったのは、そのためか……）

紀香は、自分にはどうにもできない運命への、せめてもの抵抗をしめすため、崇伝を寝所へ誘ったにちがいない。秀吉のもとへ召し出される前に、一夜の思い出をつくりたいという心の奥底からの叫びが、崇伝を見つめる紀香の必死のまなざしにあらわれていた。

（哀れな……）

平素、ものに心を動かされることの少ない崇伝の胸に、かすかな憐憫（れんびん）の思いがやどった。

それは、恋と呼べるものではない。

力に屈服し、運命に押し流される娘の姿が、名家に生まれながら、家が没落したために寺へ入らねばならなかったおのが姿に、重なって見えた。

「副司さまは、宇久家の娘をご存じでしたか」

「いや……。知っているというほどのことはない」

たとえ、腹心の六弥太にも、おのれの心の裡（うち）をさとられたくなかった。

その日は、軍書を読んで過ごした。

昼過ぎになって、宇久島のあおあおとした入江に、一艘の八幡船が入ってきた。

八幡船が入江に碇を下ろすと、しばらくして赤銅色に陽灼けした男たちを乗せた艀が、呼子ノ藤左衛門の船に近づいてきた。

「遅かったではないか、鬼六」

艀から飛び移ってきた、頬に刀疵のある男に向かって、藤左衛門が声をかけた。

「おう、すまぬ。したくに手間どってのう。ほかの者たちは、まだか」

「うむ」

と、藤左衛門はしぶい顔を見せ、

「どいつも、こいつも、太閤の禁令を破るのが恐ろしいのじゃろう。泣く子も黙る倭寇の名が泣くわ」

「まったく」

刀疵の男がうなずいた。

藤左衛門は、船上で書物を読んでいた崇伝に、男を引き合わせた。

「この男は、姫島ノ鬼六という。ともに明国へわたる仲間じゃ」

姫島というのは、玄界灘に浮かぶ小島である。姫島ノ鬼六は、藤左衛門と同じく、勇猛果敢をもって鳴る上松浦党の海賊頭のひとりだった。

「しかし、集まった船が、わしとおぬしの二艘だけとは……。どうするつもりじゃ、藤左衛門」

鬼六が言った。

「おぬしのように、よんどころない事情があって遅れる者もいる。あと三日……。三日だけ、船出を待ってみるわい」

「そうじゃな」

もう三日、ようすを見るということで、話はまとまった。

やがて――。

陽は暮れ、夜になった。

藤左衛門の船の者と、鬼六の船の者たちは、再会を喜び、船を下りて、島の漁師の番小屋で酒宴をひらいていた。

六弥太も、酒をたしなまぬ崇伝に気をつかいながらも、誘われて酒盛りに加わっている。

（行くか……）

『六韜』を置き、灯明（とうみょう）の明かりを吹き消した崇伝は、闇のなかで目の奥を暗く光らせた。

紀香のもとへ夜這（よば）いに行こう――崇伝は、心を決めていた。

淫欲ゆえではない。

強大な力によって、女を従わせんとする太閤秀吉に対する反骨心が、崇伝をつき動かしたのだ。

崇伝は若い。若さは打算のなさゆえに、ときに、思い切った行動を人にとらせる。

崇伝は、八幡船につないであった艀に乗り、夜の海へ漕ぎ出した。

しずかな入江に、櫓(ろ)のきしむ音が響きわたる。

今夜はことに、潮の匂いが強かった。

岸にたどり着いた崇伝は、磯の岩にともづなを結びつけた。

あたりに人影はない。

崇伝が八幡船を抜け出したことに、気づく者はいなかった。

人に見咎(みとが)められぬよう、用心のために、川ぞいの道は行かず、暗い松林のなかを通って宇久館へ急いだ。

崇伝のなかに、

——破戒
という意識はない。

もともと、世俗の野心の塊(かたまり)が、法衣をまとっているような男である。

猫のように足音を殺しつつ、闇にまぎれて十町ほど行くと、木立の向こうに宇久館の唐門が見えてきた。

夜のことで、門は閉ざされている。が、用向きが用向きゆえ、門番をたたき起こすわけにもいかない。

(離れは、館の北側だったな……)

八幡船の船乗りにそれとなく聞いて、昼間のうちに、館の建物の配置をたしかめてあった。紀香のいる離れは、館のもっとも奥まった、北のはしにあるはずである。

白塀づたいに、崇伝は宇久館の裏手にまわり込んだ。

裏門のほうも閉まっていたが、あまり手入れのなされていない北側の塀は、屋根に草が生え、ところどころ崩れかけている。

塀の一ヶ所に、ちょうど人がひとり通れるほどの破れ目を見つけた崇伝は、背をかがめ、館のうちに細身の体をすべり込ませた。

どこか遠くで、
ホウ
ホウ
と、ふくろうの鳴く声がした。

すでに明かりは消え、離れは寝しずまっている。

夜露に濡れた草を踏みながら、崇伝は離れに近づいた。心は、山上の湖のごとく平静である。

闇に目がなれてきたせいか、わずかな月明かりだけでも、草木の一本一本がくっきりと浮き立って見える。

ふと――。

夜の湿った空気のなかに、艶めいた香の匂いをかいだ。

(紀香が焚いているのだ……)

香の匂いにさそわれるように、崇伝は草履をぬいで、離れの縁側に上がった。

縁側の奥には、竹で編んだ簾が吊るされ、匂いはその向こうに、濃密に立ち込めている。

部屋のなかに、女の気配があった。

「まことに、来て下さったのですね」

女のひそやかな息づかいが聞こえた。

声は、かすかにふるえを帯びているようである。

「ほかには、誰もおらぬな」

「はい」

用心ぶかく念を押してから、崇伝は竹の簾をめくって部屋のなかに入った。

なかは、漆黒の闇である。紀香の顔は見えない。なんとなく、そこに人がいると見当がつけられるくらいである。

手をのばすと、女の髪が指にふれた。

紀香が崇伝の腕のなかに顔をうずめてきた。

高雅な香の匂いが鼻孔に満ち、噎せ返るようである。

「一夜の契りぞ。それで、よいのか」

「もとより、わかっております……」

低くささやいた紀香の唇を、崇伝の唇がふさいだ。

香よりも甘いかおりのする口を吸いながら、崇伝の指は女の着ている白い帷子の衿元を割り、乳房にふれた。

小さいが、形のよい乳房である。

禅堂で育った崇伝が、物ごころついて初めてふれる、女人の体であった。

まだ完全にうれきっていない、あおい果実のようなそれを、崇伝はてのひらで強くつかんだ。

とたん、紀香がおののいたように小さく声をあげる。

「そなたは、男を知っておるか」

「いえ、存じませぬ」

「おれも、まだ女というものを知らぬ」

「あなたさまも……」

「おれは今日まで、書物のなかでだけ、学問を重ねてきた。しかし、書物だけでは、学べぬものもある。おれはそなたによって、女を学ぶ」

「そのような……」

「たがいに初めてのことゆえ、おれは自然の心の湧きいずるまま、そなたをあつかう。そなたも五体の力をぬき、心を楽にせよ」

「は、はい……」

かたくなっていた紀香の体から、わずかに力がぬけた。

生身の男と女のあいだに、もはや言葉はいらなかった。

崇伝は、部屋に敷かれたしとねの上に、紀香の体を押し倒し、着衣を剝いだ。

それからは、無我夢中であった。

ともすれば、声をあげそうになる紀香の口を手でふさぎつつ、崇伝は今まで経験したことのない禁断の蜜の味を知った。

ふと我に返ると、にわかに強まった風が、縁側の竹の簾を揺らしている。


眠りの淵に沈んでいる紀香を残し、崇伝は部屋の外へ出た。

疲れは微塵も残っていない。むしろ、五体に潑剌たる精気が満ちている。

心はすでに女のもとを離れ、はるばるとひらけた未知の国へ飛んでいた。

紀香はさだめに負け、太閤秀吉の側室になるのであろうが、それはそれだけのこと、自分とはすすむべき道がちがう。

(おれは、みずからの力で道を切りひらく。おのがさだめは、おのれでつくるものだ……)

崇伝の頬はうっすらと薔薇色に染まり、その双眸は前だけを見すえていた。

まだ、夜明けには少し間があるようだった。

暗い松林のなかを駆けぬけ、艀をつないだ磯にもどった。

急いで艀に乗ろうとしたとき、岩の陰から、

――ぬっ
と、顔を突き出した者がいる。呼子ノ藤左衛門であった。

「ひとりで、どこへ行っておった」

藤左衛門が崇伝を睨んだ。声が、いつになく不機嫌である。

「船の外でおれが何をしようが、そなたにはかかわりあるまい」

「かかわりは、ある」

「どういうことだ」

崇伝は聞き返した。

藤左衛門は、入江に浮かぶ八幡船のほうを顎でしゃくり、

「夜が明けきらぬうちに、船を出す。いま少し、もどるのが遅ければ、おまえを残して

船出するところだったぞ」

「また、急な話だな。出航は、三日後ではなかったのか」

「事情が変わったのだ」

「事情?」

「わけはあとで話す。とにかく、さっさと船に乗れ」

「……」

どうやら、崇伝が船を下りていたわずかのあいだに、事態が急変したらしい。

艀に乗って、船にもどると、船上では男たちがあわただしく立ちはたらき、帆を上げる準備をしていた。

藤左衛門も、さっそく手下たちに大声で指図を送る。とても、落ち着いて話を聞いていられる状況ではない。

「ようございました、副司さま。船が出るまでにおもどりにならねば、どうしようかと思っておりました」

立ち尽くしている崇伝のそばへ、六弥太が血相を変えて駆け寄ってきた。

「これはどうしたことだ、六弥太。何か、あったのか」

「宇久正澄の動きが、怪しいのでございます」

六弥太が太い眉をひそめた。

「動きが怪しいだと……」

「はい」

六弥太がうなずいた。

「どういうことだ」

その宇久正澄の娘と、枕をともにしていたなどとは、むろん、崇伝は毛すじほども顔にあらわさない。

「宇久正澄が、太閤の命で　やむなく娘を差し出すはめになったという話をいたしましたな」

「うむ」

「それが、正澄は嫌々どころか、一族をあげて豊臣家に取り入らんがため、みずからすすんでわが娘を太閤の愛妾になそうとしているというのです」

「そのような話、誰から聞いた」

「昨夜、遅れて駆けつけてきた姫島ノ鬼六どのの手下の者が、平戸の海賊衆から、さような噂を聞きつけてきたそうです」

「………」

「ばかりではございませぬ」

六弥太は憤ったような口ぶりで、

「宇久正澄は、肥前名護屋の豊臣の陣にひそかに使いを送り、われらが禁を破って渡海をくわだてていることを密告いたしたとか」

「おのが身の栄達のため、仲間を売ったということか」

「事実とすれば、ゆるせませぬな」

「なるほど……。藤左衛門が、大あわてにあわてていたわけがわかったわ」

崇伝は、苦い顔でうなずいた。

宇久正澄が豊臣の陣に密告したとすれば、すぐにでも、渡海を阻止せんとする一軍が派遣されてくるだろう。

呼子ノ藤左衛門は、豊臣軍によって渡海をはばまれる前に、寧波へ向けて船を出してしまう肚づもりにちがいない。

(ひとたび海の外へ出てしまえば、もはや太閤の制約は受けぬ。海は広いのだ……)

おりしも、強い北東の風が吹きだしていた。

狭い島国から、広闊たる大陸へ向かって吹く風である。崇伝を、未知なる世界へ運ぶ風といってもよい。

東の空の闇がうすれ、澄んだ群青色に染まっている。夜明けが近い。

八幡船の左右の舷側から、櫓が三十挺ばかり突き出された。水平線がほのかに明るむとともに、櫓がいっせいに動き、船は入江から沖へ向かってすべりだす。

姫島ノ鬼六の船も、藤左衛門の船を追うように動いた。まだ、どちらも帆は上げていない。座礁の恐れのない沖へ出てから、帆を上げるのがならいである。

岬をまわり込んで、入江を出た。

そのとき——。

薄明のなかに、沖のほうから島へ向かって近づいてくる黒い船影が浮かび上がった。

船影は、四つあった。

巌（いわお）のような安宅船（あたけぶね）一艘を中心に、三艘の関船（せきぶね）がそれを取り巻いている。安宅船は〝戦艦〟、関船は〝巡洋艦〟にあたる。

「加藤清正の船じゃな」

呼子ノ藤左衛門が、沖に浮かぶ船を遠眼鏡で見て言った。

「安宅船の帆柱に、桔梗（ききょう）紋を染め抜いた旗がひるがえっていよう。あれは、まぎれもなく加藤家の船じゃ」

太閤秀吉の子飼いの臣である加藤清正は、同僚の小西行長らとともに、唐入りの先鋒を命じられていた。

近々、対馬（つしま）へ向けて二百艘の船団をひきいて出陣するとの噂が宇久島にも届いている。

「やはり、宇久正澄が豊臣方に内通しておったのじゃ。さもなくば、加藤の軍船がこんなところにあらわれるはずがねえ」

藤左衛門が顔を赤黒く染め、悔しそうに歯ぎしりした。

「どうするつもりだ、藤左衛門」

崇伝は海の向こうの船影を見つめつつ、聞いた。

「逃げるわさ」

「逃げるだと……」

「おうさ。あんな化け物のような安宅船相手に、たった二艘きりの八幡船が勝てるものか。帆を上げ、力のかぎりに櫓を漕ぎ、逃げて逃げて逃げまくり、寧波へたどり着くまでよ」

こともなげに言いはなつや、藤左衛門は屋形の屋根にするするとのぼり、

「者ども、帆を上げよーッ！ 漕ぎ手は持ち場をはなれず、櫓を漕ぎつづけよッ！ 松浦海賊の意地にかけ、追いつかれてはならぬぞ」

悪鬼のごとき形相(ぎょうそう)で叫んだ。

海賊たちの動きは、迅速だった。

帆綱が引かれ、滑車がカラカラと音を立ててまわり、笹の葉の帆が帆柱に上がった。

風を受けた帆が、力強くふくらむ。

姫島ノ鬼六の八幡船も、帆を上げた。

八幡船は、安宅船や関船にくらべれば、はるかに小型だが、こまわりがきく。船足も

速い。

いったんは近づきかけた敵の船影が、しだいに遠ざかっていく。

「どうやら逃げきれそうでございますな、副司さま」

六弥太が、興奮を隠しきれぬ表情で言った。

「いや、わからぬ。向こうは軍船だ。石火矢（大砲）も積んでいるだろう。石火矢をはなたれては、こちらのほうが分が悪い」

崇伝が言ったとき、明け方の空に轟音がとどろいた。予感が、もののみごとに的中したらしい。

八幡船のすぐ近くで、激しい水柱があがった。

「くそッ、石火矢を撃ってきたか」

風の吹きすさぶ音にまじって、藤左衛門の叫び声がした。

石火矢の射程距離は、およそ五町である。

藤左衛門らの船と、安宅船との距離は、ざっと見積もって四町。十分、射程圏内に入ってしまうことになる。

「いったい、どうなるのでしょうか」

砲弾の沈んだ海面を、六弥太が不安なまなざしで見下ろした。

喧嘩となれば、いつも真っ先に駆けだしていくような血の気の多い男だが、海の上では手も足も出ない。まして相手は、豊臣軍のほこる巨大船である。

「うろたえるな」

崇伝は、六弥太を叱咤し、

「石火矢があたるもあたらぬも、すべては天運しだい。おのれに天運があれば、船は沈まぬはずだ」

「副司さまは、死ぬことが恐ろしゅうはないのですか」

「死を恐れていては何もできぬ」

傲然と言いはなった崇伝から、わずかに十間と離れていない海面で、またしても高々と水柱が立ちのぼった。

石火矢のねらいは、しだいに精度を増しつつあるようである。

櫓の漕ぎ手たちのあいだに動揺が走ったせいか、船の速度もにぶりはじめている。

「藤左衛門ッ、船を左右に蛇行させたらどうだ。敵がねらいを定めにくくなるぞ」

崇伝は、屋根の上の藤左衛門に向かって叫んだ。

「しろうとに言われずとも、わかっておるわッ!」

舵取りが舵の向きを変えた。

八幡船が、左方向に急旋回する。

轟音がふたたび響き、砲弾が船のすぐ横に落下した。

「今度は、面舵(おもかじ)じゃ」

藤左衛門の指図で、船が右へ曲がる。白い水柱が船の左舷であがった。

右へ左へと小きざみに向きを変え、二艘の八幡船は敵の砲撃を避けつづけた。が、左右に蛇行するため、速度が遅くなるのは、いかんともしがたい。

加藤軍の船団との距離が、三町から二町へ、やがて、一町足らずにせばまってきた。

安宅船より船足の速い関船が、波を蹴散らしながら、崇伝たちの船に追いついてくる。

水平線から姿を見せた朝日が、敵船の船上を照らした。

「六弥太、伏せよッ！　敵が火縄銃を撃ってくるぞ」

崇伝の言葉が終わらぬうちに、銃声がとどろき、船尾にいた舵取りが胸から血を噴いて倒れた。

「もはや我慢がならぬ。わたくしも、戦います」

六弥太が屋形へ駆け込み、弓矢をつかんでもどってきた。

片肌ぬぎになるや、きりきりと弓を引きしぼり、追尾してくる加藤軍の関船めがけ、
ヒョウ
と、尾白の矢をはなつ。

矢はねらいあやまたず、船ばたにいた甲冑(かっちゅう)武者の喉ぶえに突き刺さる。

「無益なまねはやめよ、六弥太。矢弾にあたったら何とする」

「死を恐れてはならぬと申されたのは、副司さまではありませぬか。わたくしは、死んでも明へわたりたい」

「死んでは明へわたれぬぞ」

敵船が、一斉射撃をはじめた。

海賊衆も船ばたに火縄銃を並べて応戦するが、圧倒的に銃の数が劣っている。弾を込めた鉄砲隊が、入れかわり立ちかわり、攻撃に加わるため、味方の船のほうに損害が激しかった。

(逃げきれぬ……)

屋形の陰から、戦況をつぶさに観察して、崇伝は思った。

海賊と豊臣の水軍とでは、あまりに戦力がちがいすぎる。追いつかれた時点で、すでに勝負はついていたといえる。

(死はいささかも恐れるものではないが、犬死にだけはごめんだ)

崇伝は、夢想家ではない。

渡海が不可能とあれば、たちどころに気持ちを切りかえ、現実に立ち返るだけの冷静さを持っている。

「藤左衛門ッ!　ここはおとなしく降参したほうがよいぞ」

屋形の上に仁王立ちになる海賊頭に向かって、崇伝は叫んだ。だが、叫びは銃声にかき消され、藤左衛門の耳に届かない。

船上に白煙がただよっていた。硝煙のきな臭いにおいが立ち込める。

「藤左衛門ッ！」

ふたたび叫んだとき、轟音があたりの空気をふるわせた。

船が揺れた。凄まじい揺れである。

衝撃で、崇伝の体はどっと投げ出された。

そのまま甲板の上を転げそうになるのを、手近にあった帆綱をつかみ、かろうじてこらえた。

どうやら、敵のはなった石火矢の砲弾が、舷側に命中したらしい。八幡船の船体が大きく横へかたむいている。

帆綱をたぐり寄せ、身を起こした崇伝の目に、朝の金色の光にきらめく蒼(あお)い海が、沁み入るように美しく映じた。

砲撃であいた舷側の穴から、海水が流れ込んできたのであろう。船のかたむきが、しだいに大きくなる。

そのあいだにも、敵の関船からの銃撃はやむことがない。

船上は、硝煙のきな臭いにおいにまじって血臭がただよい、傷ついた倭寇たちの苦痛のうめき声が聞こえる。

海の向こうに視線を投げると、姫島ノ鬼六の八幡船が、へさきを上に向け、なかば沈みかけていた。鬼六の船も、砲撃を浴びたものとみえる。

むざんな姿をさらす船から、男たちがつぎつぎ海へ飛び込んでいた。

（終わったな……）

静謐(せいひつ)な虚脱感が、崇伝の胸を満たしていた。

明国で学問をきわめる夢は閉ざされた。

だが、おのれの人生はまだ終わったわけではない。

（生きていれば、かならず、また道はひらける……）

崇伝の法衣の袖を銃弾がかすめたとき、

「者ども、船が沈むぞーッ！　みな、海へ飛び込めーッ！」

呼子ノ藤左衛門の悲痛な叫びが聞こえた。

その声に、生き残った者たちは鉄砲や弓矢を捨て、海へ身をおどらせる。

「六弥太、われらも逃げよう」

崇伝は振り返った。

が、さきほどまで船ばたで果敢に矢を射ていたはずの友の姿が、どこにも見当たらない。

（まさか……）

不吉な思いが、胸をよぎった。

無事であれば、六弥太は崇伝をおいて、自分だけ先に逃げ出すような男ではない。崇伝もまた、同じである。それほどまでに、ふたりの絆は強く結ばれている。

「六弥太、六弥太ーッ！」

船は、もはやまともに立っていられぬほどかたむきを増していた。帆柱が斜めになり、甲板まで浸水しはじめている。

「何をしておるッ。早く飛び込まねえと、船といっしょに海の藻くずになるぞ」

最後まで船上にのこっていた藤左衛門が、崇伝を見て怒鳴りつけた。

「しかし、六弥太が……」

「人のことを気にかけるより、まずは自分が生きのびることじゃ。悪党にならねば、この世はわたってゆけぬわい」

藤左衛門が海へ飛び込んだ。

崇伝は、しばらくためらっていたが、やがて、思いを振り切るように船ばたを乗り越え、海へ入った。

海水は、総身の毛穴が縮み上がるほど、冷たかった。

死にものぐるいで泳ぎ、海面に浮かんだ木片につかまって振り返ると、波に呑み込まれるように八幡船がゆっくりと没していくのが見えた。

京の雨

京の東山に、古刹(こさつ)がある。

寺の名を、

――南禅寺
という。

寺のおこりは、鎌倉時代のすえ、亀山上皇が東山独秀峰(どくしゅうほう)のふもとの離宮の一画に、南禅院なる持仏堂を建てたことにはじまる。

亀山上皇は南禅院で出家して、法皇となった。のち、寺としての体裁をととのえるようになり、名も南禅寺とあらためられた。

その由緒から、歴代天皇の帰依(きえ)あつく、ことに建武(けんむ)の中興で知られる後醍醐(ごだいご)天皇は、京の禅刹五山の第一に南禅寺をすえた。

また、室町幕府三代将軍足利義満が、南禅寺を五山のさらに上の別格と定めたため、寺運ますます隆盛し、
塔頭(たっちゅう)　六十坊
僧侶　一千人
寺領　五千余石
と、おおいに栄えた。
しかし、さしも隆盛をほこった南禅寺も、応仁元年（一四六七）にはじまった大乱――世にいう応仁の乱によって、壊滅的な大打撃を受ける。
壮麗な伽藍(がらん)は、ことごとく焼け落ち、寺宝は失われ、当時一流の知識をほこった学僧たちは離散した。
応仁の乱がおさまったあとも、保護者であった室町幕府の衰退のために、寺は復興がならず、広い境内(けいだい)には山門、法堂、方丈(ほうじょう)もなく、寺の子院である塔頭が、焼け跡にぽつりぽつりと寂しく建つだけというありさまとなっていた。
やがて、麻のごとく乱れた戦国乱世を、上洛した織田信長がひとつにまとめ、その覇業を継いだ豊臣秀吉の天下になっても、南禅寺が往時の姿にもどることはなかった。
秀吉から五百九十二石の寺領をあたえられたものの、伽藍の復興どころか、寺は衰微をきわめていた。

みどり濃い木立につつまれた南禅寺の塔頭、聴松院の庭に雨が降りそそいでいる。糸のようにほそい雨だった。

手入れの行き届かぬ枯山水の庭を、雨が音もなく濡らしている。生い茂る雑草の中にひっそりと咲いたアジサイの花の色が、目にあざやかだった。

(また、雨か……)

庭をのぞむ庫裏で書物を読んでいた崇伝は、ふと目を上げ、降りしきる雨を見つめた。

もう五日、雨が降りつづいていた。梅雨空を眺めていると、気分がうっとうしく、重苦しく沈んでくる。

季節はすでに、梅雨である。

(あれから、三月近くたつのか)

果たせなかった渡海の夢を思い、崇伝は端整な顔をくもらせた。

あのとき――。

海に飛び込んだ崇伝は、雑兵の差し出す熊手で、豊臣軍の船に掬い上げられた。禁を破って密航をくわだてた罪により、肥前名護屋城へ送られ、そこでしばらく牢につながれることになった。

呼子ノ藤左衛門ら海賊衆が、その後どこへ送られ、どのような処分を受けたかはわからない。
ただし、崇伝自身は、南禅寺長老の玄圃霊三が秀吉の外交顧問として名護屋城にあったため、そのとりなしによってゆるされ、ひとり京へ送り返された。
このとき、唐入りをくわだてた豊臣秀吉の陣には、玄圃霊三のほか、
西笑承兌(せいしょうじょうたい)（相国寺(しょうこくじ)長老）
惟杏永哲(いきょうようてつ)（東福寺長老）
と、いずれも京都五山の禅僧がつき従っていた。
当時、中国、朝鮮、日本などの東アジア圏では、
――漢文
によって、公式の外交文書が取り交わされていたため、それを読み書きできる禅僧の力がぜひとも必要だったのである。
五山の禅僧は、漢詩をつくることを修行のひとつとしていた。しぜん、かれらは漢文に堪能になった。
崇伝もまた、二十代なかばにも満たぬ若さで、南禅寺随一といわれる漢文の素養を身につけ、俊秀の呼び声が高かった。
崇伝が、禁をおかしてまで明への密航をこころみたのは、世に出るため、さらに高度な漢文の文章力を会得しようとしたからにほかならない。

「このようなときに明へわたらんとするとは、そなたは度しがたき愚か者ぞ。太閤殿下が朝鮮、明を平らげたあかつきには、何の苦もなく渡海できようものを」

師の霊三は、苦りきった顔で崇伝を叱責した。

だが、

（やすやすと唐入りが成功すると考えるほうが、どうかしている。朝鮮、明とのいくさが長びけば、二度とふたたび、渡海できなくなるではないか）

崇伝は肚の底で、師を軽侮した。

自分が秀吉の外交顧問であれば、いくさの無謀さを理をもって説き、唐入りを断念させたであろう。

じっさい——。

四月十二日に朝鮮の富山浦（現、釜山）へ上陸した秀吉軍は、はじめの一月ほどは連戦連勝、破竹のいきおいで進軍し、首都漢城（現、ソウル）をおとしいれたものの、李舜臣ひきいる朝鮮水軍などの抵抗に遭い、しだいに戦況は悪化しつつあった。

相変わらず、雨が降りつづいている。

寺のなかは黴臭いにおいが立ち込め、気分うつうつとして、崇伝は好きな読書にも身が入らなかった。

（おれがしたのは、無謀なこころみだったのか……）

いつもは過ぎ去ったことなど振り返らぬ崇伝だが、雨に降り込められていると、苦い思いばかりが胸に満ちてくる。

あれきり、雑色の六弥太の消息はわからなかった。おそらく、敵の銃弾にあたったか、船から海へ投げ出されるかして命を落としたのであろう。

（おれがやつを巻き込まねば、六弥太は死なずにすんだはずだ）

南禅寺でともに育った友を失った疵は深かった。もともと孤独だった崇伝の心に、渡海の失敗は、埋めきれぬほどの寂寥感を残していた。

天下人秀吉の禁をおかして渡海をこころみたということは、事実上、崇伝の寺での出世はむずかしくなったといっていい。南禅寺はただでさえ衰微しているうえに、副司の崇伝が不始末をおかし、豊臣軍の船にとらえられたとあれば、秀吉に取り入らんとしている老師の心証がよかろうはずがなかった。

むろん、こうなることは覚悟のうえだった。

代償をはらわねば、大きなものは手に入れることができない。

（しかし……）

野心はいささかも色あせてはいないが、いまのところ、あらたな道をひらく手立てが見つからないのも事実だった。

(道が閉ざされているときは、ひたすら待つしかあるまい)

崇伝は雨を見つめながら思った。

一方——。

秀吉軍の朝鮮での進軍は、完全に止まっていた。

明国が、朝鮮国境へ兵を送り込んだためである。明国の圧倒的な大軍の前に、豊臣軍は苦戦を強いられた。

それでなくとも、なれぬ海の向こうの戦いである。兵站(へいたん)も、指揮系統も、いつもとは勝手がちがう。

当初、緒戦の優勢に気をよくした秀吉は、遠征軍の指揮をとるため、みずから朝鮮へわたることを考えていた。が、戦況がおもわしくないのを見た五大老の徳川家康、前田利家らが、

「ご渡海の途中、李舜臣ひきいる朝鮮水軍に襲われる恐れがございます。なにとぞ、思いとどまり下さいませ」

と、引き留めたため、秀吉の渡海は沙汰やみとなったのである。

「弱ったことになった」

知客(しか)の玄林が、浮かぬ顔で崇伝のもとにやってきたのは、梅雨の中休みの、真夏のよ

うに強い陽射しが照りつける日のことだった。
知客とは、禅堂の役職中、最高の重役で、寺にいる雲水たちの総取締的な立場にある。
ちなみに、副司の崇伝は、その知客の下役にあたり、寺の財政をあずかる立場にあった。
禅堂には、そのほか、
典座（炊事役）
殿司（経を読む役）
隠侍（老師の世話をする役）
など、さまざまな役職があるが、彼らの上に立ち、師匠である老師に代わって、寺の実務すべてを取り仕切るのが、知客の役目にほかならない。
知客の玄林は、寺の雑務をコツコツとまじめにつとめ上げ、五十なかばにしてようやく知客にまで成り上がった男だった。若くして師に学才をみとめられ、副司に抜擢された崇伝とはちがう。
それだけに、取り柄といえば温厚なだけで、学識においては副司の崇伝に一段も、二段もおよばない。弁舌もさわやかとは言いがたく、留守中の老師、玄圃霊三の代わりに来客の応対にあたるのを、ほかの何より苦手としていた。
「いや、弱った」

玄林は、年よりもふけた皺（しわ）の多い顔をしかめ、崇伝の前にあぐらをかいた。

「どうなさいました。何か、困りごとでもございましたか」

むろん、崇伝は上役の玄林に対して、いんぎんな態度をとっている。だが、それはあくまで表面だけのことで、内心は能力のない人柄だけの知客を侮蔑していた。

「うむ、老師さまが肥前名護屋へお出ましになってお留守というに、面倒ごとが起きてしもうた」

「いったい、何があったのです」

「いや、そなたは謹慎中の身。相談いたしても、どうなるものでもないのだが……」

峻烈にして、果断な気性の崇伝は、自分よりはるかに年上の玄林の、このような煮え切らぬ態度がゆるせない。

「どうにもならぬなら、お話しにならぬがよろしゅうございましょう」

「そう冷たいことを申すな、崇伝。わしにはそなたしか、頼る者がいないのだ」

「ですから、何があったかとおうかがいしているのです」

「じつはな」

玄林は、すがるような目で崇伝を見つめて言った。

「法論をいどまれておるのよ」

「法論を……」

「うむ」

崇伝の問いに、玄林はほそい目をしょぼつかせながらうなずいた。

法論は、宗論（しゅうろん）、あるいは問答ともいう。仏教の宗派間において、教義の優劣、真偽をあらそう議論のことで、ときにおおやけの場で判者を立てて勝敗を決することもあった。

「して、いかなる宗派から法論をいどまれたのです」

崇伝は聞いた。

「うむ、それがのう……」

「もしや、比叡山でございますか」

「いや、相手は比叡山ではない」

「では、どこです」

「われらと同じ禅門じゃ」

「禅門……」

「うむ」

とうなずき、玄林は首すじににじんだ汗を手の甲でぬぐった。

「知客寮どの、これを」

崇伝はふところの懐紙を差し出した。

「じつは、紫野（むらさきの）の者に法論を仕掛けられてな」

「紫野というと、大徳寺でございますな」

「そうじゃ」

「して、大徳寺のいったい誰に、いどまれたというのです」

「妙空よ」

玄林が懐紙で汗をふいた。

玄林からその名を聞かされた崇伝は、眉をひそめた。

たしかに、難敵である。

大徳寺の妙空といえば、

——舌を八枚持って生まれたか
と言われるほど、弁舌たくみな男である。

むろん学識も豊かだが、何といっても圧巻なのは、けっして相手に主導権をゆずらぬ強引な雄弁術で、たいていの者は、妙空に一方的に押しまくられ、ついには言い負かされてしまう。

そんな男だけに、人からは好かれていない。

近ごろでは、同じ大徳寺の僧侶でさえ、妙空に議論を吹っかけられるのを嫌い、ろくに口をきく者もないありさまと聞いている。

妙空は、日ごろ、仲間に相手にされないうっぷんを晴らすため、南禅寺に法論をいどんできたのではないかと思われる。

「それは、お断りになったほうがよろしゅうございましょう。あのような者とかかわっては、わが寺のためになりませぬ」

崇伝はきっぱりと言った。

「できれば、わしもかかわりにはなりたくない。しかし、こたびばかりは、受けて立たぬわけにはいかぬのじゃ」

「なぜでございます」

「話の仲立ちをしているのが、さきの関白近衛竜山（このえりゅうざん）さまだからじゃ」

近衛竜山といえば、出家する前の名を近衛前久（さきひさ）といい、かつては朝廷第一の実力者として知られていた。

いまは息子の信尹（のぶただ）に家督をゆずり、髪を削って悠々自適の隠居暮らしを送っている。

玄林の話では、今出川の近衛邸でもよおされた囲碁の会に招かれたとき、たまたま同席していた妙空と、碁の勝った負けたから言いあらそいになったのだという。

「勝負に負けた妙空は、自分が厠（かわや）へ立ったすきに、わしが石の二度打ちをしたと言いだしたのじゃ。そもそも、南禅寺をはじめとする五山の僧は、詩ばかりつくっていて、かんじんの禅の修行がなっておらぬ。そのようなことだから、ごまかしをするのだと、大声でわめき立ておった」

「言いがかりでございますな」

「碁に負けたのが、よほど悔しかったのであろう。しかし、そのままではことはおさまらぬ。結局、近衛さまがあいだに入り、後日、法論で黒白(こくびゃく)を決しようということになった」

「なるほど」

崇伝はうなずいた。

「それで、妙空と法論をせねばならぬはめになったわけですな」

「わしはもとより口べたじゃ。妙空とあらそったとて、とうてい勝つ自信はない。さりとて、法論を断れば、妙空めは勝ちほこったように、南禅寺の者は口ほどにもないと言いふらすであろう。老師の留守をあずかる身として、寺の威を失墜させることは耐えがたい」

「それは、困りましたな」

と、崇伝はそっけない。

法論など、くだらぬと思っている。教義の優劣や、寺の優劣を弁舌によって決するとはいうが、そのじつ、詭弁(きべん)のうまいほうに軍配があがるだけで、本質的な論戦をしたことにはならない。空虚な議論を並べたてる——ただ、それだけのものである。

「のう頼む、崇伝」

玄林が、親子ほども年の離れた崇伝に向かって両手を合わせた。

「わしになり代わり、妙空と法論をしてくれぬか。南禅寺で学識第一のそなたなら、口上手の妙空にも負けぬはず……。いや、かならずや勝ってくれよう」

「お言葉を返すようですが、知客寮どの」

崇伝は、冷たく底光りする目で玄林を見すえた。

「わたくしは、老師さまよりお咎めを受け、ただいま身をつつしんでおるところでございます。知客寮どのの代わりに、おおやけの場で法論するなど、もってのほかでありましょう」

「い、いや……。それは、わかっている」

玄林はぬぐった首すじに、また大汗をかき、

「しかし、このさい、そなたに代わりをつとめてもらうしか、寺の面子をたもつ手立てがないのじゃ。あとでわけを話せば、老師さまにもわかっていただけよう」

「それは、知客寮どのが、この崇伝の謹慎をといて下さるということでございますな」

「やむをえまい」

「ならば、承知いたしました」

崇伝はすずやかに微笑した。

「して、法論の日時は？」

「十日後じゃ。場所は、岡屋の近衛さまの別邸。近衛さまと親しい公卿衆も、二十人近くお見えになることになっている。妙空に勝てば、そなたの名も天下に鳴り響こうというもの」

「名利など、べつだん、欲しゅうはございませぬ」

淡々とこたえたが、内心は、世に名を売る絶好の機会ではないかと考えている。

「みごと、法論に勝ったあかつきには、わしの後がまの知客寮としてそなたを推挙しよう」

「何ごとも、玄林どのにおまかせいたします」


十日後——。

崇伝は、玄林とともに舟で桂川を下り、岡屋の里へ向かった。

岡屋は、京から南へ二里。

南山城の野に、満々と水をたたえる巨椋池のほとりに位置する閑静な里である。

近衛家の別邸は、岡屋の船着き場から、少し行ったところにあった。まわりに葦原がひろがり、巨椋池のさざなみが屋敷の庭に寄せている。

方一町の邸宅である。

こけら葺きの寝殿から、池に向かって釣殿が突き出し、水べりの杭に舟遊びのための小舟がつながれていた。庭には、茶室や月見台などの建物が点在している。

崇伝たちが通されたのは、巨椋池をのぞむ書院であった。

すでに、書院の上段ノ間には、法論の判者をつとめる公卿衆が集まっていた。

そこからやや下がった中段ノ間に、墨染の衣をまとった僧侶がふたり、威儀をただしてすわっている。

（あれが妙空か……）

崇伝は、中段ノ間にすわった男のひとりに瞳をすえた。

年は、三十なかばである。鉄色といっていいほどに、肌が黒い。小鼻がひろがり、唇がうすく、顎が傲岸そうに左右へはりだしていた。

崇伝を見返した目が、いかにも挑戦的で、自信に満ちあふれている。闘う前から、こちらを小ばかにしきったような目つきである。

かるく目礼した崇伝に、妙空は礼を返そうともしなかった。

妙空のわきにひかえているのは、介添え役の雲水であろう。こちらは小柄で、妙空よりもずっと若い。まだ、二十歳くらいに見える。

顎が小さく貧相で、眉も目も垂れ下がっている。

（ほかに介添え役のなり手がなかったのか……）

風采のあがらぬ若者を見て、崇伝は思った。

妙空は大徳寺の嫌われ者ゆえ、ものの役にも立たぬような下っ端の雲水しか、介添え役のつとめ手がなかったのであろう。

崇伝と玄林が公卿衆への挨拶を終えて、中段ノ間にすわると、傲慢にかまえた妙空とは対照的に、若者はふたりに向かってふかぶかと頭を下げた。

「南禅寺方、大徳寺方とも、よくぞまいった」

口をひらいたのは、近衛竜山であった。

すでに隠居の身とはいえ、まだまだ脂気(あぶらけ)のうせぬ風貌をした竜山は、禅僧たちを糸のようにほそい目で見わたし、

「南禅寺は、亀山院がご創建なされた、五山別格の古刹。かたや、大徳寺は後醍醐天皇以来、朝廷の庇護を受けた由緒ある寺じゃ。いずれも、寺の名をけがさぬよう、存分に法論を闘わすがよい」

「ははッ」

崇伝らは、畳に両手をついて平伏した。

書院に、緊張がみなぎっている。一同、息を詰めて勝負のゆくえを見守るなかで、

「南禅寺と大徳寺、さて、どちらが勝つかのう」

「むかしから、因縁あさからぬ両寺じゃ。負けたほうは、さぞや面目を失するであろうよ」

口もとに扇をあてて言い合う、公卿たちのささやき声が聞こえた。
南禅寺と大徳寺――。
同じ禅宗の寺院でありながら、両寺のかかわりは、たしかに良好なものとは言いがたい。むしろ、敵対していると言っていい。
南禅寺と大徳寺の対立は、すなわち、《五山派》《大徳寺・妙心寺派》という、京の禅門の二大派閥の対立におきかえられる。
京の禅寺は、そもそも、
天竜寺
相国寺
建仁寺
東福寺
万寿寺
の五山、および、五山之上すなわち別格たる南禅寺からなる、〝五山派〟によって統括されていた。
これに対し、五山の支配から抜け出して、朝廷の庇護のもと、独自の発展をとげたのが、大徳寺と妙心寺を中心とする一派であった。
五山は、室町幕府の御用派であり、足利将軍家の後援を得て、世にいう〝五山文学〟

を花開かせたが、幕府の衰退とともにおとろえをみせていた。

一方、大徳寺と妙心寺は、新興勢力ともいうべき織田信長、豊臣秀吉ら有力戦国大名と結び、また千利休をはじめとする、富裕な堺の商人らの帰依を集めて、寺運はしだいに隆盛に向かっている。

古い権威にすがる五山派は、新興の大徳寺、妙心寺の一派をみとめず、ことに大徳寺の長老らに、朝廷が勅旨をもって、

——紫衣（しえ）

をあたえて以来、南禅寺は大徳寺をあからさまに敵視するようになった。

紫衣とは、文字どおり紫色の法衣のことである。

禁色（きんじき）とされ、勅許を得なければ着ることをゆるされなかった紫の衣は、むかしから、五山之上の南禅寺（深紫色）、五山第一位の天竜寺（浅紫色）の長老のみにあたえられていた特権であった。

その長年の特権をおかされたのだから、南禅寺ら五山派の怒りは、推して知るべしであろう。

怒り心頭に発した南禅寺は、大徳寺とのまじわりを断ち、

——百年余り交会せず
という、絶縁状態にあった。

それゆえ、岡屋の別荘に集まった公卿たちが、崇伝と妙空の法論を、かたずを呑んで見守るのも無理はない。

まさに、百年の因縁を背負った対決である。

そのような重大な法論を、老師のゆるしを得ずに勝手におこなえば、

（またしても、老師はお怒りになるだろう）

師の玄圃霊三の苦い顔が、ふと脳裡をよぎったが、もはやあともどりはできない。いまは、たたかいに勝つことしか、崇伝の頭にはなかった。

正面に向かい合ってすわった妙空が、崇伝の目を威嚇するように睨んだ。

容貌秀麗なやさ男で、若く、法論の経験も浅そうな崇伝をくみしやすしとみて、最初から見下してかかるつもりであろう。

（相手の調子に巻き込まれてはならぬな……）

崇伝は腹に力を入れ、頬を引きしめた。

「まず、なんじに問う。この広い世界に雨が幾粒降るか数えてみよッ」

妙空が大音声を発し、縁側の向こうを指さしてみせた。

巨椋池の水面に、霧のようにこまかい雨が降りしきっている。朝から降りつづいている雨は、いっこうにやむ気配はない。

「どうだ、とく返答せよ」

妙空が、えぐるような目で崇伝を睨みつけた。

（こたえられるものなら、こたえてみよ）

といった、自信たっぷりの表情である。

崇伝は黙ったまま、しずかに目を閉じた。

膝の上で両手を組み、心をからっぽにして、ただ耳に響く雨だれの音だけを聞く。

上段ノ間のほうで、

「あの者、とけぬぞ」

「南禅寺は最初の問答でつまずくか」

扇の陰に顔を寄せ、公卿たちがささやきあった。

「こたえよ、こたえよッ！　これしきの公案（こうあん）もとけぬのか。南禅寺へ立ちもどり、東司（とうす）（厠（かわや））の掃除からやり直したらどうじゃ」

崇伝のあせりを誘うように、妙空が耳ざわりなだみ声で言いたてた。

崇伝は表情を変えない。

しばらく黙っていたが、やがて、目をあけ、つと立ち上がって縁側へ出る。法衣の袖をまくり、右手を降りしきる雨のなかに突き出した。雨が、てのひらを濡らす。

崇伝は手から雨のしずくをしたたらせたまま、席にもどると、左手で懐紙を取り出し、

床の上に広げた。雨に濡れた指で、懐紙に、

　——水
　と、字を書く。

「これが、問いのこたえにございます」

　崇伝は顔をあげ、妙空をまっすぐに見つめた。

「ほ……。わしは雨粒の数をかぞえよと申したのだぞ。その文字の、どこがこたえじゃッ！」

「おわかりになりませぬか」

「おお、わからぬわい」

　妙空が吠えた。

「これに書いたとおり、雨はすなわち水」

　崇伝は、水の字を書いた懐紙を手に取り、

「水は絶えずとどまることを知らず、千変万化、かくのごとく姿を変えまする。あるときには、百万粒の雨となり、地に落ちればひとつに合わさって、大きな湖にもなる。いずれが水で、いずれが水でないということはない。仮りの姿にこだわっていては、本質を見失うことになる。本質を見ること、それすなわち、無常の中の常住なり」

　——おおッ

と、一座がどよめいた。

「さすがは、五山之上の南禅寺。見事な答えじゃ」

上座の近衛竜山が、扇で膝をたたいた。

居並ぶ公卿たちも、口跡さわやかで、水ぎわだった男ぶりの崇伝に、いたく興味をそそられたようである。

このようすを見て、大徳寺の妙空は苛立ったように親指の爪を噛んだ。

「しからば、問う」

今度は崇伝が、逆に問いを発する番であった。

「口をひらかずに経を唱えてみせよ」

「いともたやすいことじゃ」

妙空がせせら笑った。

「念仏は、わが心にあり。口をひらかずとも、つねに胸のうちで唱えておるわ」

ひとまず、理にかなった返答である。

ふたりは、たがいに一歩もゆずらず、問答の応酬をつづけた。

一方が言葉で斬りつければ、他方は言葉で受け、また斬り返す。さながら、真剣をもって勝負する兵法者のようである。

闘いは、果てしなくつづくように思われた。

やがて――。

雨があがり、巨椋池がうつくしい夕映えに染まった。その夕映えも消えると、部屋のなかに灯明がともされた。

日が暮れると、判者をつとめる公卿たちのなかには、扇の陰であくびを嚙みころす者がいた。

妙空の顔にも、疲労の色が濃い。

が――。

長時間の法論による疲れは、崇伝の上にいささかも翳を落としていない。むしろ、双眸は明星のごとく輝き、弁舌は冴えわたっていた。

「耐えがたき酷暑、酷寒、なんじはこれをいかにしてしのぐか」

崇伝が問いを発した。

妙空は額に脂汗を浮かべ、鉄色の肌を赤黒く染めて、しばし苦悶したのち、

「あ、暑きときには、みずからさらに暑いと思いなし……。寒きときには、みずからさらに寒いと思いなすことじゃ。三昧の心境になれば、暑さ寒さを空じることができようぞ」

「まさしく、そのとおりですな」

崇伝は余裕たっぷりに微笑した。

妙空は、ことさら威圧するように、血走った目で崇伝を見つめ、

「問うッ」

喉の奥から声を振りしぼった。

「肉体はつねに滅びるものじゃ。不滅の法身とはいかに」

「人生五十年。人の一生は短い。しかし、人は死んでも、その知識は師から弟子へ受け継がれる。それこそ、不滅の法身なり」

崇伝のこたえは、いささかもよどむことがない。

（法論とは、これほど易きことか……）

何も考えずとも、唇から泉のごとく言葉が湧き出ることに、われながらおどろくほどである。それもこれも、崇伝の積み重ねた書物の知識と、臨機応変のこころの柔軟さゆえだった。

禅では、自由自在ということが何より尊ばれる。心がひとつにとらわれず、融通無碍(ゆうずうむげ)であれば、いかなる状況であっても適切に応じることができる。

それが〝無心〟であり、また〝石火(せっか)の機〟とも呼ばれる境地である。

若い崇伝自身、まだまだ悟りにはほど遠いが、つねに自由自在、融通無碍であらんと、こころがけている。

（そろそろ、決着をつけてもよいころだ）

崇伝は、法論に倦みはじめた一座のようすに、たたかいの決着をつけるべきしおを見てとった。

「しからば、大徳寺の妙空どのにおたずねする」

「何じゃ」

「紫衣とは、いかに」

「む……」

思わず、妙空が言葉に詰まった。

「ば、ばかなことを聞くでない」

妙空が顔に不快の色を浮かべた。

「そのようなことを聞いてなんとする。法論にもなるまい」

「こちらがたずねているのです。おこたえいただきたい」

崇伝は語気するどく言った。

妙空は、やむを得ぬといったように、

「紫衣とは、申すまでもなく、紫色の袈裟（けさ）と法衣のことじゃ。紫は、もっとも高貴な色。紫衣をまとうことは、朝廷よりの綸旨（りんじ）によってのみゆるされる最高の名誉ぞ」

「わが国で、もっとも古く紫衣をゆるされた者は？」

「奈良時代の僧、玄昉（げんぼう）じゃ。ただし、玄昉がたまわったのは袈裟であり、法衣ではない。

法衣ではじめて紫衣をゆるされしは、青蓮院門跡。紫の法衣は、代々、青蓮院の門跡のみにゆるされておった」

「されば、禅寺で最初に紫衣をゆるされたる者は」

「それは、南禅寺の長老じゃ」

しぶい顔をして、妙空は言葉を吐き出した。

「しかと、いまの返答にまちがいがございませぬな」

「うむ……」

「妙空どのの申されたとおり、禅寺ではじめて紫衣をゆるされたのは、わが南禅寺。いまを去ること二百余年前の、至徳三年（一三八六）のことです。それでは、妙空どのの大徳寺に紫衣がゆるされたのは、いつでござります」

「寛正三年（一四六二）じゃ」

「されば、大徳寺は南禅寺に遅れること七十余年にして、紫衣のゆるしを得たことになりまするな」

「それがどうしたッ。かような場で、紫衣をたまわった年のあとさきを論じたとて、どうにもなるまい」

紫衣を持ち出した崇伝の意図が読めぬためか、妙空は苛立ちはじめているようだった。

そこにこそ、崇伝のつけいる隙がある。

「いや、おおいに大事なことです」

崇伝は傲然と胸をはり、相手を射すくめるように見すえ、

「しからば、重ねて問う。青蓮院の門跡と南禅寺の長老が同席したとき、いずれを上席にすえるのが正しいか」

「それは、青蓮院であろう。南禅寺より早くに、紫衣をゆるされておる」

「お聞きになられたか。大徳寺の妙空どのは、先に紫衣をゆるされたほうが上席と、おみとめになった。すなわち、大徳寺は南禅寺より格下とみとめたことになる」

上段ノ間の公卿たちのあいだに、どよめきが広がった。

その場にいる誰もがみな、南禅寺と大徳寺の根深い対立を知っている。それだけに、崇伝のあざやかな弁舌の切れ味は、いっそうきわだった。

「わ、罠じゃ。この者は、わしを罠にはめおったのじゃ」

妙空が口からあわを飛ばし、血相を変えてののしった。

「詭弁にござりまする。南禅寺方が申すことは、詭弁にすぎませぬぞ」

上段ノ間のほうを見て、妙空は必死に言いわけをしたが、居並ぶ公卿衆の視線は冷淡である。誰の目にも、勝負のゆくえははっきりしていた。

崇伝は膝をすすめ、

「お見苦しゅうござりますぞ、妙空どの。ここはすなおに、大徳寺方の負けをおみとめ

になられよ」

「う、ぐぐ……」

妙空の首すじに、冷や汗がしたたっている。

(勝ったな……)

崇伝は、おのが勝利を確信した。

法論なれした妙空を相手に、並の禅問答をつづけても決着はつかぬ——と判断した崇伝は、紫衣という現実的な問題に話をみちびき、相手をのっぴきならぬ瀬戸ぎわへ追いつめたのである。

「どうやら、勝負あったようじゃな」

上座の近衛竜山が、扇を崇伝の南禅寺方にあげようとした。

と、そのときである——。

「お待ち下さいませ」

意気消沈した妙空の横で、遠慮がちに声をあげた者がいる。

大徳寺方の介添え役として、妙空についてきた、若い雲水だった。垢じみた衣を着た小柄な雲水は、しょぼついた目であたりを眺めわたし、

「大徳寺のゆかりの者として、わたくしにもひとこと、申しのべさせていただきとうござります」

「そなたの名は？」

近衛竜山が聞いた。

「沢庵と申します」

「ここは、南禅寺の者と大徳寺の者が公明正大に法論を闘わす場じゃ。言いたいことがあれば、何なりと申すがよかろう」

「ありがたき幸せ」

沢庵と名乗る若者は、貧相な顎をあげて崇伝をひたと見つめ、

「されば、言わせていただきますが、南禅寺の崇伝どのが申されること、一見正論のようだが、じつはまったくの的はずれ。すべては、言葉のまやかしにすぎず」

（こやつ、何を言いだす……）

崇伝は意外の感に打たれ、垢じみた衣を着た若い雲水を見つめ返した。

崇伝は、いまだ知るよしもないが、この雲水沢庵は、のちに大徳寺の住持となり、徳川幕府三代将軍家光の帰依を受けて品川東海寺をひらく、名僧沢庵宗彭の若き日の姿にほかならない。

但馬国出石に生まれた沢庵は、幼少のころに出石の禅刹、宗鏡寺の子院の勝福寺に入って出家し、修行をおこなっていた。

この年、二十歳。

修行熱心であった沢庵は、出石城主の招きで宗鏡寺へやってきていた大徳寺出身の董甫宗仲の目にとまり、その弟子となった。

こんどの法論の大徳寺方の介添え役となったのは、たまたま師の使いで出石から上洛していたためである。

「わが申せし言葉がまやかしにすぎずとは、どういうことだ」

崇伝は言った。

沢庵は考えをまとめるように黙っていたが、しばらくして、しずかに口をひらき、

「南禅寺が上、あるいは大徳寺が上と言いあらそうのは、そもそも仏に仕える者のなすべきこととは申せませぬ」

「とは、いかなることか」

崇伝は問うた。

「御仏は、三界六道の衆生をあまねく済度し給うものです。とすれば、御仏の慈悲の前で、人の身分に貴賤はない。紫衣の勅許がいずれが先、席順がいずれが上と、かくのごとき法論の場であらそうのは、俗にまみれた売僧が申し状。真の覚者は、俗を捨て去りたる者なり」

「こちらが申しているのは、覚者のありようではない」

崇伝は眉をひそめた。

「法要の場に、南禅寺と大徳寺の長老が同席したとき、その席次をいかにすればよいかを論じているのだ」

「いとも、たやすいことです」

沢庵は小づくりな顔に、春風のような微笑を浮かべた。

「仲良く並んですわればよい」

「なるほど、仏に仕える身として、席次にこだわるほうがどうかしておる」

近衛竜山が、はじけるように笑いだした。

「南禅寺の者、大徳寺の者とも、本日の法論はこれまでということにいたそう。両者とも、よく闘った。わしの判定は、引き分けじゃ。みなもそれで、異存はなかろうな」

竜山の言葉に、公卿たちは一様にうなずいた。

みな、内心では、辛気(しんき)臭い法論を一刻も早くおひらきにし、酒宴にしたいと願っていたのである。

判者の近衛竜山が引き分けの断をくだした以上、それに異をさしはさむことは、崇伝にはできない。

「酒(ささ)にいたそう。用意せよ」

竜山が手をたたいた。

待つほどに、女たちが根来塗(ねごろぬり)の膳をつぎつぎ運んでくる。あとは、くだけた酒の席となった。

「でかしたぞ、崇伝」

知客の玄林が耳もとでささやいた。

「大徳寺に勝ったわけではありませぬ。わたくしの力が足りず、このような仕儀にあいなりました」

「しかし、妙空をあそこまで追いつめたのだ。そなたに言いこめられたときの、あやつの窮しきった顔を見たか。そなたの大手柄、老師がおもどりになったら、しかとおつたえしておこう」

「………」

玄林の言葉を、崇伝はほとんど聞いていなかった。ただ、向かい側にいる、痩せ鼠のごとき雲水の顔を凝視していた。

(沢庵か……)

その名を、崇伝はみずからの胸に彫りきざむように、口のなかでつぶやいた。

むろん――。

先々、この沢庵なる若者が、おのれの野心の前に大きく立ちはだかろうなどと、夢にも思っていたわけではない。しかし、歯のあいだに異物がはさまったような不快感を、崇伝は沢庵に対しておぼえた。

謹慎をとかれた崇伝に、もとの暮らしがもどってきた。

禅寺の生活は、退屈きわまりない。

若い雲水たちは、まだ真っ暗なうちから、殿司の鳴らす鈴鐘の音と、

「開静（かいじょう）ッ！」

という声に、たたき起こされる。

起きるとすぐに洗面、用を足し、暁の闇につつまれた本堂で朝の勤行（ごんぎょう）がはじまる。

勤行がすむと、朝食である。禅寺の朝食は、きわめてうすい水のごとき粥（かゆ）で、これにおかずとして大根の古漬だけがつく。

昼は麦飯に味噌汁、漬物。夜は、雑炊。一日じゅう粗食である。

このため、新入りの雲水はビタミン不足におちいり、かならずといっていいほど、

——脚気（かっけ）

にかかる。

しかし、それも修行をつづけるうちに体のほうがなれ、しぜんと治ってしまうから不思議である。

朝食のあとには、茶礼（されい）といって、茶がふるまわれる。

ただ茶を喫するのではない。禅寺ならではの作法がある。茶にかぎらず、僧堂の暮らしは、行住坐臥すべてに厳しい作法があり、そのことごとくが修行になっている。

日中は、さまざまな作務が課せられる。托鉢や提唱（名僧の語録を老師より聴聞すること）。剃髪、大掃除など、日によって決まっている。

夕暮れ前には、ふたたび勤行。夜になると、堂内で座禅を組む。就寝は早い。

日々、その繰り返しである。

崇伝は得度して以来、雲水としての単調な暮らしをつづけてきた。もっとも、役づきの副司となってからは、少しばかり立場がちがう。

寺の財政を切り盛りするのが、副司たる者のつとめである。

禅刹寺の副司は寺領の米を差配し、寺に紙や墨などをおさめる商人たちと金のやり取りをする。

寺のなかでは唯一、俗世と接する機会の多い役職だが、退屈きわまりないことに変わりはない。

（つまらぬな……）

花代、線香代の勘定をつけながら、崇伝は浮かぬ顔で、みどり濃い庭のカエデを見た。

ひとりの客が崇伝をたずねてきたのは、梅雨が明け、祇園囃子の音が京の町中に流れる暑い日のことであった。

「わしに客だと？」

崇伝は取り次ぎをした侍者を振り返った。

「はい」

「誰だ」

「板倉勝重さまと申されておりまする」

「板倉……」

ついぞ、耳にしたことのない名であった。

「いかがいたします、副司さま。お会いになられますか」

「そうだな」

どうせ、仕事にあきあきしていたところである。

その男が、どのような用件で自分をたずねてきたか知らぬが、いっときの退屈しのぎにはなる。崇伝は、板倉勝重なる侍に会ってみることにした。

侍者に、武士を客殿へ通しておくよう命じ、崇伝は法衣を着がえた。

侍者の話では、武士は立派な風采の男だという。どこの家中の者かは知らぬが、威儀をつくろっておくにこしたことはない。

真新しい絽の衣に袖を通した崇伝は、客殿へ足を向けた。

南禅寺聴松院の客殿は、相阿弥作の枯山水の庭に面している。照りつける強い夏の陽射しで、庭石が白く光っていた。

「よい庭でござるな」

崇伝が部屋に入ると、男は庭に視線を落としたまま言った。

なるほど、押し出しが立派である。目が大きく、鼻も口もおおぶりで、奈良東大寺の仁王像のような顔をしていた。

「白砂に配された三尊石の形といい、鶴亀石のおきどころといい、どれをとっても申しぶんがない。見ていると、しんと心が澄みわたってくるようだ」

「庭におくわしいようでございますな」

「いや、それほどのことはない」

崇伝が法衣の裾をはらってすわると、男ははじめてこちらに顔を向け、

「申し遅れた。それがし、徳川内府(だいふ)さまが家臣にて、板倉四郎左衛門勝重と申す。以後、お見知りおかれよ」

太い声で言った。

(徳川家康の家臣か……)

徳川家康といえば、関八州二百四十二万石の太守である。豊臣政権の五大老の筆頭で、その存在には天下人である秀吉ですら、一目も二目もおいていた。

「面識のないそれがしが、なにゆえ、貴僧をたずねてきたかとお思いであろう」

板倉勝重は、崇伝の胸のうちを察するように言った。

頭のいい男らしい。目に知的な光があり、戦場を駆けめぐる荒々しい武将というよりも、頭の切れる〝能吏〟といった感じがする。

「じつは、先日の問答を聞き、貴僧の学識の深さにほとほと感じ入ってな」

「先日の問答と申されますと？」

「貴僧、近衛さまの別邸で大徳寺の者とやり合ったであろう。あれよ」

「ああ……」

男が言っているのは、岡屋の近衛竜山の屋敷でおこなわれた法論のことにちがいない。

（しかし……）

あの場にいた公卿たちのなかに、男の姿はなかった。

「失礼ながら、岡屋の法論をお聞きになっておられたのか」

「襖をへだてた控えの間でな、声だけ聞かせてもらった。ひさびさに、聞きごたえのある法論であった。わしも長らく禅堂にいたが、貴僧のような若さで、ああまで堂々と問答することはできぬ」

と、男は笑った。

板倉勝重——。

いっぷう変わった経歴の持ち主である。

勝重は、天文十四年（一五四五）、三河武士板倉好重（よししげ）の子として三河国額田（ぬかた）郡に生まれた。幼くして出家、香誉宗哲と称し、三十代なかばまで禅僧として暮らした。

しかし、父好重と家督を継いでいた弟の定重があいついで戦死。宗哲は、板倉の家を絶やすなという家康の命令で還俗し、人生を一からやり直すこととなった。

戦国の男としては、遅い出発である。

だが、禅寺で修行を積んだだけあって、勝重は読み書きに堪能、しかも非凡な経営の才を持ち合わせていたのを家康にみとめられ、駿府町奉行に抜擢された。

家康の見抜いたとおり、民政家としてすぐれた手腕を発揮した勝重は、徳川家の関東移封とともに、今度は江戸町奉行、関東代官の大任をまかされて、四十八歳のいまにいたっている。

初対面の崇伝がいだいた、

——能吏
という印象は、まさにそのものずばりだったということになる。

「わが殿と近衛さまは、かねてよりお親しいあいだがら。わしは、肥前名護屋から江戸への帰りみち、近衛さまへご機嫌うかがいに立ち寄ってのう。そのとき、岡屋の別邸でおもしろき法論がおこなわれるとの話を聞き、書院の控えの間に入れていただいたというしだいよ」

板倉勝重はわるびれもせずに言った。

「わしの見たところ、法論は十のうち九まで、貴僧の勝ちであった」

「九分まで勝っていても、詰めをあやまれば、勝ちとは申せませぬ」

崇伝は端整な顔に、かすかな悔しさをにじませて言った。

「負けたのではない。この世に生きる者の論理としては、あの沢庵なる雲水よりも、貴僧のほうが正しい」

「……………」

「言葉のうえでは、たしかに南禅寺の長老と大徳寺の長老、仲良く肩を並べて座につくことはできる。しかし、じっさいは、そうはいかぬ。法要の席で長老たちが鉢合わせすれば、かならず席次のあらそいになる。わし自身が雲水から侍になったゆえ、禅門のことはよくわかる」

「恐れ入りましてございます」

しばらくして、朴(ほお)の湯が運ばれてきた。朴の葉を煎じた薬湯である。

「貴僧、わしとともに江戸へ下ってみる気はないか」

「江戸へ……」

「そうじゃ」

勝重はうなずいた。

「家康さまが関東入りされてからこのかた、江戸は関八州のかなめとして、めざましいほどにひらけてまいった。江戸を、京、大坂にも負けぬ大きな町に発展させるためには、そなたのような智恵者の助けが必要なのだ」

勝重は熱を込めて言った。

「空理空論に拠りどころをもとめるのではなく、現世の利益に即した貴僧の智恵。それをぜひとも、新しい町づくりのために貸してほしい」

「と、申されましても……」

あまりに急な話であった。

「町づくりがすすめば、わが殿に願って、そなたのための禅寺を江戸に築こう」

「………」

「それ相応の寺領も与える。二百石ではどうだ。悪い話ではあるまい」

悪いどころではない。

南禅寺の寺領が、五百九十二石であることを考えれば、まさに破格の待遇といえよう。

「どうだ、やってみぬか」

勝重が崇伝の目をのぞき込んだ。

「………」

崇伝は、即答しなかった。

たしかにいい話ではある。新しい町づくりにかかわるというのは、ひとりの男として、心そそられる話である。

しかも、相手は、まだ海のものとも山のものともつかぬ若い崇伝の才能を見込み、迎えてくれようというのである。

（江戸か……）

京に生まれ、京に育った崇伝にとって、江戸という土地は、遠い辺境の地でしかない。関八州のかなめ――とはいっても、崇伝の想念に湧いてくる江戸のありさまとは、ただ茫々と茅原のつづく曠野（こうや）であった。

とまどっている崇伝の気持ちを察したか、勝重はかるく笑い、

「すぐに返答せよといっても、無理であろう。わしはここ三日ほど、伏見向島（むかいじま）の徳川家の屋敷におる。気持ちが定まったら、いつなりとも使いをくれ」

と、言いおいて立ち去っていった。

崇伝は、聴松院の禅堂で座禅を組んだ。

ひさびさに心が揺れていた。

自分の力を、はじめてみとめてくれた者がいる。そのことは、すなおに嬉しい。

さりとて、板倉勝重の招きに応じて江戸へ下るとなると、それはまた別の問題であった。

なるほど、江戸の町はこの先、大きくひらけてゆくだろう。その江戸で、行政にかか

わるというのは、すこぶる魅力的な話である。

(だが、それしきで満足するのは、器の小さな者のすることだ。おれはもっと、大きな舞台で力をふるいたい。天下をこの手で動かすような……)

心は決まった。

翌日、崇伝は勝重へ、丁重な断り状を送った。

雌伏

年が変わり、文禄二年になった。

正月早々、崇伝は南禅寺の末寺にあたる、

――澄光寺(ちょうこうじ)

に住職としてつかわされることになった。

「澄光寺とは、たしか、山城国(やましろのくに)と大和国のさかい、木津川のほとりにある小寺でございましたな」

「そのとおりじゃ」

秀吉にしたがって肥前名護屋の陣にいる玄圃霊三に代わり、崇伝に師の意向をつたえた知客(しか)の玄林がもったいぶった顔でうなずいた。

「澄光寺はもったいなくも、足利三代将軍義満公が、絶海中津(ぜっかいちゅうしん)上人を開山としてご創建なされた由緒ある寺じゃ。小なりとはいえ、そなたの若さで一寺をまかされるのだ。ありがたく思うがよいぞ」

「………」

崇伝にとっては、少しもありがたくない。

将軍が創建した名刹（めいさつ）といえば聞こえはいいが、大和国に近いという土地がら、興福寺を中心とする奈良仏教の力が強く、寺運はいちじるしくおとろえていた。

優秀な学生（がくしょう）の寄りつどう京の南禅寺から、澄光寺へやられることは、体（てい）のいい〝島流し〟にひとしい。

「玄林どのは、岡屋の法論のとき、わたくしに約束されたはずだ。つぎの南禅寺の知客には、わたくしを推挙すると。それが、このような仕儀になるとは、いったいどういうことです」

「いや……」

崇伝の激しい語気に、小心者の玄林はたじろいだように口ごもった。

「わしは、名護屋の老師さまに、書状をもってそなたのことを推挙しておいたのだ」

「まことでございますか」

「ま、まことじゃ。しかし、寺の人事は老師さまがお決めになること。老師さまは、そなたが禁令を破って渡海をくわだてしこと、まだお怒りになっておられるのではないか」

たしかに、そのとおりであった。

玄林のとりなしで何とか謹慎だけはとかれたが、崇伝の行動によって、秀吉のそばにいる玄圃霊三は面目を失った。

崇伝に対し、老師がよい感情を持っているはずがない。

（左遷だな……）

崇伝は唇を嚙みしめた。

「そう、あからさまに嫌な顔をするでない」

玄林がなだめるように言った。

「ものは考えようぞ、崇伝。興福寺の勢力に押されている澄光寺を立て直せば、そなたはわが寺の功労者。老師もそなたを見直し、京へ呼びもどすであろう。何ごとも辛抱じゃ」

崇伝は返答をしなかった。


それから三日後――。

崇伝は身のまわりの荷物をまとめ、澄光寺へおもむいた。したがうのは、得度（とくど）したばかりの元竹（げんちく）という新米の雲水（うんすい）だけである。

澄光寺へは、大和街道を京から南へ八里（三十二キロ）。

夜明け前に東山の南禅寺を発って、ようやく日暮れどきにたどり着く。

あたりは、古く、高麗人が住みついていたことから、
——狛の里
と呼ばれる。

〽山城の狛のわたりの瓜つくり
なよや　らいしなや　さいしなや
瓜つくり　瓜つくり　はれ

と、催馬楽に謡われたように、このあたりは昔から瓜作りで名高い。が、いまは冬である。

道ばたの畑に、瓜はみのっていない。ただ、霜枯れた畑を冷たい風が吹きわたっているだけである。

澄光寺は、背後に赤松の林を背負った谷にあった。南を木津川が流れている。瀬音が高い。

寺を見て、さすがの崇伝もおどろいた。

(破れ寺ではないか……)

寺のまわりにめぐらされた練塀は、あらかた崩れはて、ところどころに雑草が生えて

いる。軒のかたむいた山門をくぐってなかへ入ると、仏堂の屋根瓦は落ち、縁側は板が腐って穴があいていた。庭の池は、いちめん落ち葉がおおい尽くしている。

経蔵、東司（便所）も、すでにかたちを失っており、なんとか原形をとどめているのは、方丈のわきにある庫裏だけである。

（前住は、半年まえに示寂したと言っていたな……）

おとろえているとは聞いていたが、これほどひどいありさまとは思ってもみなかった。

元竹も、あまりのことに声も出ない。

「これはひどうございます。すぐに、南禅寺へもどりましょう」

にきび面の元竹が、いまにも泣きだしそうな顔で言った。

「もどって、どうする」

「この寺のありさまを話せば、わかっていただけるはずです。とても、人の住めるところではありませぬ」

「それをわかっていて、老師はわしをここへ送り込んだのだ。泣きごとは通用せぬ」

「しかし……」

「おもしろい」

崇伝は、菅笠のふちを親指で持ち上げて、口もとに不敵な笑みを浮かべ、

「この寺、みごと立て直してやろうではないか」

崇伝は元竹とともに、庫裏の掃除をするところからはじめた。

クモの巣をはらい、床にたまっていた埃を竹ぼうきで掃き出し、裏山から湧き出す凍るような清水を汲んできて雑巾がけをした。

夜までかかって掃除をすると、台所の土間に面した囲炉裏ノ間と、その奥の狭い一部屋だけが、どうにか使えるようになった。

ほかの部屋は雨漏りのために痛みが激しく、大がかりに修繕しなければ、とても住めたものではない。

「なんとか、今夜は寝られそうだな」

「はい」

「そろそろ、薬石（夕飯）にするか」

早朝に南禅寺で粥を食べたきりなので、ひどく腹がへっていた。

台所の土間に残っていた薪で、かまどに火をおこした。鍋は古びたものがかまどにかかっていたので、それを洗いきよめた。

半年まえまで先住がいたというだけあって、ひととおりの炊事道具はそろっている。

崇伝は南禅寺から持ってきた米をとぎ、これも持参してきた大根の葉をきざんで雑炊をこしらえた。

部屋のすみに短檠をひとつともしただけの囲炉裏ノ間で、元竹とふたり、雑炊をすすった。雑炊の熱さが胃の腑に沁みた。

「ご住職さま」

と元竹が呼んだ。

なるほど、破れ寺にはちがいないが、今日から崇伝はこの寺をあずかる住職である。

「明日から、いかにして、寺を立て直したらよいのでしょうか。このぶんでは、寄進をあおげる檀家もないにちがいありませぬ」

「さしあたって、土地の分限者を大檀家にすることだな」

「分限者でございますか……」

「地獄の沙汰も金しだいだ。金がなくては、この世は動かぬ。とりあえず、近辺を托鉢して米や野菜、炭などをもらいながら、寺のために金を出してくれそうな者を探す」

「そのような奇特なお方が見つかりましょうか」

元竹が、こころもとなげな顔をした。

「やってみねば、わかるまい」

みずからに言い聞かせるようにつぶやき、崇伝はふたつに折った枯れ枝を囲炉裏にほうり込んだ。

(いまに見ておれ……)

反骨心が胸のうちでしずかに燃え、その夜、崇伝はいつまでも寝つかれなかった。

翌朝、目ざめると、小雪が舞っていた。

「この空もようでは、托鉢に出られそうもございませぬな」

讃岐(さぬき)国高松の生まれで、雪というものになれていない元竹が、どんよりと重く垂れ込めた鉛色の空を見上げて言った。

元竹は十五になる。

去年の秋に得度して、いっぱしに大人びた口をきいているが、根はまだまだ子供なのである。

「托鉢に行かねば、飯が食えぬぞ。南禅寺から持ってきた米は、今日明日にも尽きよう。とにかく参るぞ」

「は、はい」

「そなたは、木津川の下流へ向かって歩け。わしは上流の村々をまわる」

ふたりは菅笠をかぶり、首から〝南禅僧堂〟と染め抜いた看板袋をぶら下げて、それぞれ、托鉢に向かった。

相変わらず、雪はやまない。降りしきる雪は、崇伝の影を地に塗り込めるかのようだった。

歩いていると、手も足も冷たくかじかんでくる。

（このようなことなら、あのとき板倉勝重の招きに応じ、江戸へ下っておればよかったか……）

後悔の念が、かすかに湧いた。

だが、崇伝は目先の小さな成功よりも、さらなる大きな栄光をつかみ取ることを、みずからに課したのである。

（いまは、耐えることだ……）

菅笠を目深にかぶり直しながら、崇伝は思った。

川ぞいに上流へ歩いていくと、例幣（れいへい）という集落に出た。例幣は、海住山寺という真言宗智山派の寺の門前町で、真言宗の力が強いため、禅坊主の崇伝に喜捨をする者はまったくいない。

崇伝は木津川をさらにさかのぼった。

川ぞいの集落の家々をまわり、門口に立って経をあげるが、戸をあけてくれる家すらない。

（前途多難だな……）

覚悟していたことだが、やはり現実は厳しい。

崇伝は日がとっぷりと暮れ落ちるころ、寺にもどった。もどると、先に托鉢から帰っていた元竹が、いまにも泣きべそをかきそうな顔で、崇伝にとりすがってきた。

「ご無事でようございました。ご住職さまにもしものことがあったら、どうしようかと思っておりました」

「托鉢に出たくらいで、何ごともあるものか。何かあったのか」

「このあたりを荒らしまわる、偸盗(ちゅうとう)一味の噂を聞きつけてまいったのでございます」

「偸盗？」

「はい」

元竹が落ち着きのない目でうなずいた。

偸盗とは、盗賊のことである。

寺の近くに盗賊の一味が出没するとは、おだやかな話ではない。

「まことか、その話」

桶の水で汚れた足をすすぎながら、崇伝は聞いた。

「托鉢の途中、祝園(ほうその)の集落の者が教えてくれたのでございます。なんでも、一味は古塚を荒らしまわり、近ごろではそれでも飽き足らずに、寺の本尊や、什宝(じゅうほう)にも手を出すようになったとか。つい二、三日前にも、興福寺の末寺で、住職が一味に縄で縛り上げられ、寺の宝物を洗いざらい奪われたそうにございます」

大和国から南山城一帯にかけては、大和朝廷の有力者を埋葬した古塚——すなわち、古墳が数多く点在している。

古塚には副葬品として、金銀、宝玉などの装飾品や、刀、唐三彩の壺といった金目のものが埋められている。ために、それらの副葬品を目当てに墓をあばく古墳荒らしが、昔から絶えなかった。

掘り出した金目の品は、京や大坂の古道具屋で、ひそかに売買される。奈良正倉院の宝物も、戦国の兵乱にまぎれて盗み出され、世間に出まわることが多々あった。

「案ずるな、元竹。どうせこの寺には、金目のものなど何ひとつ残っておらぬ。偸盗が押し入ったとて、奪うものなどあるか」

崇伝は、雨漏りのシミの浮いた天井を見上げて言った。

「しかし、命を奪われてはかないませぬ」

「そのときは自然のまま定めに身をまかせるまでよ」

「わたくしは、まだそこまで悟っておりませぬ」

元竹が肩をふるわせて言った。

「ご住職さま、本堂を掃除しておりましたら、このようなものが見つかりました」

翌朝、書見をしていた崇伝のもとに、元竹がやってきた。

「何だ、それは」

長さ五寸ほどの細長い木箱だった。ずいぶん古いもののようである。

「なかをご覧下さいませ」

崇伝は箱を手に取り、ふたをあけてみた。なかには、色あせた鬱金(うこん)染めの包みがおさめられている。

包みをとくと、崇伝の目にまばゆい黄金色の輝きが飛び込んできた。

「これは……」

阿弥陀如来の座像である。金無垢であろう。手に持つと、ずしりと重みがつたわってくる。

「先代の住職が、秘蔵していたものであろうか」

崇伝は結跏趺坐(けっかふざ)した阿弥陀如来像を、裏返したり、逆さにしたりして、値踏みするように眺めた。

「奈良の古道具屋にたたき売れば、寺の本堂を改修するだけの銭はつくれるな」

「寺の宝でございますぞ」

元竹が、顔色を蒼(あお)くする。

「そなたはこの破れ寺で飢え死にしてもよいのか」

「それは……」

「仏像など、人の目をくらます、まやかしにすぎぬ。黄金の仏ひとつをたたき売って、寺がむかしの繁栄を取りもどせるのであれば、それこそ御仏のありがたい功徳というものではないか」

「ご住職さまに言われると、たしかにそんな気がしてまいります」

世間知らずの元竹を丸め込むことなど、崇伝の雄弁術をもってすれば、赤子の手をひねるよりもやさしい。

「本気にするな。わしは、この仏を人に売るつもりはない」

「されば、どうなさろうと」

「よいか」

と、崇伝は膝をすすめ、

「黄金仏をたたき売って手に入る銭など、たかがしれている。いっとき、寺の台所はうるおうであろうが、ただそれだけのことだ。銭がなくなれば、またもとの破れ寺に逆もどりしてしまう」

「それでは、どのようにすればよいのでございますか」

「わしにまかせておけ」

崇伝は笑った。

崇伝は、寺の開山堂の修繕に着手した。

むろん、金がないから大工など雇えない。元竹とふたりで埃まみれになり、汗を流した。

床の破れたところには納屋にあった古材を打ちつけ、瓦の落ちた屋根には、裏山から摘んできたクマザサの葉を敷きつめて雨漏りせぬようにした。

修繕に励んでいるあいだにも、三日に一度は托鉢に出た。

相変わらず、人々の態度は冷淡であったが、商家の妻女や年ごろの娘のなかには、涼しげな美貌の崇伝に色目をつかい、

「家の者には、内緒でございますけれど……」

と、喜捨をする者がいた。

修繕をはじめて半月、境内に馥郁たる香りをただよわせて白梅の花が咲きほころびるころ、開山堂はようやく御堂らしい姿を取りもどした。

「嬉しゅうございます。自分の手でお寺を立て直すとは、なんとやり甲斐のある仕事でございましょう」

元竹が思わず感涙にむせんだ。

「あの黄金仏を持ってまいれ」

崇伝は、元竹に命じた。

言われたとおり、元竹が黄金仏を持ってくると、崇伝はそれを開山堂の台座にすえた。

「何をなさるのでございます」

「見てのとおりだ。今日より、ここは開山堂ではない。足利将軍家から、当寺の開山絶海中津上人が拝領した仏を祀る阿弥陀堂だ」

「将軍家よりたまわった……」

「そうだ」

崇伝はうなずき、

「初代足利将軍尊氏公は、この阿弥陀如来像を念持仏とし、つねに兜のなかに入れて出陣なされていた。ところが、湊川合戦のおり、楠木軍の恩地左近なる武者の斬撃を受け、兜がまっぷたつに割れた。本来なら、命がなかったところ、兜に入れていた念持仏が身代わりとなって、尊氏公は救われた。以後、黄金仏は〝身代わり阿弥陀〟と呼ばれるようになった」

「まことでございますか」

「まことのはずがあるまい。ということにするだけだ」

「なにゆえ、そのような作り話をされるのでございます」

元竹がおどろいたように聞き返した。

「決まっておろう。信者を集めるためよ」

崇伝は野太く笑い、

「まずは、わが澄光寺に、足利尊氏公を救った霊験あらたかな〝身代わり阿弥陀〟が秘蔵されているとの噂を流すのだ」

「噂でございますか？」

「さよう。これを拝めば、諸病、疫災、よろず困りごとを、ありがたい御仏が身代わりに引き受けて下さると宣伝する。噂が知れわたれば、〝身代わり阿弥陀〟の霊験にあやかりたいという信者が引きも切らず押し寄せ、寺はたちどころに栄えるであろう」

「それでは……。何も知らぬ善男善女を、妄言をもってたばかるようなものではございませぬか」

「たばかるのではない。救いをもとめる者にとっては、妄言もまた、真実になるということよ」

「どういうことでございます」

「わからぬか」

崇伝は、まばゆい黄金色の輝きをはなつ阿弥陀像にちらりと一瞥をくれ、

「仏に霊験があろうがなかろうが、じつのところ、迷っている者にとってはどうでもよいことなのだ」

「……」

「何かを拝み、迷い悩める気持ちに決着をつけることができれば、それで救われたこと

になる。信心とはそうしたものだ」

「はあ……」

元竹はキツネにつままれたような顔をしている。

崇伝はさらに、元竹に命じて作事小屋から鎌を持ってこさせた。

息を呑んで見守る元竹の目の前で、崇伝はいきなり鎌を振り下ろした。鋭利な鎌の切っ先が、黄金仏の額をふかぶかとえぐる。

「恐ろしや、恐ろしや……」

元竹が顔色を失い、膝をガタガタとふるわせた。

「もったいなくも、足利将軍の身代わりとなった仏だ。どこかに刀疵がついていなくば、おかしかろう」

唇に冷たい微笑をためた崇伝は、唯我独尊、ただ我のみがこの世のぬし——といった顔をしている。


崇伝のおもわくは、もののみごとに当たった。

みずからつくり上げた〝身代わり阿弥陀〟の噂を、それとなく世間に流すと、物見高い人々が澄光寺に押し寄せた。

信心とは不思議なもので、〝身代わり阿弥陀〟を拝みに来た者のなかに、

「子供の積聚の病が治った」

という母親や、

「阿弥陀さまを拝んでから、潰れそうだった店が立ち直り、借財をきれいに返すことができた」

と、随喜の涙を流すあきんどがあらわれた。評判が評判を呼び、寺への参詣人は引きも切らない。

人々は先をあらそうように銭を寄進し、わずかのあいだに、寺の台所は恐ろしいほどうるおった。

「まことに、阿弥陀仏の霊験なのでありましょうか」

元竹が首をかしげた。

からくりを知っているはずの元竹であったが、つい先日も、息子に背負われてやってきた腰のたたぬ老婆が、仏を拝んだとたん、歩けるようになったのを目の当たりにし、なかば〝身代わり阿弥陀〟の話を信じるようになっている。

「霊験が起きたと言いふらしている者どもは、わしが銭をあたえて、そのようにさせているのよ」

「えッ……。では、先日のあの老婆も、ご住職さまが……」

「いや、あれはちがう」

崇伝は笑い、

「あの老婆は、御仏が霊験あらたかなものだと思い込み、いっとき、腰がかるくなったような気になったのだ」

集まった銭で、諸堂の屋根瓦を葺き直し、庭師を入れて枯山水の庭をととのえ、庫裏に真新しい畳を入れた。

黄金の阿弥陀仏は、多くの信者を呼び、財をもたらしたが、ほかにもうひとつ、ありがたくないものまで招き寄せることになった。

「古塚荒らしの野盗の一味が、このあたりを徘徊していると？」

境内の裏手で六尺棒をしごきながら、崇伝はつぶやいた。

枝垂桜が満開である。もとより寺の敷地にあった老木で、ここ数年は樹勢がおとろえていたというが、庭師を入れて手入れさせたせいか、今年は白い滝のごとき絢爛豪華たる花を咲きほこらせている。

その枝垂桜の枝をめがけ、崇伝は気合もろとも六尺棒を突き出した。

棒をしごくたびに、花びらが舞い散り、春のうららかな空気に緊張が走る。

「つい今朝がたも、境内の掃除をしておりましたところ、頬に刀疵のある男が、門前をうろついているのを見かけました。あれは、一味の者が、阿弥陀仏を奪わんとして寺を下見にまいったのではございますまいか」

「その男が、野盗の一味というあかしはあるまい」

「はい……。しかし、胸騒ぎがしてなりませぬ」

元竹が不安がるのも、もっともである。

見るも無残な破れ寺であったころならともかく、いまは〝身代わり阿弥陀〟のおかげで、寺の台所はうるおっている。

しかも、仏像が金無垢であることが世に知れわたっているとくれば、飢えたケモノのごとき野盗団が目をつけぬほうがどうかしている。

むろん、崇伝もそのことはわかっている。

つい先日も、用心のために腕っぷしの強そうな寺男を雇い入れたばかりである。のみならず、みずから六尺棒を手に取り、いざというときのために武芸の鍛錬をしているのであった。

「それにしても、ご住職さまに武芸の心得がおありだったとは、ついぞ存じませんでした」

崇伝のみごとな棒さばきに、元竹が目をみはった。

たしかに、しろうと芸ではない。

崇伝はそもそも、一色家という武家の名門の出である。実家が没落したために、幼くして禅寺に入れられたが、身のうちを流れるのは先祖代々脈々とつづく、武士(もののふ)の血にほかならなかった。

　そのうえ、五島沖の海で行方知れずになった、幼友達の六弥太が、京で名高い吉岡憲法の道場でひそかに剣を学んでいた影響もあり、崇伝も幼いころから見よう見まねでひととおりの武芸を身につけるようになっていた。


　夜になると、黄金仏を安置した阿弥陀堂に錠前をかけ、寺男と元竹が一日ごとに交替で不寝番をした。

　もっとも、いかに錠前をかけたとて、野盗の一団にオノで扉をたたき割られれば、そんなものは何の役にも立たない。

　崇伝は、一計を案じた。

　夜のあいだは阿弥陀堂に仏像をおかず、庫裏の自分の居室において寝ることにした。元竹と寺男には、相変わらず阿弥陀堂の番をさせ、盗賊の目がそちらに引きつけられるようにする。彼らは、オトリである。

　野盗とのたたかいは、すでにはじまっているといっていい。

　ことが起きたのは、その日の深夜である――。

　風が強かった。

　松の枝を揺らす風の音で、崇伝は目ざめた。耳を澄ますと、吹きすさぶ風の音にまじって、馬蹄の響きが聞こえる。

「来たか」

崇伝は寝床から身を起こした。黄金仏をふところにおさめると、長押（なげし）に掛けてあった六尺棒をつかみ取る。

そのあいだにも、馬の蹄の音はしだいに近づき、寺の境内で止まった。

馬から下りる人の気配がする。と同時に、馬のいななき、男の怒号が聞こえ、あたりは騒然たる空気につつまれた。

（元竹は……）

と思い、廊下をへだてた小部屋をのぞいてみると、いつもそこで寝ているはずの元竹の姿がない。今夜は、元竹が見張りの当番なのであろう。

野盗の一味が襲ってきたら、へたに手向かいせず、すぐに逃げよと言いふくめてあるから、よもや元竹の身に危害がおよぶ気づかいはないと思われる。

崇伝は足音をしのばせて廊下を歩き、台所へ出た。

とたん、

「お頭、黄金仏はこっちでがす」

思いがけぬ近さで、男の声が湧いた。

見ると、土間からつづく勝手口に寺男が立ち、外の者に向かってしきりに手招きをしている。

男の招きに応じるように、戸口に黒い人影があらわれた。

「お宝は、阿弥陀堂にはありゃしませんぜ。住職が自分の部屋においておりやす」

「そうか。こんなこともあろうかと、おまえを寺にもぐり込ませておいてよかったぜ」

「へへ……」

どうやら、用心棒のつもりで雇い入れた寺男は、野盗の手下であったらしい。

おのれのうかつさを呪い、崇伝は舌打ちした。

崇伝は廊下を引き返した。あいていた元竹の部屋に、六尺棒をかかえて身をひそめる。

野盗どもが土間へ入ってくる音がした。

傍若無人な足音である。気配を消そうともしない。兵仗を使わぬ僧侶が相手では、警戒するまでもないと思っているのだろう。

「こっちですぜ」

寺男の声につづき、土足の足音が廊下を近づいてきた。

「坊主はひとりだろうな」

頭とおぼしき、重い声が言った。

「へい。小坊主のほうは、さきほど縄で縛り上げ、阿弥陀堂へ押し込めておきました。あとは住職を殺っちまえば、黄金仏が手に入るって寸法で……」

「少し黙っていろ。坊主に逃げられたら、ことだ」

「すまねえ、お頭」

崇伝は息を殺し、襖の陰から男たちのようすをうかがった。

一味は、十人近い。いずれも、大刀を腰に帯びているようである。暗いので顔は見えないが、襖をへだてて、男たちの荒々しい息づかいが感じられる。

と、廊下が明るくなった。

男たちが、がんどう提灯(ぢようちん)に火を入れ、足もとを照らしているらしい。

「ここだな」

「へい」

短いやり取りのあと、崇伝の部屋の襖が、乱暴に引きあけられた。どっと、野盗たちが部屋のなかへなだれ込む。

一瞬、間があって、

「お頭、坊主がいねえッ！」

「やろう、逃げやがったな」

男たちが口々に罵声を発した。

「黄金仏はどこだ」

「ありませんぜ……。やつが持ち出したにちげえねえ」

「野郎ども、坊主を探せッ！　まだ、寺のなかに隠れているかもしれん」

頭の言葉に、男たちが廊下に飛び出てきた。

（いまだッ！）

崇伝は襖の陰から躍り出るや、前にいた男のみぞおちめがけ、

――でやッ！

と、六尺棒を突き入れた。

棒の先が、男の脾腹（ひばら）にふかぶかと食い込む。

男はうめき声もあげず、体をエビのように曲げ、腹を押さえながら廊下に崩れた。

「坊主が隠れていたぞッ」

がんどう提灯が、崇伝のほうに向けられた。

まぶしい。こちらだけ明るく照らされては、たたかいが不利である。

瞬間、崇伝の六尺棒が反転したかと思うと、敵の手にあったがんどう提灯をたたき落とした。

火が消え、あたりは闇につつまれる。

崇伝は廊下を走り、土間に飛び下りた。台所を突っ切って、そのまま外へ出る。

夜空に星屑が散っている。月は、雲間に隠れていた。

春の夜風が頬に冷たい。

勝手知ったるわが寺である。ほのかな星明かりのなか、崇伝は井戸端を駆け抜け、赤松の木立におおわれた裏山のゆるい斜面を縫うようにのぼった。

斜面の途中で、赤松の大木の陰に飛び込むと、

「坊主は裏山へ逃げたぞッ！」

下のほうで、男のわめき声がした。

野盗たちが斜面をのぼってくる。追いながら刀を抜いたらしく、木立の合間に、星明かりを吸った刃物の切っ先が氷のように輝くのが見えた。

「探せ、探せいッ！　どうせ坊主の足だ、遠くへ逃げられるはずがねえ」

蛮声が響いた。

男たちは抜き身の刀を引っさげながら、しだいに崇伝のほうへ近づいてくる。崇伝を見つけしだい、斬り捨てようという勢いである。

男たちとの距離がせばまった。

先頭の男が六尺棒のとどく間合いまで来たとき、崇伝は棒の先を、

――やッ
と、突き出した。

脇腹をえぐられた男が、草むらに倒れる。

崇伝は敏捷な動作で木の陰から飛び出した。倒れた敵の後ろにいた男の頭めがけ、六

尺棒をたたきつける。

　とっさに、男が刀で受けた。カッと音がした。

（やるものだ）

　口もとに冴えた微笑を浮かべつつ、崇伝は六尺棒を引いた。と見るや、棒の先が下からくるりと回転し、がらあきになった男の股間を掬(すく)い上げる。

　男は手から刀を取り落とし、跳ね飛ぶようにうしろへころがった。

　我ながらおどろくほど、体が自由自在に動いてくれる。

　武家の血が騒いでいるのだろう。

　刀の切っ先を低くかまえ、薙ぎはらってきた相手を、崇伝は苦もなくたたき伏せた。

　つづいて、斜め上から降ってきた切っ先を横へ跳んでかわすや、六尺棒で敵の足をはらう。

（残る敵は……）

　と、崇伝があたりを見まわしたとき、いきなり、背後から首に組みついてくる者があった。

「坊主の分際(ぶんざい)で、よくも手下どもをやってくれたな」

　低く押し殺した、一味の頭の声であった。

　短刀の冷たい切っ先が喉もとにふれるのを、崇伝は感じた。

敵が刃物を動かせば、確実に死ぬ。

「坊主、黄金仏をどこへやった。言わねば、喉笛をかっ切るぞ」

「………」

「どうしたッ。さっきまでの威勢はどこへいった。それとも、恐ろしさのあまり声も出せぬか」

野盗の頭が、崇伝を恫喝した。

ほかの手下どもとはちがい、声に鉈のような重さがある。幾多の修羅場をくぐり抜けてきた者のみが持つ、凄みであった。

「おい、何とか言わぬかッ」

「仏像なら、わしのふところにある」

崇伝はこたえた。

「まことか」

「この期におよんで、嘘を申してもはじまるまい」

野盗の頭が、短刀を突きつけたまま、もう一方の手で崇伝の法衣のふところを探った。

わずかに、切っ先が下がった。

その隙を、崇伝は見逃さなかった。

相手のあばら骨に肘打ちを食らわせるや、男の手首をつかみ、投げをうつ。男の体が一回転し、腰から地面にたたきつけられた。

崇伝は男の鳩尾めがけ、六尺棒を突き出した。

すばやく横に身をかわした野盗の頭が、六尺棒の先を小わきに抱え込む。

「坊主、やりおったなッ！」

闇のなかで、男の目が光った。凄まじい力で、六尺棒を崇伝の手から奪い取り、足もとを低く薙ぎ払ってくる。

崇伝は跳んだ。

跳んで、棒の先を避けようとしたが、かわしきれず、くるぶしに一撃を食らった。

激痛が走った。目もくらむような痛みに、思わず茂みに尻餅をつく。

すかさず、野盗の頭が崇伝の上にのしかかってくる。

「このやろうッ」

男の両手が崇伝の衿首を締め上げた。そうはさせじと、崇伝も痛みをこらえ、男につかみかかる。

組んずほぐれつしながら、ふたりの体は斜面をころがった。

月が雲間からのぞいた。男の顔が、月明かりに浮かび上がる。

「藤左衛門……。そなた、呼子ノ藤左衛門ではないか」

崇伝は地面に組み伏せた男に向かって、叫んでいた。

「おまえ、あのときの留学僧」

男が、目におどろきの色を浮かべた。

「崇伝……。たしか、崇伝といったか」

「いかにも、その崇伝だ」

崇伝が腕に込めていた力をゆるめると、男は地面に両手をついて起き上がった。

どちらも息があがっている。

しばらくは、声もなく、たがいの顔を見つめ合った。

男は、一年前、崇伝が明国への密航をくわだてたとき世話になった、上松浦党の海賊頭のひとり、呼子ノ藤左衛門であった。五島沖で豊臣軍の軍船に行く手をはばまれ、海に飛び込んで別れ別れになったきり、その後は消息も知れなくなっていた。

それが、

(このようなところで、野盗の頭目になっていようとは……)

崇伝はわが目をうたがった。藤左衛門は、声も姿も猛々しさを増し、すっかりすさんだ様子になっている。

「それにしても、おどろいたな。おぬし、生きていたのか。てっきり、海でおぼれ死んだものと思うておった」

藤左衛門が、顎をつたう血のすじを手の甲でぬぐった。取っ組み合いをしているうちに、傷つけたのだろう。

「おどろいたのは、こちらのほうだ」

相手を見つめ返す崇伝のほうも、衣の片袖は裂け、全身傷だらけになったひどい姿だった。

「上松浦党にその人ありと知られた呼子ノ藤左衛門が、なにゆえ畿内で盗っ人ばたらきなどをしている。おまえたちは、海が稼ぎ場ではなかったのか」

「いかに倭寇でも、船がなければ、陸へあがった河童と同じよ。食っていくために野盗のまねごとをし、流れ流れて、ついにはここまで落ちぶれ果てたのじゃ」

藤左衛門が自嘲するように、唇をひん曲げて笑った。

崇伝はとりあえず、藤左衛門を寺の庫裏へ招き入れた。

傷口を洗い、膏薬を塗ってから、ゆっくりといままでの経緯を聞いた。

あのとき、豊臣軍の砲撃によって八幡船を失った藤左衛門は、百叩きの刑を受け、縄張りの呼子の湊を追放されたのだという。

「くそいまいましい話じゃねえか。太閤の唐入りは、さっぱり進んじゃいねえ。ほかの倭寇どもも、飯の食い上げだ。いつかまた、船を手に入れて海へ乗り出したいと、望みを捨てずにいるんだが、とにかく唐入りが終わらねえことには話がはじまらねえのさ」

素焼きの酒杯のふちを嘗めながら、藤左衛門が苦い顔をした。

「ところで、知っているか。おまえと一緒にいた六弥太という男、明国へわたったそうだぞ」

「明国へわたった？　六弥太が……」

「ああ」

「六弥太は、生きていたのか」

崇伝は思わず身を乗り出した。

てっきり、海に沈んで命はないものとあきらめていたが、
しかも、六弥太は崇伝がついに果たし得なかった渡海の夢を実現し、明国へわたっているのだという。たんなる喜びを通り越した思いが、崇伝の背すじを激しくふるわせた。

（生きていたとは……）

「倭寇仲間から聞いた話だ」

藤左衛門は酒をあおり、

「やつは船から海へ投げ出されたあと、流木につかまったまま、しばらく気を失って潮に流されていたらしい。やつを拾い上げたのは、平戸の漁師舟だ」

「六弥太はどうやって明国へわたったのだ」

「なんでも、平戸でしばらく働いて金をためてから、薩摩の山川湊へくだり、明国へ行く島津氏の密貿易船に乗り込んだのだそうだ」

「島津の密貿易船だと……」

　崇伝はおどろいた。

　島津氏といえば、太閤秀吉に従っている薩摩の大名ではないか。げんに、朝鮮へも兵を出している。

（その島津が、秀吉の目をかすめ、密貿易をおこなっているというのか）

　事実とすれば、秀吉への反逆ということになる。

「そう、おどろくこたぁねえ。島津だって、おれたち倭寇と同じ穴のムジナよ。本音を言えば、太閤にしたがっていくさをするより、貿易のうまみを逃したくねえのさ」

「知らぬは太閤ばかりなり、か」

「いずれ、こんないくさは終わる。思い切って明国へわたった六弥太は、たいしたやつよ。やつは遠からず、海をまたにかけて大きな仕事をやらかすだろう」

「………」

　たしかに、そのとおりだと思った。

　海をまたにかけた大あきんどになるというのが、六弥太の夢だった。六弥太は、その夢に向けて、確実に一歩を踏み出していたのである。

（それに引きかえ、おれはどうだ……）

　渡海の望みが果たせなかったばかりか、このような破れ寺へ送り込まれ、つまらぬ金の算段ばかりしている。

一刻も早く、いまの暮らしから抜け出さねばと、焦燥がつのった。


呼子ノ藤左衛門は、その日から澄光寺に住み込むことになった。

「倭寇の頭目とあおがれたそなたが、寺荒らしとは、あまりにみじめすぎる。盗っ人稼業から足を洗い、しばらく寺に身をおいたらどうだ」

と、崇伝が強くすすめたためである。

藤左衛門の一党に手足を縛られ、阿弥陀堂に押し込められた元竹などは、話を聞いて腰を抜かさんばかりにおどろいた。

「ご住職さま、気でも触れましたか。相手は野盗でござりますぞ。もしものことがあったら、何となさいます」

「考えがあってのことだ。そなたが案ずるまでもない」

「ご住職さまのお考えとは、いったい何でございます」

「見ておれば、わかる」

崇伝はかすかに笑った。

澄光寺に、悪名高い寺荒らしの盗賊が住みついたという噂は、日を経ずして知れわたった。

「野盗がご住職さまに斬りつけたところ、黄金の阿弥陀仏が身代わりになり、お命を救ったそうじゃ」

「身代わり阿弥陀の功力に、さしも極悪非道なる野盗も涙をこぼして改心し、仏弟子となることを誓ったと申すぞ」

噂はすべて、崇伝が流したものであった。

この一件により、澄光寺の〝身代わり阿弥陀〟の評判は、いよいよ世に高くなった。

大和、山城一円のみならず、大坂、堺からも、阿弥陀の霊験にすがりたいと寄進を願い出る者があらわれ、信者の合力で諸堂がつぎつぎと建て替えられた。

かつては狐狸のすみか同然たった破れ寺は、南山城一の禅刹に変貌をとげた。

「おぬし、わしを体よく利用したのじゃな」

僧堂の片すみで、日々、暇をもてあましている藤左衛門が、崇伝をつかまえて恨むように言った。

近ごろでは、阿弥陀仏の功徳で改心したという野盗の顔を見たさに、寺にやってくる物好きもいる。藤左衛門は、そんな暮らしに、いささか嫌気がさしているようであった。

「利用したといえば、たしかにそのとおりかもしれぬ」

崇伝は傲然と言い放った。

「わしのような徒手空拳の男が、世に出るためには智恵を使わねばならぬ。ありとあらゆる智恵を駆使し、世間の厚い壁を打ち破っていかねばならぬ。そのためには、ときには悪をもおこなう。善人づらをしていては、何ひとつこの手につかみ取ることはできぬ」

「おぬし、怖い坊主だな」

それからしばらくして、藤左衛門はいずこともなく姿を消した。

海が恋しくなったのかもしれない。

恋の闇

秀吉の唐入りは、失敗した。

補給路が断たれ、ただでさえ兵站（へいたん）が容易でないところに、朝鮮の義兵が各地で決起して遠征軍を苦しめた。さらに、明国からの援軍が到着するにおよび、戦線は膠着（こうちゃく）した。

文禄二年の五月になって、たたかい疲れた両軍のあいだに講和の動きが出はじめた。

明国側から、謝用梓（しゃようし）らが、講和の使者として肥前名護屋にいたり、秀吉に面会した。

明国の使者たちに対し、秀吉は次のような講和の条件をしめした。

一、明帝の娘を迎えて、日本の天皇の皇妃とする。

一、朝鮮の王子、および重臣のうち一、二名を人質にとる。

一、勘合符（かんごうふ）を復活し、商船を往来させる。

これらの条件を受け入れぬかぎり、撤兵には応じられないと、秀吉は強硬姿勢を崩さなかった。

だが、じっさい問題として、明国側がこれらの条件を呑むはずもなく、講和の直接交渉にあたった小西行長は、

「日明貿易を再開させる」

という実利的な面を強く打ち出し、話し合いをすすめていった。

そのようなおりもおり、秀吉を狂喜乱舞させる事件が起きた。秀吉の愛妾淀殿（よどどの）が、大坂城で男子を出産したのである。

「わが世継ぎが生まれたかッ！」

知らせを聞いた秀吉は、もはや唐入りどころではなくなった。

講和交渉の継続を小西行長に命じた秀吉は、取るものも取りあえず名護屋城を抜け出し、大坂城へ飛んで帰った。

淀殿の産んだ男子は、

――拾（ひろい）

と名づけられた。のちの、豊臣秀頼（ひでより）である。

齢（よわい）五十七歳にして跡継ぎを得た秀吉は、拾を溺愛した。

年をとってから生まれた子は、ことにかわいいというが、秀吉の場合、待ち望んだすえにようやく得た一粒種だけに、その愛情は歯止めがきかなくなっている。明けても暮

れても、

「拾、拾」

である。ほかのものは、まったく眼中にないといっていい。

年が押し詰まった十二月、秀吉は朝鮮に展開していた全軍に撤退の命を下した。

翌、文禄三年春、秀吉は、

――伏見城
を築いた。

拾と生母の淀殿のみならず、豊臣家に仕える家臣の多くも城下に屋敷をかまえて移り住み、洛南伏見の地は京、大坂にもおとらぬ賑わいをみせるようになった。

「ご住職さま、ご住職さまッ！」

けたたましい足音とともに、方丈(ほうじょう)の廊下を元竹が走ってきた。

すがすがしいヒノキの香りのする方丈である。崇伝に帰依(きえ)した奈良町の晒屋(さらしや)の後家が、銭五千貫文を寄進し、この春、新造されたばかりの建物だった。

「いま、書見中だ。用があるなら、あとにせよ」

「そうはまいりませぬ。ただいま、伏見城よりのご使者が玄関先にまいっておられるのでございます」

「伏見城の使者だと？」

端整な崇伝の顔に、かすかな表情が動いた。

秀吉が九州の陣を引きはらい、伏見の地に城を築いたことは、崇伝も知っている。それとともに、秀吉に付き従っていた崇伝の師、玄圃霊三も京の南禅寺へもどってきていた。

「はい」

「たしかに、伏見城よりの使者と申したのだな」

「わかった。すぐに会うゆえ、書院にお通し申せ」

「承知つかまつりましてございます」

崇伝は、糊のきいた絽の法衣に装束をあらためた。

伏見城からの使者といえば、豊臣秀吉からの使いにちがいない。

(太閤が、なにゆえわしのところへ使いを……)

心あたりはない。

南禅寺にいて、五山随一の秀才として名をとどろかせていたころなら、人材をもとめる秀吉の目にとまったということもあろう。が、いまの崇伝は師の霊三にうとまれて、南山城の小寺に逼塞している身である。

その崇伝を、秀吉が伏見城へ招くとは、まず考えられない。

(わからぬな)

崇伝は首をかしげた。

ともあれ、使者に会って話を聞いてみるしかない。

庭に、蟬の声が湧いている。

季節は盛夏である。この夏は日照りつづきで、梅雨が明けてから半月あまりも雨が降らず、庭の土も白く乾ききっていた。

崇伝は、渡り廊下を歩いて書院へ行った。

待っていたのは男ではなく、女だった。流水模様の紗(しゃ)の打ち掛けを着た老女である。痩せて顎がとがり、キツネのようなほそい目をしている。

崇伝が席にすわると、老女はおもむろに口をひらいた。

「伏見城二ノ丸におわす、淀のお方さまの使者としてまいった。当寺秘蔵の〝身代わり阿弥陀〟を持参し、明日、お城に参りますように」

高飛車な物言いであった。

淀殿づきの侍女、壱岐(いき)ノ局(つぼね)と名乗る老女は、用向きだけを告げ、黒塗りの駕籠(かご)に乗って伏見城へ帰っていった。

「身代わり阿弥陀を、伏見のお城へ持ってまいられるのですか」

元竹が聞いた。

「お拾君が夏風邪をわずらったのだそうだ。近ごろ、霊験あらたかと評判の高い澄光寺の身代わり阿弥陀に、病気平癒を祈願したいと申す」

「病気平癒の祈願なら、寺へお参りにおいでになればよろしいではございませぬか。ご本尊を寺の外へ持ち出して祈願をするなど、前代未聞、さような無体がゆるされるのでしょうか」

「淀のお方は豊臣家の世継ぎを産んで、いまや飛ぶ鳥を落とす勢い。天下で、おのが望みが通らぬことなどないと思うているのであろう」

「しかし……」

「とにかく、明日、伏見城へゆく。身代わり阿弥陀をお乗せする輿を用意しておけ」

崇伝は、庭の楡の木のうえに浮かんだ夏雲を眺めながら言った。

「当寺には、輿などございませぬが」

「近在の地侍の家に頼み入り、借りてくるのだ」

(伏見城か……)

胸のうちに大きな野望を秘める崇伝にとって、その城は、おのれがもとめる天下を動かす力の中枢であった。そこに乗り込むことは、おおいに胸が躍った。

あるいは、淀殿に近づくことで、秀吉その人に接近をはかる機会があるやもしれなかった。

(これは天が与えた好機だ)

伏見城からの招きを、崇伝はそのようにとらえた。世に出るためには、針の穴ほどの機会も逃してはならない。

翌日――。

元竹が借りてきた塗輿（ぬりごし）に阿弥陀仏をすえた崇伝は、総勢二十人の従者をしたがえ、伏見城へ向けて出立した。従者は、近くの地侍の家来をかきあつめた、にわか仕立ての供である。

伏見までは、北へ六里。

大和街道をゆく。

盆地特有の湿気に満ちた暑さで、道にゆらゆらとかげろうが立ちのぼり、めまいすら覚えそうである。

街道ぞいの畑になり下がっている瓜も、道ばたに生い茂る葛（くず）の葉も、夏の強い陽射しに生気を失ったように沈黙していた。

井手

長池

の宿を過ぎ、崇伝らの一行は宇治にさしかかった。

宇治川の清流にかかる丹塗りの宇治橋をわたり、竹林につつまれた木幡の里を抜けて、

——伏見

の城下へ入っていく。

伏見には川湊がある。淀川を通って、大坂の城下とも結ばれている。

湊に近いところには、軒の低い町家が建ち並んでいるが、御香宮（ごこうのみや）神社の近くまで行くと、白塀をめぐらした武家屋敷が目につくようになった。

見上げると、小高い丘の中腹に、ひときわ大きな寺の瓦屋根が黒光りしている。

（あれが、兌（たい）長老が太閤より与えられたという豊光（ほうこう）寺か）

崇伝は切れ長な目の奥を底光りさせた。

兌長老とは、京都五山のひとつ相国寺の長老で、崇伝の師にあたる玄圃霊三と並び、秀吉に重用されている西笑承兌のことである。

五山でも、博学、すぐれた文才をもって知られる西笑承兌は、秀吉の外交文書を書くうちに、まつりごとの相談役もつとめるようになり、豊臣政権で隠然たる権勢を持つようになっていた。

豊光寺は、信任あつい承兌のために、秀吉があらたに建立させた寺である。

（一介の禅僧でも、能力さえあれば、権力者に近づき、天下のまつりごとを意のままに動かすことができる……）

西笑承兌の存在は、崇伝にとって、おのが野望の行き着く先、いずれ越えるべき大きな峰のように思えた。

(見ておれ……)

崇伝は唇を噛んだ。

(いつか、わしもあのような大寺に住する身になってくれる)

引きしまった頰から顎にしたたる汗をぬぐおうともせず、崇伝は寺の大屋根を射るように見すえた。

その豊光寺とは、谷をひとつへだてた丘の上に、伏見城の天守がそびえ立っている。

総石垣づくり。

白漆喰塗りの巨城である。

人を威圧するようにそそり立つ石垣と、白壁が、照りつける陽光をまばゆく反射させている。

伏見城は、絢爛（けんらん）豪華このうえない。

天守の屋根には金箔の瓦が使われ、なかの階段は青貝細工。また、茶室へつづく露地には金銀でつくった飛石が配されている。

豊臣家の直轄領となった全国の金銀山からあがる莫大な富を結集して築いた、文字どおり宮殿のような城であった。

秀吉はこの城で、明国、朝鮮、呂宋（ルソン）などの外交使節を引見し、みずからの威を海外にしめそうと考えた。伏見城が、ことさら豪華につくられたのは、諸外国に対する国威の発揚といった意味もあった。

大手門をくぐった崇伝の一行は、淀殿のいる二ノ丸御殿へ向かった。

(まだ、作事の途中ではないか……)

城内のあちらこちらで、槌(つち)の響く音がする。それもそのはず、伏見城はまだ完成していない。

秀吉が正式に伏見に移るのは、この年の秋。だが、落成を待ち切れず、伏見城へ遊山に来る秀吉にともなわれ、淀殿母子も二ノ丸御殿に滞在することが多かった。

御殿の玄関で、昨日、寺へ使いに来た壱岐ノ局が崇伝を出迎えた。

「わざわざのお越し、ご苦労」

顎をややそらせ、人を見下したような態度である。

「若君さまと淀のお方さまの御前で、くれぐれも無礼の無きように」

念を押されずともわかっていると、言葉が喉もとまで出かかった。

が、豊臣家の威を笠にきた老女と喧嘩をするほど、崇伝は青臭くはない。

「お拾君のお加減はいかがでございます」

「医師でもないそなたに話しても、しかたがない。阿弥陀仏を、疾(と)く御前へ参らせますように」

「……」

崇伝は輿から黄金の阿弥陀仏を下ろすと、紫のふくさを敷いた三方（さんぽう）にのせ、壱岐ノ局のあとにしたがった。

真新しい杉板の廊下を踏んで、御殿の奥へ進んだ。

女のすまいらしく、襖には華やかな紅梅、白梅や、秋の野草がえがかれ、ほのかな香の薫りがただよっている。

「こちらへ」

壱岐ノ局が廊下の途中で立ち止まり、紅葉のえがかれた襖の部屋へ崇伝を導いた。

崇伝は部屋の真ん中に正座した。

待つほどに、襖が向こう側からひらかれ、正面にきらびやかな打ち掛けをまとった女人の姿が見えた。

淀殿であろう。

黒地に摺箔（すりはく）、縫箔のほどこされた打ち掛けを艶麗に着こなした、小づくりな顔の女人である。

たしか、年は二十七歳になるはずである。

飛び抜けた美人というわけではない。顔は下ぶくれで、吊り上がった細い目と眉は癇（かん）性（しょう）の強さを思わせる。

ただし、やや下唇のあつい口もとに、男心をそそらずにはおかぬ色香があり、背すじを伸ばした小柄な体にあたりをはらうような気品をそなえていた。

上段ノ間にすわった淀殿のまわりには、十人を超える侍女たちが、色とりどりの花のように侍っている。

「澄光寺の住持、崇伝と申しまする」

崇伝がふかぶかと頭を垂れると、

「そなたが寺の住持か。ずいぶんと、若いのう」

上座のほうで、甲高い声がした。

声とともに、女たちのざわめきがさざ波のように起こる。

崇伝は顔を上げ、声のしたほうを見た。

崇伝に声をかけたのは、淀殿ではなく、部屋の反対側にひかえている、うわまぶたの腫れぼったい中年増の女だった。

腕に、白絹の産着にくるまれた赤子を抱いている。

「お拾君と、乳母の大蔵卿ノ局じゃ。頭を低くせよ」

後ろに控えている壱岐ノ局が、小声で言った。

大蔵卿ノ局は、後年、お拾君こと秀頼の乳母として豊臣家の大奥を取り仕切り、おもて向きの政治にまで口を出して、権勢並びなしと言われた女官である。その息子に、秀頼の第一の側近となる大野治長（はるなが）がいる。

崇伝はふたたび平伏した。

「お拾君が、夏風邪を召され、微熱がつづいておられる。御典医の曲直瀬玄朔（まなせげんさく）は、薬をたてまつり、安静にいたしておれば、二、三日で熱は下がると申すが、それだけでは心もとない。近ごろ、京畿で評判の高い〝身代わり阿弥陀〟に、若君さまのご本復を祈願したいと淀のお方さまはおおせなのじゃ」

れっきとした典医が心配ないと言っているのなら、赤子が大事にいたることはないのだろうが、そこは女人のこと、小さなこともおおげさに騒ぎたてずにはいられぬのであろう。

「ご心配のほど、もっともと存じ上げまする」

崇伝はつつしみ深く言った。

「これなる阿弥陀仏は、かの湊川合戦のおり、足利尊氏公が念持仏になされていた由緒あるみ仏。尊氏公が敵に襲われ、まさに命を落とさんとしたとき、み仏が身代わりとなって、公をお救い申し上げたもの」

崇伝は身代わり阿弥陀の功徳を、淀殿と女官たちを前にして滔々（とうとう）とのべたてた。

さわやかな弁舌である。

若く、しかも男ぶりのよい崇伝の流麗な言葉のひとつひとつに、女たちはいつしか魅せられたように聞き惚れる。

「〝身代わり阿弥陀〟の功力をうたがってはなりませぬ。ひたすら、若君のご本復を阿弥陀仏に祈念なさることです」

「阿弥陀仏が若君の身代わりとなり、お熱を下げてくださるのか」

赤子を抱いた大蔵卿ノ局が聞いた。

「むろんのこと」

崇伝は毅然として胸をそらし、

「何も考えず、ただ拝まれよ。両手を合わせ、御仏に向かって若君の病気平癒を祈るのです」

三方の上にすえた身代わり阿弥陀に向かって、崇伝は合掌した。

それにならい、女たちもつぎつぎと合掌する。淀殿も、大蔵卿ノ局も、みな目を閉じて頭を垂れ、一心に祈りをささげた。

いずれは、豊臣家の後継者となるかもしれぬ、大事な若君である。

産着にくるまれて寝息を立てている小さな赤子の存在が、秀吉の一愛妾たる淀殿の地位を重からしめ、天下のゆくえさえ変えようとしている。

女たちの拝む姿にも、おのずと切迫感が滲み出ている。

（女とは、御しやすいものだ……）

崇伝は墨染の法衣のたもとをはらい、悠然と上段ノ間を見わたした。

そのとき、ひとりの女と視線があった。

女官の群れのいちばん末座にいた女は、手こそ殊勝に合わせているが、ほかの者たちのようにまぶたを閉じてはいない。

黒目がちの大きな瞳で、凝りかたまったように崇伝を見すえている。

（………）

何げなく、崇伝は女の目を見返した。

こちらをのぞきこむ表情に見覚えがあった。

——あッ
崇伝は、思わず息を呑んだ。

（紀香……）

上段ノ間から、物いいたげな顔でこちらを食い入るように見つめているのは、五島列島の宇久島ではかない契りを結んだ、宇久正澄の娘の紀香ではないか。

崇伝はおのが背中を、燃え上がる火にも似た、激しい感情が駆けのぼっていくのを感じた。

「どこかお加減でも悪うございますか、ご住職さま」

伏見城よりもどってからこのかた、鬱々として楽しまぬようすの崇伝を見て、元竹が案ずるように言った。

「いや、何でもない」

崇伝は澄光寺の書院で、書見台に向き合っている。

ただし、書物はひらいていない。視線は、縁側の向こうの枯山水の庭を、見るともなしにさまよっていた。

「何か、心配ごとでもおありですか」

「ばかを申すな。〝身代わり阿弥陀〟の功力で、お拾君の病も癒えた。わしの頭を悩ませることなど、この世にあるものか」

「それも、そうでございますな」

崇伝が伏見城に身代わり阿弥陀を持参した翌日、お拾君の熱は嘘のように引いた。

おそらく、医師の曲直瀬玄朔が処方した薬が効いたのだろうが、淀殿とその取り巻きの女官たちは、阿弥陀仏の霊験があらわれたとかたく信じ込んでしまった。

わが子の病を治してくれた返礼として、淀殿は寺に銭七千貫、ほかに阿弥陀仏をおさめる高蒔絵の厨子を寄進した。

身代わり阿弥陀の評判は、いよいよ高い。

しかし、崇伝は黄金の阿弥陀仏を使って、騙りまがいに銭をかせぐことに、むなしさを感じはじめていた。

崇伝の心に、微妙な変化がおとずれたのには理由がある。

伏見城内で、紀香と再会したためである。

むろん、城のなかでは人目もある。紀香とはついに、ひとことも言葉を交わすことができなかった。

（まさか、あのようなところで紀香にめぐり会おうとは……）

いきなり、横つらに雪玉でも食らわされたような気分だった。

が、考えてみれば、不思議なことではない。太閤に召し出された紀香は、淀殿づきの侍女として仕えることになるだろうと、誰かに聞かされたような気がする。

（太閤は、紀香に手を出したのであろうか。それとも……）

心が揺れていた。

紀香とのことは、恋ではないと思っていたが、遠い海鳴りの音を聞きながら抱いた女の肌の匂い、月桃（げっとう）の花にも似た白い裸身を思い出すと、胸に暗い波がひたひたと押し寄せてくる。

紀香を思うと、あのころ、禁制をおかしてまで渡明しようとしていた熱い思いがよみがえってきた。

（おれは、いったい何をしているのだ。銭の算段にあくせくし、小さな寺を守ることが望みだったのか。いや、そうではない……)

傷ついたケモノのような野心が、激しく身をよじり、心のなかで咆哮をあげた。

伏見城の紀香から文が届いたのは、夏の終わりのことであった。

——明日、天ヶ瀬の山夜荘にて、朝茶を差し上げとう存じます。

文には、そのように書かれている。

山夜荘とは、宇治の茶師上林掃部丞が、宇治川の上流の天ヶ瀬の里に建てた山荘である。

閑静な山里に抱かれるように、侘びた風情の茶室がある。上林は武将や商人の接待などに、おりにふれて山夜荘を使うが、それ以外のときには、数奇の心得のある者に茶室を貸すこともあった。

「寺を一日留守にする。あとのことは頼んだぞ」

元竹に命じた崇伝は、翌朝、真っ暗なうちに澄光寺を出た。

むしょうに、紀香に会いたかった。

何かにせきたてられるようないまの焦燥感を鎮めるには、女の柔肌にふれ、その血のかよった熱い肉でおのれをたしかめるしかないと思った。

(わしはいままで、書物のなかにこそ人の世の真理があると考えてきた。だが、ちがう。

女人には、書物ではわからぬ何かがある……）

供をするのは、提灯をかかげた小者だけである。

宇治に着いたころ、ようやくほのぼのと夜が明けはじめた。

瀬音が高い。

宇治川に、濃い朝霧がただよい流れている。冷たい霧につつまれると、しぜんに頰が引きしまり、肌寒いくらいであった。

清冽な流れにそって、川を半里ほどさかのぼった。

あたりの景色は、幽邃境といっていい眺めに変わり、しだいに山気が強くなる。渓流におおいかぶさるカエデの緑が、目にあざやかだった。

（このあたりが、天ヶ瀬の里か……）

崇伝は里の入り口にさしかかったところで、供をしてきた小者を寺へ返した。

木々の葉のあいまから澄んだ朝の陽射しがこぼれている。

崇伝は女が待っているという上林家の山荘を探した。

山仕事に出かける里人にたずねると、山夜荘のありかはすぐにわかった。

山夜荘は、里を少しはずれた竹林のなかにあった。

すぐ下は宇治川で、風が吹くたびに竹の葉がすずしく鳴りわたった。

柴折戸をあけ、崇伝は水の打たれた露地をすすんだ。つきあたりに、こけら葺きの茶室がある。

茶室には、連子窓が切られている。しらじらと光る窓の障子に、竹の葉の影が映っていた。

見ると、茶室の躙口の板戸がほそめにあいている。

板戸の向こうに、あえかな人の気配が感じられた。

「紀香どのか」

崇伝は声をかけた。

と、しばし、ためらうような沈黙があって、

「崇伝さま。どうぞ、おあがり下さいませ」

低く抑えた女の声が返ってきた。

崇伝は草鞋を脱ぎ捨てると、長身をかがめるようにして、せまい躙口から茶室にあがった。

三畳台目の茶室である。

天井は網代。正面の連子窓のほかに、天井に突上窓があり、そこから淡い陽射しが降りそそいでいる。

茶室の奥の風炉を前にして、女がいた。

白藍色の地に松葉の模様をちらしたさわやかな小袖が、長く垂らしたつややかな黒髪

によく映える。

　少し、痩せたようだった。

　大坂城へあがって城づとめをしているせいか、以前よりも清麗さにみがきがかかったように見える。

「どうなさいました」

　じっと見つめている崇伝の視線を受け止め、紀香がとまどったように小首をかしげた。

「いや……。美しくなった」

「いつから、そのようなお上手を申されるようになりです」

「わしは嘘は言わぬ」

　崇伝は床の間の竹駕籠の花入に入れられた芙蓉花に目をやった。

「茶を点てて進ぜましょう」

　その場のはりつめた空気から逃れるように、紀香が長いまつげを伏せた。

　風炉にかけられた茶釜から、うっすらと白い湯気が立ちのぼっている。

　紀香は柄杓で湯をすくい、ほれぼれするようなあざやかな手さばきで茶を点てた。

「どうぞ」

　茶碗は侘びた珠光青磁である。

　紀香が膝もとに差し出した茶碗を受け取り、崇伝は作法どおり茶を飲み干した。

話したいこと、聞きたいことは、いろいろある。だが、狭い茶室で面と向かってふたりきりになると、思うように言葉が湧いてこない。

気持ちは、紀香も同じであるらしい。

「もう一服、茶を……」

茶碗にのばそうとした女の腕を、崇伝は衣ごとつかんだ。

「何をなさいます」

紀香の目が、崇伝を見つめた。

黒目がちの瞳に、おびえの色はない。

たとえ一夜でも、体を知り合った男と女である。目に見えぬ情念の川が、ふたりのあいだを滔々と流れている。

「あれから、そなたを忘れたことはない」

「崇伝さま……」

「いや。あの夜かぎりのことと、割り切ったつもりでいたが、心のどこかでそなたを忘れかねていた」

言葉は、なかば嘘、なかば真実(まこと)である。

再会するまで、紀香のことは忘却していたといっていい。が、伏見城で女の姿を目にしたとたん、心の奥に封じ込めていた思いがにわかによみがえってきた。

それは、長いあいだ泥に埋もれていた蓮が、眠りから醒め、みずみずしい花を咲かせるに似ている。

「わたくしも……」

紀香が、かすかに唇をわななかせ、

「あなたさまのことを、ずっとお慕い申し上げておりました」

「紀香」

崇伝は腕をつかんだ手に力を込め、女の体を抱き寄せようとした。

しかし、紀香は崇伝の腕のなかであらがう。

「なぜだ。わしのことを思っていたのではなかったのか」

「思うておりまする。いまも、死ぬほどに……」

「ならば、なにゆえだ。やはり太閤にその身をまかせたからか」

崇伝は問いつめるように言った。

たとえ、紀香が太閤のお手つきになっていたとて、どうこう言える筋合いのことではない。だが、灼くような嫉妬が胸を焦がすのは、我ながらいかんともしがたい。

「いいえ。殿下は、淀のお方さまがお拾君をもうけられてから、ほかのおなごには一切興味を失っておられます。それゆえ、殿下がわたくしの身にふれたことは……」

「神仏にちかって、ないか」

「はい」

紀香は目を上げ、こればかりはきっぱりとうなずいた。

「でも……」

「……」

「わたくしは、崇伝さまに思うていただく値打ちのない女でございます」

「どういうことだ？」

「父は、わが父の宇久正澄は、崇伝さまや呼子ノ藤左衛門どのを裏切り、豊臣軍に内通いたしました。父の裏切りのせいで、あなたさまは海で命を落とされたにちがいないと、わたくしはおのれを責めてまいったのです」

女の頬を涙が濡らした。

「崇伝さま……」

「そなたの父のなした行為は、わしとそなたのことには一切かかわりがない」

「わしはそなたが欲しい。そして、そなたもわしを欲している。男女（なんにょ）のことは、ただそれだけでよい」

崇伝は紀香の手を取り、その爪に唇を押しあてた。桜貝を思わせる、うすく透けた小さな爪である。

「まことに、わたくしをゆるして下さるのですか」

紀香がおそれおののくように崇伝を見た。

崇伝は女の指先から唇をはなし、なおも拝跪するように伏し拝み、

「ゆるすも、ゆるさぬもなし。御仏の光は、生きとし生けるこの世の衆生を、あまねく照らす。わしもそなたも、罪深き衆生のひとりじゃ」

「罪を、ともに背負うて下さいますのか」

「そなたを抱いたときから、わしは禅堂の戒律を破っていたことになる。しかし、わしは悔いてはおらぬ」

言いながら、崇伝の指先は、明かりに透けそうな女の首すじから耳たぶをなぞっていた。

もはや、紀香はあらがわない。

翌、早朝——。

崇伝は紀香を残し、一人ひそかに山夜荘を去った。

しばらく会わぬあいだに、紀香は見ちがえるばかりに〝女〟になっていた。肢体にほどよく脂がのり、ひらきはじめた花にも似た、若々しくかぐわしい女の美しさをみせていた。

崇伝が去ったのは、その美しさゆえであった。

（自分は紀香に執着している……）

女を抱いたあと、崇伝はそのことに気づき、愕然とした。

恐れるべきは女人そのものではなく、女人に執着するおのれの心である。ひとたび恋の闇に迷い込んでしまうと、あれほど熱く燃えていた野心の炎さえ、なぜか遠いものに思われてくる。

(女と引きかえに、野心を失ってよいのか……)

崇伝は自問自答した。

たしかに、紀香はいとしい。しかし、崇伝のなかには猛々しい野心の牙を持った自分がいる。その牙を失うことは、崇伝にとって、死にもひとしい。

(執着心を断ち切らねばならぬ)

若い崇伝は、女よりも野心を選んだ。

思いを捨て去るために、紀香に背を向け、そして逃げた。

だが、まだ心は揺れている。

あてもなく歩き、気づいたときには、大坂の天満(てんま)八軒家(はちけんや)から紀州へ向かう廻船に乗っていた。

紀州には、

——牟婁(むろ)ノ湯
という古湯がある。別名、湯崎ノ湯とも、白浜ノ湯とも呼ばれる湯治場である。

古くは、天智天皇や斎明天皇もこの湯に足を運び、疲れを癒したという由緒がある。崇伝は、南禅寺に入る前、乳母夫（めのと）の平賀清兵衛に連れられて、一度だけ牟妻ノ湯をおとずれたことがあった。

その、あおあおとひらけていた牟妻の海が、崇伝はなぜかむしょうに見たくなった。

廻船が紀伊田辺の湊に入ったのは、大坂を出て三日目のことである。

田辺から海岸づたいに二里（八キロ）ほど歩き、海をのぞむ牟妻ノ湯に着いた。

松林の向こうは、白砂の浜がつらなり、左手に濃い緑の木々におおわれた岬が突き出しているのが見える。

澄んだ海が陽光を浴びきらめいていた。海の色は手前が濃く、遠くは淡く、果ては空に渺々（びょうびょう）と溶け込んでいる。

はるか沖合の空と海のあわいに、白帆をかかげた小舟が浮かんでいた。魚をいさどる漁師舟であろう。

（渇いている……）

砂浜を歩きながら、崇伝はふと思った。

いまの自分は渇いている。

夏の陽に照らされた浜辺の砂が、ひとしずくの水をもとめるように、心が渇ききっている。

ありあまる智恵と才知を身にそなえながら、それを使って世に出る道を断たれているのである。

(女に救いをもとめたのは、逃げであろう)

おのれにもわかっていた。

その夜は、牟婁ノ湯の、

――つづら屋

という宿に泊まった。

宿に、内湯はない。海岸に沿って外湯が七ヶ所あり、湯治客はそれを共同で使う。

崇伝は宿の提灯をかかげ、夜道をひとりで外湯へ向かった。

宿から二町ほど離れた、《崎(さき)の湯》と呼ばれる外湯である。

頭上に、星が散っている。

中天から西へ向かって天の川が流れ、東の空の低いところに、赤みを帯びた月が照っていた。

ウバメガシの茂みのなかの小道を抜けると、つきあたりが磯になっていて、その磯にいだかれるように、葦簾(よしず)で小屋がけされた露天の岩風呂があった。

夜が更けているせいか、外湯に人の影はない。

崇伝は衣を脱ぎ捨て、岩風呂の湯にゆっくりと身を沈めた。

湯加減はちょうどよい。肌あたりのやさしい、無色透明の湯であった。

すぐ目の前は海である。

波が磯に砕けると、冷たいしぶきが顔にかかる。

岩を枕に、のうのうと手足をのばした。

（ゆくすえ、自分はどうなるのか……）

夜空を見上げた。

先のことは、崇伝自身にも見定めがたい。

（ともあれ）

一日も早く本山へもどりたい——と崇伝が思ったとき、ウバメガシの林の向こうで、
男たちののしり騒ぐ声がした。

（何の騒ぎだ……）

崇伝は耳をそばだてた。

どうやら、喧嘩のようである。しだいに近づいてくる声は殺気立っている。

湯舟から上がり、葦簾の外をうかがうと、五、六人の男が、小柄な僧侶の衿首（えりくび）を引きずりまわしながら、月明かりに照らされた浜辺へ出てくるのが見えた。

「ふてえ坊主だ。簀巻（すま）きにして、海へぶち込んでやるッ！」

「銭も持たずに宿へ泊まって、ただですむと思うなよ」

男たちは、口々に叫んでいる。

暗いのでよくわからないが、湯宿で下働きをする若い衆であるらしい。

「悪気はなかったのだ」

と、男たちに囲まれて言いわけをしているのは、墨染の衣をまとった雲水である。

屈強な男たちとくらべると、大木の前の雑草のように痩せている。

「悪気はなかっただと」

「しかり」

「なら、どうして宿賃を払わねえ。はなっから、ただ飯を食って逃げちまうつもりだったんだろうが」

「持っていた銭は、外湯に出かける途中で、腹をすかせて行き倒れしかけている哀れな親子を見かけ、そっくり与えてしまった。それゆえ、宿賃が払えなくなった」

「ばかをぬかすんじゃねえ」

男たちがせせら笑った。

「どこの世界に、自分の宿賃まで人にくれちまう大ばか者がいるかよ。言いわけするなら、もうちっとましな話を考えるがいい」

男たちは雲水の頭をなぐりはじめた。

「よせ、よせ」

頭をかかえながら、雲水が叫ぶ。

「宿賃は、かならず払う。わしをなぐっても、一文にもなるまいぞ」

「この盗っ人坊主めが……。いったい、どうやって払うっていうんだ」

「後日、京の大徳寺に取りに来い」

「大徳寺だと」

「わしは、大徳寺の三玄院（さんげん）で、春屋和尚（しゅんおくおしょう）に師事している沢庵宗彭（そうほう）という者だ。逃げも隠れもせぬ。大徳寺まで来てくれれば、わしに帰依している商人がいくらでも払ってくれる」

（沢庵……）

という名乗りを聞いて、おどろいたのは、葦簾の陰でことの成り行きを見守っていた崇伝である。

沢庵といえば、忘れもしない。いまを去ること二年前の岡屋の法論のとき、大徳寺方の介添え役として崇伝の前にあらわれた年若い雲水ではないか。

あのとき、崇伝の弁舌は冴えわたり、いま少しで大徳寺の論者を言い負かすところまで追いつめたのだが、介添え役の沢庵がいらざる口出しをしたために、勝負は引き分けとなった。

相な顔だった。
宿の若い衆の背中のあいだに見え隠れしているのは、見おぼえのあるしょぼついた貧
崇伝は葦簾から身を乗り出した。
(そうだ、あれは沢庵だ)

かつて、岡屋で会ったときよりも不精髭が濃くなり、使いふるした筆のように顎の先から垂れ下がっている。

「大徳寺ゆかりの者などと、出まかせをぬかしおって。だいたい、紀州から京までわざわざ金が取りに行けるか」

「それは弱ったたな」

「こいつ、とぼけおって」

男の太い腕が、沢庵を砂の上に投げとばした。

あとは寄ってたかって、なぐる蹴るである。

腹でも蹴られたのか、沢庵は浜辺にうずくまったまま、身動きしない。

宿の者たちも、さすがに殺すつもりまではなかろうが、そうでもしなければ猛った血がおさまらぬのであろう。

(どうするか……)

崇伝は眉をひそめた。

むろん、助けてやる義理はない。沢庵とは、ただ一度会ったきり。しかも、南禅寺と対立する大徳寺ゆかりの者とあっては、なおさら手を差しのべるべき理由がない。

（あやつ、つまらぬ理想論に走り、現世のことを見すえぬゆえ、このような痛い目に遭うのだ）

崇伝の胸に、あなどりの気持ちが湧いた。

うわべをきれいごとで飾って、みずから手を汚さぬ者は、世に何事もなすことはできない——それが、幼少のころから世の辛酸を嘗めてきた崇伝の痛切な人生観である。

が——。

気持ちとはうらはらに、崇伝は葦簾にかけてあった衣を身にまとい、男たちのほうへ向かって歩きだしていた。

「おい、そろそろ許してやるがよかろう」

崇伝は、宿の若い衆の肩を後ろからたたいた。

「何だ、てめえは？」

振り返った男が、闇のなかで目を剝く。

「宿賃さえ払えば、文句はないのであろう。取っておけ」

銀の小粒が、波打ちぎわにころがった。

波の打ち寄せる浜辺から、ひとりの男があわてて銀の小粒を拾い上げた。

「どうだ。それでも、まだ足りぬか」

「いえ、十分でごぜえます」

宿賃さえもらえば、宿の者たちに不満のあろうはずがない。

男たちは首をすくめ、ウバメガシの林のなかへ姿を消していった。

あとに残されたのは、崇伝と沢庵ふたりきりである。

「おかげで助かりました。何とお礼を申し上げてよいやら」

沢庵は蹴られた腹を押さえ、よろめくようにして立ち上がった。

「しかし、あのような者どもに銭をくれてやることはなかった。あの者どもは不当に高い宿代をふっかけてきたのです。それゆえ、わたしは銭を持っておらぬと言って、やつらをこらしめようとした」

「では銭を行き倒れの親子にめぐんでやったというのは嘘か」

「嘘も方便と申します」

「……」

沢庵のほうは、自分を救った相手が崇伝だということに、まだ気づいていないらしい。

「とにかく、礼を言います」

「礼などいらぬ」

「失礼ながら、御坊はどこの寺の、何というお方か」

その問いに答えず、崇伝は沢庵に背を向け、葦簾張りの岩風呂に向かって足早に引き返した。

騒ぎに巻き込まれたおかげで、体が冷えていた。

（善人ぶって人助けなどするとは、自分らしくもない……）

いましがたのおのれの行為に対して、崇伝はむしょうに腹が立っていた。

（無益なことをした）

という後悔の念がある。

他人はすべからく踏み台にすべきもの、という崇伝の発想からすれば、何の見返りもなく人助けをするなどは愚の骨頂、愚か者のすることである。が、崇伝はそれをしてしまった。

なぜか、わからない。わからないからこそ、余計に腹が立つ。

苛立ちながら、崇伝は湯につかった。

同じ湯舟に沢庵が身を沈めてきたのは、それからしばらくしてのことである。

「もしや、南禅寺の崇伝どのではございませんか」

「……」

「気が動転して、御坊が南禅寺の崇伝どのとは気づきませなんだ。返すがえす、失礼をいたしましたな」

湯気の向こうで、沢庵が笑った。

面相が変わって見えるほど、顔が腫れあがっている。目はミミズが這っているかのように細くなっている。

笑うと傷が痛むのか、沢庵は眉間にかすかな皺を寄せた。

「天の川が目に沁み入るようでございますなあ」

沢庵が空を見上げた。

崇伝は、あらぬほうを見ている。自分とは性の合わぬ男と、つまらぬ世間話をする気はない。

「わたくしは昨年、故郷の出石を出て、京へのぼってまいりました。しかし、いやはや、出石の田舎寺と本山の大徳寺では、何から何まで勝手がちがう。日々、気苦労をいたしております」

「………」

「崇伝どのは、南禅寺から南山城の澄光寺に下られたと噂に聞きおよびました。そのお若さで住職をまかされるとは、さすがに五山随一の俊才と呼び声高い崇伝どの」

「わしが都落ちしたことを、皮肉っておるのか」

崇伝は、沢庵を睨みすえた。

「めっそうもない」

沢庵はいたってまじめな顔で崇伝を見つめ返し、

「岡屋の法論よりこのかた、わたくしは御坊のことを、真に法(のり)の道を語るに足る相手と、心ひそかに敬服いたしておりました。このようなところでお会いしたのも何かの縁。今宵は星空の下で、朝までゆるりと語り明かしませぬか」

「ばかな。宿なしのそなたに、付き合っていられるか」

「それもそうですな」

沢庵は大口をあけて笑い、笑ってから、傷の痛さにまた顔をしかめた。

どこまでが本気で、どこからが本気でないのか、いまひとつ肚(はら)の底の読みきれぬ男である。

「大徳寺に入ったはずのそなたが、なぜ、このようなところにいる」

ふと興をそそられて、崇伝は聞いた。

「よくぞお聞き下された」

沢庵は、暗い海にほそい目を向け、

「いまの大徳寺の長老がたは、おごりたかぶっておられる」

「とは？」

「大名、豪商が、つぎつぎと塔頭(たっちゅう)を建て、多額の喜捨をし、僧侶たちの暮らしは清貧とは言いがたいものです」

「それがどうした」

「雲水とは、もともと清らかで貧しい暮らしを送り、権威や財物などに心をとらわれてはならぬのです。文字どおり、雲や水が悠々と流れるごとくあらねばならぬもの。にもかかわらず、本山の者たちは俗世の垢に染まりきっている。これをば、雲水とは呼べませぬ。

わたくしは、そのような大徳寺の暮らしが嫌になった。ゆえに、勝手に寺を飛び出しては、流れる雲のごとく旅をし、清貧なるこころざしを忘れまいとしているのです」

沢庵は、厳しい顔つきで言った。

たしかに――。

このころの沢庵の暮らしは、貧困をきわめていた。

着ている衣は、夏、冬を通して、ただの一枚きり。下着の帷子（かたびら）は、いつも垢じみていた。

あるとき、沢庵は京の大寺の斎（とき）に呼ばれた。

しかし、衣が薄汚れていて、とても人前に出ることができない。やむなく、夜のうちに井戸端で着たきりの衣を洗ったが、朝になっても乾かず、ついに丸裸のまま、斎には顔を出すことがかなわなかった。

また、金がないために菜種油を買いもとめることができず、参禅の合間に和歌集や物語などを写して筆耕料をもらっては、書物を読む油代の足しにしていた。

　そもそも我が国において、純粋な意味で、人々の魂の救済をむねとする、〝宗教〟というものが存在したのは、鎌倉時代のみといっていい。

鎌倉時代には、法然、親鸞、道元、日蓮といった、すぐれた宗教者があらわれ、人々の心をつかんだ。

　それ以前は、奈良の大仏に象徴されるがごとき国家鎮護の宗教であり、以後は宗教そのものが権力にすり寄り、本来の役目を失った。

禅門の最高峰である京都五山でも、事情は同じである。

五山の僧侶は、魂の救済など考えもしなかった。彼らにとって、寺は学問をする場所であった。

　学問を身につけることによって、有力な戦国武将の招きを受け、やがては参謀として力をふるうことを望んだ。

今川義元の太原雪斎（建仁寺出身）。

毛利輝元の安国寺恵瓊（東福寺出身）。

大内義隆、武田信玄の策彦周良（天竜寺出身）。

五山に学び、戦国武将の〝智恵袋〟となった僧侶は、数え上げればきりがない。

京都五山で学問を身につけ、おのが野心を達成した人物の代表といえば、北条早雲がいる。

早雲は若いころ、建仁寺、大徳寺で禅修行を積んだ。しかし、禅門に入ったのは、たんなる宗教心からではない。寺に秘蔵される兵学書を読むためであった。

禅寺で兵学をおさめた早雲は、無一物の身から、伊豆と相模国を乗っ取り、梟雄として名をとどろかせた。

――東海路に武勇の禅人あり

と、大徳寺の住持宗牧が、早雲に与えた偈のなかで書いている。まさしく、早雲は甲冑をまとった禅僧であった。

戦国の世の禅僧と武将は、紙一重といっていい。

ゆえに、天下のまつりごとに参画したいという崇伝の野心も、けっして突飛なことではないのである。

変わっているといえば、むしろ、俗世の野心をいっさい持たぬとみずから宣言している沢庵のほうが変わっている。しかし、この時代の僧侶には珍しい清貧さゆえに、沢庵の存在はかえってきわ立ち、人々の信望を徐々に集めることになる。

「かたはら痛いな」

沢庵の言葉を聞いた崇伝は、皮肉に頬をゆがめた。

「岡屋のときもそう思ったが、そなたは夜空にかかる天の川を素手でつかもうとしているようなものだ」

「僧侶が清貧であることが、それほどむずかしいことですか」

沢庵が言い返した。

「清貧もよいが、銭の算段がつかねば、人は飢えて死ぬ」

「人は銭のみにて生きるものにはありませぬ」

「どうかな」

崇伝は冷笑し、

「げんにそなたは、銭を持たぬと言ったばかりに、宿の者たちに打ちすえられて、あやうく命を落としかけたではないか」

「…………」

「この世は、清と濁が入りまじって成り立っているものだ。人はときに、清らかなるものをもとめ、またときとして、濁り水のなかに安寧（あんねい）をもとめる。それが、人としての自然な姿。そなたのように、きれいごとばかり言っていては、世間をわたっていけぬわ」

「それでも、闇夜にひとすじの光明をもとめるからこそ、人は人として尊いのでありましょう」

と、沢庵。

「そなたの申しざまは、すべて机上の空論なり」

「異なことを申されます」

「いや、そなたは絵にかいた餅をありがたがっているにすぎぬ。岡屋のときも、そうであった」

崇伝は、飄々とした沢庵の顔をするどく見つめた。

「あのおり、そなたは南禅寺と大徳寺、仲良く並んですわればよいと言った。しかし、じっさいのところはどうだ」

「……」

「岡屋でそなたと論をたたかわせてから二月後、太閤の母大政所が世を去り、大徳寺で法要がおこなわれた。そのさい、南禅寺と大徳寺の長老たちは席次をめぐって争い、たがいにゆずらなかった。ついには帝の勅裁をあおぎ、南禅寺が上ということで決着がついたが、大徳寺の長老どもは、それでもなお、不服を唱えつづけた」

崇伝の言うとおり、南禅寺と大徳寺は意地を張り合い、どうしても席次が変わらないなら、大徳寺は葬儀を拒否するという非常事態にまでおちいった。

葬儀の段取りをすすめていた京都奉行の前田玄以が、さすがに怒り心頭に発し、

——太閤殿下が、勅命に従えとおおせじゃ。それでも不服と申すなら、殿下にもお考えがあるぞッ！

と、どやしつけ、ようやく騒ぎはおさまった。

「世の中は、理屈どおりにはいかぬ。人は争わずにはいられぬものだ」

崇伝は言った。

「たしかに、崇伝どのの言っておられることは一理ある」

「負けをみとめたか」

「勝ち負けということではありません。あなたの論理は一見、正しいようだが、それは世の真理ではない」

「真理とな」

「はい」

沢庵はうなずき、

「人と人が争い、血を流しているだけでは、なにものも生まれませぬ。たがいに相手をいつくしんでこそ、世が平らかに治まる。人の争いのもとは、すべて我欲から発している。わたしが清貧を尊しと思うのは、その我欲から脱するためです」

「欲なきところに、新しきものは生まれぬ。欲こそが、人を動かす力だ」

「僧侶とも思われぬ申されようじゃ」

沢庵がほそい目をしばたたかせた。

「そなたとは、どこまでいっても、相容れぬようだ」

崇伝は湯から上がった。

体が火照(ほて)っている。頭の芯まで熱くなっているのは、長湯のせいばかりではあるまい。

体をぬぐい、衣に袖を通した崇伝の背中に、

「崇伝どのは、あくまで俗世の欲に生きるおつもりか」

沢庵が声をかけてきた。

崇伝は、こたえない。

「欲に生きる者には、修羅(しゅら)の道しかありませぬぞ」

沢庵がつぶやいたとき、崇伝の後ろ姿は闇のなかへ溶け込んでいた。

沢庵との邂逅（かいこう）は、崇伝の心に、あらたな闘志をよみがえらせた。

（自分の考えは、まちがっていない。人が力をもとめてどこが悪い）

崇伝は潮風の吹き込む部屋に寝転がり、天井を見つめた。

――もはや逃げぬ
と、思った。

女の肌はやわらかく、あたたかいが、そこは崇伝にとって安住の場所ではない。自分はむしろ、イバラの生い茂る険しい山をのぼることを欲している。男としてこの世に生まれたかぎり、雲を突き抜けた山の上にいったい何があるのか、おのが目でたしかめてみたい。

崇伝は起き上がり、牟婁ノ湯をあとにした。

久しぶりに澄光寺へ帰ると、留守居をしていた元竹が、

「ご住職さま……」

と叫ぶなり、肩をふるわせて泣きだした。

「どうした。留守中、何か不都合でもあったか」

草鞋を脱ぎ、汚れた足を盥の水ですすぎながら、崇伝は聞いた。

「いえ……」

「泣いていては、わからぬ。落ち着いてわけを話せ」

「昨日、南禅寺から使いの方が見えられました」

「南禅寺から？」

「はい」

「何の使者だ」

洗いあげた足を、崇伝はしずくを残さず、乾いた布できれいにぬぐった。

（どうせ、ろくな使者ではあるまい……）

と、思った。

澄光寺へつかわされてから一年半あまり、京の南禅寺からは何の音沙汰もなかった。

崇伝は、太閤秀吉の禁制を破って明国への渡海をこころみ、師の玄圃霊三の顔に泥を
塗るようなまねをした。世に太閤あるかぎり、南禅寺の長老たちが崇伝を京へ呼びもど

すはずもない。

「それが……」

元竹の声がうわずっている。

「何を聞かされてもおどろかぬ。身代わり阿弥陀を使って金もうけしたことが、長老どもの癇にさわったか」

「そのようなことではございませぬ」

「では、何だ」

「使いの方は、ご住職さまを摂津福厳寺、つづいて鎌倉禅興寺の住持に任ずるとの、南禅寺長老衆のご内意を伝えにまいったのでございます」

「なに……」

崇伝の顔色が変わった。

「禅興寺と、使者はたしかに申したのだな」

「さようでございます」

元竹はうなずいた。

摂津福厳寺も名刹だが、

——禅興寺
といえば、ただの寺ではない。

禅門の最高権威である五山の下には、〝十刹（じっせつ）〟と呼ばれる格式の高い寺がある。相州鎌倉の禅興寺は、その十刹の第二位に列せられていた。

禅興寺の住職になることは、五山の学僧たちがあこがれてやまぬ出世への道であった。

弱冠二十六歳の崇伝が、十刹第二位、鎌倉禅興寺の住職に任じられることの意味は重い。

というのも、禅興寺の住職に任じられるのは、じつは形式だけのことで、そのあと日を経ずして、南禅寺の、

――西堂（せいどう）

という要職に転じるのが、五山の古くからの習わしだからである。

すなわち、鎌倉の寺の住職になるといっても、じっさいに鎌倉へ下れということではなく、本山へもどってこいということなのである。

（わしが南禅寺の西堂か……）

突然のことで、実感が湧かない。

五山之上の南禅寺には、諸国から数多くの雲水（うんすい）が集まってくる。

それらを束ね、監督するのが、知客（しか）、副司（ふうす）などの役付きの僧侶たちである。いわば、〝中間管理職〟のようなもので、そこまでは平僧と呼ばれる。

その平僧の上に、

住持
東堂
西堂
という、出世衆が君臨している。出世衆は、会社でいえば〝取締役〟にあたる。

このうち住持は、南禅寺を代表する存在。東堂がそれに次ぐ。

西堂は、住持、東堂を助け、一山の経営をおこなう者たちである。西堂はひとりではなく、常時、十人近くいて、なかの四、五人が参暇評定衆（さんがひょうじょうしゅう）なる、寺の最高議決機関を形成していた。ある意味で、もっとも実質的に力をふるうことのできるポストである。

ちなみに、これら出世衆に名をつらねた者は、職を辞したあと、みずからの塔頭（たっちゅう）を持ち、長老となる。

崇伝の師玄圃霊三も、西堂から住持をつとめ上げ、塔頭聴松院に住して長老のひとりになっている。

その南禅寺の出世ポストに、突然、若い崇伝が抜擢された。異例の大出世である。

「おめでとうございまする、ご住職さま」

元竹が、また泣いた。

むろん、元竹も使者のもたらした知らせの重要性を知っている。

「この破れ寺へまいってからの苦労が、報われまする。それもこれも、ご住職さまの不断のご努力あったればこそ……」

涙、また涙である。

しかし、使者がおいていったという南禅寺長老たち連名の書状に目を通しても、

「そう手ばなしで、喜んでよいものか」

崇伝は、懐疑的であった。

(話がうますぎる)

と思った。

自分が、そこまで長老たちにみとめられていたとは思えない。ましてや、崇伝には密航をくわだてたという前歴がある。

(何か、裏があるのではないか……)

と、深読みしたくもなる。

「ご住職さま、そのように浮かぬ顔をなされますな。道がひらけたのです。さっそく、京へもどる支度をせねばなりませせぬな」

「………」

ともあれ、元竹の言うとおり、道はひらかれたことになる。

文禄三年十一月十日——。

崇伝は摂津福厳寺の住職となり、さらに九日後、鎌倉禅興寺住職になった。その十日後、出世の公帖をたまわって南禅寺の西堂位に列せられる。

崇伝は元竹を連れて、京へもどった。

京の町は、以前と変わりない。鴨川が初冬のうすら陽にしらじらと光り、千本格子に虫籠窓の家なみが、愛宕おろしに冷たく凍えていた。

東山の南禅寺へたどり着くころには、陽がかげり、鉛色の空からパラパラとしぐれが落ちてきた。

塔頭の聴松院へ荷をおいた崇伝は、取るものも取りあえず、師である玄圃霊三のもとへ挨拶に出向いた。

「このたびは、我が身に過ぎたるおとりはからい、御礼の申し上げようもございませぬ」

崇伝はふかぶかと頭を下げた。

「そなたも、だいぶ苦労をしたようじゃな」

「は……」

「しかし、若いときの苦労は買ってでもせよという。澄光寺での経験も、さきざき、そなたのよき糧となろうぞ」

「ははッ」

玄圃霊三はこの年、六十四歳。

公家のような瓜ざね顔をした、あくの抜けた風貌の老僧である。

霊三は、第二百十六世の南禅寺住持をつとめあげたのち、聴松院のぬしとなった。南禅寺の長老衆のなかでは、ときの権力者である太閤秀吉にもっとも近く、山内一の強い発言力を持っている。

秀吉の唐入りにさいしても、肥前名護屋の陣へ同行し、明国の使者との講和交渉を筆談でおこなった。

相国寺の西笑承兌、東福寺の惟杏永哲と並んで、秀吉の外交顧問をつとめ、

——三長老
と称せられていた。

衰微している南禅寺の塔頭のなかにあって、聴松院は建物も立派で、金まわりもよく、五山の学問の中心として栄えている。

聴松院が今日あるのは、すべて玄圃霊三の政治力によるものといっていい。

しかしながら、権力者にすり寄り、媚びへつらうことによってみずからの地位を安穏に保とうとする師のあり方を、崇伝は心の底で軽侮していた。

(権力者は、仕えるべきものではない。みずからの野心の達成に利用すべきものだ。わしは権力者に膝を屈するのではなく、いつかこの手で権力者を思うがままにあやつってみせる……)

むろん、崇伝は師の前では弟子らしく殊勝にふるまってみせ、傲岸不遜な胸のうちなど、おくびにも出さない。

「寺へもどったばかりで、まだ落ち着かぬであろうが、じつはそなたに手伝ってもらいたいことがあるのじゃ」

眠そうな目をしばたたかせて、玄圃霊三が言った。

「わたくしにできることであれば、何なりとお申しつけ下さいませ。この崇伝、ご老師のことを、じつの父のごとく敬慕いたしておりますれば」

崇伝はぬけぬけと言う。

澄光寺への〝左遷〟をめぐり、師から冷たい仕打ちを受けたことで、いささか含むところはあるが、それは一切顔に出さない。

「そう申してくれるか」

霊三が茶を喫した。

「太閤殿下の手前、そなたを京より遠ざけたゆえ、わしを恨んでおるのではないかと、内心、気にしておったのじゃ」

「さようなお気づかいはなされますな」

崇伝はさわやかに笑い、

「太閤殿下の禁制を破ったのは、ほかならぬ拙僧自身。ご老師を恨むなど、もってのほかでございましょう」

「いや、それを聞いて安堵した。やはり、そなたはわしの見込んだ男だ。破れ寺であった澄光寺をみごとに立て直した手腕といい、ますます頼みとするに足る」

師の霊三は、いつになく多弁であった。弟子の崇伝に対して、妙に気をつかっているように見える。

(やはり何か、魂胆があるな……)

崇伝は、出された茶で喉を湿らせた。

「それで、ご老師は、わたくしに何をせよとおおせられるのです」

単刀直入に、崇伝は聞いた。

「それよ」

と、玄圃霊三は膝を乗り出し、

「まずは引き受けてくれるかどうか、それをたしかめておきたい」

「ご老師のためなら、何なりといたしますると、さきほども申し上げました」

「その言葉に二言はないな」

「誓って」

師の霊三の思惑がどこにあるのかは知らぬが、恩を売っておいて、

(損はない……)

と、崇伝は思った。

そもそも、いったんは遠ざけた崇伝を、わざわざ京へ呼びもどした以上、師の頼みごとはよほどの重大事であるにちがいない。

「ならば、申そう」

玄圃霊三は、声を低くし、

「今日よりそなたは、わしの目となり、わしに代わって異国より届く外交文書を読み、また返書をしたためて欲しいのじゃ。おもて向き、実務をおこなっているのはこのわし、そなたはただの補佐役という形にして、な」

崇伝の顔色をうかがうようにして言った。老師の表情は心なしか寂しげに見えた。

「おおせの意味がわかりかねまする」

崇伝は、眉間に皺を寄せた。

「ご老師に代わり、なにゆえ拙僧ごとき若輩者が、大事のお役目をつとめねばなりませぬ。わが学識は、老師に遠くおよばず。ましてや、異国との文書のやり取りなど、とてもやりおおせる自信がありませぬ」

「そなたなら、できる。いや、やってもらわねば困るのだ」

「ご老師……」

「よいか、ここだけの話だ。けっして他言はすまいぞ」

と、玄圃霊三は声をひそめるようにして念を押した。

「つつみ隠さず打ち明けるが、わしはもはや、西笑承兌や惟杏永哲に伍して、外交文書を解読、返書をしたためることができなくなった」

「まさか、そのような……」

「嘘ではない。寄る年波のせいか、目がかすみ、文書の文字がはっきりと読み取れぬのじゃ」

「………」

「文書を寺に持ち帰り、暇をかけて中身を読み解くならば、まだよい。そなたも知ってのとおり、異国の使者との交渉は、すべて筆談にておこなう。相手の書いた文字が読み取れぬようでは、正しく交渉をすすめることができぬ。せんだっての明国との講和交渉のおりも、あやうく使者の言葉を取り違えそうになり、思わず冷や汗をかいたわ」

「そのようなことなら、太閤殿下にありのままを申し上げ、お役目を辞されてはいかがでございましょう」

崇伝は言った。

老眼で、はっきり文字も読めぬ者が国の大事をあずかっているとあっては、太閤秀吉も迷惑というものであろう。

国と国とのやり取りにおいて、〝言葉〟はたんなる意思の伝達手段以上の意味を持つ。

それは、ときとして国を利する武器にもなれば、窮地におとしいれる諸刃の剣にもなるのである。

が、霊三は、

「それはできぬ」

頑として首を横に振った。

「なぜでございます」

「わからぬか」

霊三は、やや苛立ったように眉を吊り上げ、

「わしは、紫衣(しえ)をゆるされたる五山之上の南禅寺の長老じゃ。そのわしが、眼疾のために職を辞したとあれば、世の笑いものになる。相国寺の西笑承兌、東福寺の惟杏永哲らの手前もある。わが寺の名誉にかけて、身を引くわけにはいかぬのだ」

「つまり、わたくしはご老師の面目を保つため、影法師のごとき働きをせよというわけでございますな」

崇伝は皮肉を込めて言った。

「わが身のためではない。南禅寺のためと申しておる」

玄圃霊三が言葉に力を込めた。

「ここでわしが身を引けば、それすなわち、南禅寺の衰退につながる。わしの苦衷(くちゅう)、そ

なたなら、わかってくれような」

(たしかに……)

師の言うことには一理ある。ただでさえ、往時の力を失っている南禅寺である。いま、豊臣政権と唯一のつながりを持っている霊三が引退すれば、寺の衰退は火を見るよりもあきらかである。

それでなくとも太閤秀吉は、外交僧をつとめる三長老のうち、異国の事情にあかるい相国寺の西笑承兌を重用している。

その承兌への意地もある。

視力がおとろえたからといって、すぐに引退することはできないのであった。

玄圃霊三は苦肉の策として、南禅寺の若い僧侶のなかで学識第一の崇伝を、身近へ呼びもどしたにちがいない。

(わしが西堂位になったのは、そういうわけか……)

崇伝は、はじめて合点がいった。

老師は自分をゆるしたのではなく、利用するために京へ呼び寄せたにすぎない。師にとって、自分はただの道具であった。

(それならそれでもよい)

崇伝は、胸のうちで不敵に笑った。

老師の魂胆はどうであれ、権力の中枢に近づく願ってもない機会である。役目をうまく果たせば、思わぬ幸運が舞い込んでこぬものでもない。

「わかりました。寺のため、ご老師の目となって役目を果たしまする」

「おお、引き受けてくれるか」

「はい」

「わしはよき弟子を持った」

霊三が相好を崩した。

「さりながら」

と、崇伝は案ずるような顔を見せ、

「拙僧はかつて、太閤殿下の禁制を破った身。おおやけの場に出て、さしさわりはございませぬのか」

「そのことなら、念にはおよばず。そなたはあくまで、わしの影法師。一切、おもてに名を出す必要はない」

「…………」

老いても欲は失せぬようだ、と崇伝は思った。

自分の手柄をすべて師に取られるとは、おもしろくない話である。

しかし、

（仕方がない……）
これも、いずれ世に出るための辛抱と、崇伝は肚をくくった。
翌日から、崇伝は師の玄圃霊三にしたがい、伏見城に登城しては、漢文で書かれた外交文書の解読、および返書をしたためる作業にあたった。
このころ、豊臣政権が外交文書を取り交わしていたのは、
明
朝鮮
琉球
高山国（台湾）
呂宋（フィリピン）
などのアジア諸国である。
天下統一を果たした秀吉は、その武威と、直轄領の鉱山から産する金銀による経済力を背景に、諸外国に対して日本への服属と朝貢を要求し、したがわぬ場合は一戦も辞さずという、恫喝外交をくりひろげていた。
これに対する諸外国の反応はいたって冷淡であった。
明国、朝鮮は、秀吉の要求を断固として拒否。怒った秀吉が〝唐入り〟を決行したこ

とは、周知のとおりである。

周辺諸国のなかで、琉球のみは秀吉のもとへ日本国統一を賀すむねの国書を送り、朝貢の要求にしたがった。琉球という小国の国力からして、

——朝貢もやむなし
との判断にいたったのであろう。

高山国の場合は、また事情がちがう。

当時、高山国は小部族同士の争いが絶えず、海岸線のおもな湊は明国の海賊たちのたまり場となっていた。秀吉の使者として、長崎の商人原田孫四郎が、国書を国王にわたそうとしたものの、肝心の国の支配者が誰かわからず、やむなく引き返してくるという始末だった。

一方、呂宋はこのころ、ヨーロッパから進出したイスパニア（スペイン）の領地になっていた。そのため、秀吉からの国書は、イスパニア人の呂宋長官に届けられることとなった。世界の海をまたにかけるイスパニア人が、極東の一島国の要求を一笑に付したのは当然のことである。

インドのゴアに貿易の拠点をきずいていたポルトガルのインド副王に対してだけは、秀吉は国書の内容を変えている。副王にあて、秀吉は日本国内でのキリスト教の布教活動を禁止し、商取引のみをゆるすという書簡を送った。インドが遠く、軍を送ることが

むずかしいせいもあり、服属、朝貢の要求はおこなわなかった。

崇伝は玄圃霊三の下で、これらの国々との文書のやり取りにあたり、刻々と動きつつある国際外交にふれる機会を得た。

(国と国との交渉は、むずかしいものだ……)

はじめて外交交渉の現場に立ち会った崇伝は、そう実感した。

異国人は、日本人とは言葉もちがえば、信ずる宗教、ものの考え方もちがう。しかも、それぞれの国が、それぞれの異なった事情をかかえている。

ほんとうの外交をすすめたいなら、国ごとの事情を十分に把握、理解し、それにそって柔軟な対処をせねばならぬだろう。

しかしながら、玄圃霊三をはじめとする三長老の起草する国書には、

——夫レ吾朝ハ神国也。

とか、

——慈母ノ胞胎ニ処セント欲スルノ時ニ際シ、瑞夢有リ。其夜、已ニ日光室ニ満チ、室中昼ノ如シ。

と、秀吉が〝日輪の子〟として生まれたなどと、おおまじめに書かれ、非現実的なことはなはだしい。

ようするに、我が国は神国だ、日輪の申し子が支配している国であるから、これに従

わねばならぬ——と、理屈にもならぬ理屈を押しつけているだけの、一方通行の国書なのである。

しかも、服従しない場合は、海をわたって相手の国へ押しかけ、いくさを仕掛けるというのだから始末が悪い。

（このような外交をおこなっていては、異国から物笑いになる）

師のかたわらで秀吉の無謀なやりかたを見ていて、崇伝は痛切に思わずにいられなかった。

（日本は島国ゆえ、いままでは何をやってもゆるされてきた。いや、ゆるされたというより、相手にされなかったというほうが正しかろう。だが、これからの世の中はそれではすまぬ）

秀吉の恫喝外交が、いかにむなしいかということは、さきの唐入り——文禄の役が不調に終わったことで十分に立証された。

世の中の動きは、刻一刻と変わっていく。川の流れのように千変万化である。それに応じ、柔軟に対処することが必要だった。

禅の教えにも、

——融通無碍（ゆうずうむげ）

と、ある。また、その心のはたらきを自由自在とも呼ぶ。自由自在に対処するためには、相手のことをよく知らねばならない。

玄圃霊三、西笑承兌、惟杏永哲らの豊臣政権の外交僧には、そのような一歩踏み込んだ発想が欠けていた。

熟慮のすえ、

（遠からず、豊臣政権は潰れるのではないか）

と、崇伝は読んだ。

将来への展望のない外征をおこない、いたずらに国力を浪費する政権に、未来はなかろう。

崇伝の予感がにわかに現実味を帯び、天下に波乱のきざしが見えはじめたのは、崇伝が京へもどってから四年後、慶長三年（一五九八）の初夏のことである。


「たいへんなことになったぞ、崇伝」

その日、太閤秀吉への御機嫌うかがいのため、朝から伏見城に登城していた玄圃霊三が、真っ青な顔をして寺へもどってきた。

蝙蝠（かわほり）を持つ師の手が、小刻みにふるえている。ひどく狼狽（ろうばい）しているようすが、夕暮れのうすい闇のなかでも、ありありと見て取れた。

「いかがなされました。朝鮮の陣より、悪（あ）しき知らせでも届きましたか」

朝鮮の陣――と、崇伝が言うのは、前年からおこなわれている二度目の唐入り、すなわち慶長の役のことである。

いったんは朝鮮から手を引いた秀吉であったが、明国との講和が決裂し、ふたたび朝鮮に兵を送り込んでいた。

秀吉が明国の使者を追い返した席には、師玄圃霊三の影に寄り添うようにして崇伝もいた。

秀吉の癇を昂ぶらせたのは、使者が持参した国書にあった。

――なんじを封じて日本国王となす

の一節である。

秀吉は、明朝の皇帝とみずから対等の立場と思いなし、和平の交渉をすすめてきた。しかるに、明の皇帝のほうは、国書のなかで、

「大明帝国の属国のうちの一王とみとめてやるから、ありがたく拝命せよ」

と、言ってきたのである。

誇りを傷つけられた秀吉は、即座に再出兵を決意した。

慶長二年、宇喜多(うきた)秀家、毛利秀元を大将とする総勢十四万余の大軍が朝鮮へわたった。

しかし、前回の文禄の唐入りと同様、戦果は芳(かんば)しいものとは言えなかった。

先鋒として前線の蔚山城(うるさんじょう)に立て籠もっている加藤清正は、明の大軍の包囲を受けて孤

立、しきりに援軍をもとめてきた。同じく先鋒の小西行長は、明軍との和平を模索。戦線はまたしても泥沼化していた。

崇伝は師の霊三の補佐役として、明との再交渉の外交文書を代筆した。

それゆえ、大事といえば、まっさきに苦境に立つ朝鮮の前線のことが頭に浮かんだのである。

「朝鮮の陣で変事があったわけではない。もっと悪いことが起きた」

玄圃霊三が蝙蝠に目を落とした。

「されば、何ごとでございます？」

「太閤殿下が、病にお倒れになった」

「殿下が病に……」

「それも、重病だそうじゃ。そう長くはないかもしれぬ」

霊三はシミの浮いたこめかみに、脂汗（あぶらあせ）をにじませた。

太閤秀吉の病については、諸説ある。

労咳（ろうがい）とも、腎虚（じんきょ）とも、あるいは肺の癌であったともいわれているが、病名はよくわかっていない。

そもそも、秀吉は若いころから、

――大めし、早食らい、憂いこと無用

をモットーとして、ほとんど風邪さえひいたことのないほどの頑健な体を自慢にしていた。

しかし、四十九歳にいたり、四国の長宗我部攻めを目前にして、はじめて重い病の床についた。長年にわたる無理がたたったのであろう。

以来、眼疾、咳気（がいけ）、手足痛などが、秀吉の体をたびたび襲うようになった。

健康管理の必要にせまられた秀吉は、摂津の有馬温泉で心身の疲れを癒（いや）し、また、施薬院全宗に命じて、

曲直瀬玄朔
一鷗軒宗虎（いちおうけんそうこ）

ら、天下の名医九人からなる輪番制の侍医団を組織、万全の医療体制をととのえた。が、おとろえた体を元にもどすことは、望むものをことごとく手中におさめた秀吉ですらできなかった。

六十二歳という、現代の感覚からすれば、まだまだこれからという年齢にもかかわらず、秀吉の体はもはや消耗し尽くしていた。

「万が一、太閤殿下がお亡くなりになるようなことにでもなったら、天下はいったいどうなるのじゃ」

玄圃霊三が顔をくもらせた。

「お世継ぎの秀頼君は、まだわずかに六歳。ものの道理さえ見定めがたいお年と申すに……」

感情的になる師を前にして、

「人は、いつかは死すべきものです」

崇伝は、冷淡なまでに落ち着きはらった口調で言った。

「太閤殿下がお亡くなりになったとて、秀頼君のまわりには、徳川家康さま、前田利家さまをはじめとする五大老のお歴々がおられましょう。いずれも、太閤殿下に代わって、天下のことを取り仕切るだけの実力の持ち主ばかりです」

「その実力こそが厄介なのじゃ」

霊三は、太くため息をついた。

「五大老筆頭の徳川どのが、天下にひそかな野心を抱いておることは明々白々じゃ。いまは律儀ものの仮面をかぶって、豊臣家に恭順の意をしめしておるが、太閤殿下の身にもしものことがあったとき、徳川どのがいかように豹変するか……」

「おもしろうございますな」

「これ、崇伝。何を言う」

「正直に、思ったことを申したまで」

崇伝はふてぶてしく笑い、

「この無益な唐入りが終わるなら、太閤殿下の病もまた、天の与えた僥倖(ぎょうこう)でありましょう」


慶長三年八月十八日、豊臣秀吉が死んだ。

秀吉の死は、おもて向きには伏せられ、朝鮮攻めをおこなっていた全軍に撤退の命令がつたえられた。

事後処理の指揮にあたったのは、五奉行筆頭の石田三成である。

同じ年の暮れまでに、遠征軍の撤退は終了した。豊臣秀吉の唐入りは何らの成果も残さないまま、ただ人々の苦しみとおびただしい屍(しかばね)の山だけをのこして、むなしく終わりを告げたことになる。

一方――。

崇伝は、以前にも増して忙しい。

秀吉の死よりこのかた、玄圃霊三はめっきり気力がおとろえ、口述でおこなっていた国書の文案づくりも、近ごろでは崇伝にまかせきりになっていた。

ともに文書作成にあたる西笑承兌や惟杏永哲にも、そのあたりの事情は察しがつくとみえ、細微にわたる相談ごとは、老耄(ろうもう)した玄圃霊三ではなく、弟子の崇伝のもとへ直接持ってくる。

伏見城内で国書起草の合議をおこなっているときなど、

「霊三どのは、よき弟子をお持ちになられたな」

異国人のような彫りの深い顔立ちの西笑承兌から皮肉を言われることが、しばしばであった。承兌は色が白く、唇が紅を塗ったように赤い。

相国寺長老の西笑承兌は、当年とって五十一歳。

学識、文才とも傑出した、

——切れ者

である。

三長老のなかでは、もっとも若く、柔軟で明敏な頭脳を持っていた。

秀吉が、

「兌長老、兌長老」

と呼んで、西笑承兌をことに重用し、伏見城のそばに寺まで造ってあたえたのは、そのすぐれた才腕を愛したからにほかならない。

ただし、

(おのれの才を鼻にかけすぎている……)

崇伝は、ある意味で、自分とよく似た型の西笑承兌をうとましく思っていた。

そのやり方は、つねに独断専行。たてまえは三長老の合議でおこなわれるはずの外交文書の起草も、ほとんど承兌ひとりの意思が通るのが実情である。

（老師は、もはや物の役には立たぬ。天下を動かす野望を果たすためには、まず兌長老を超えなければ……）

崇伝の冷たく冴えた双眸に、朝廷よりたまわった紫色の法衣をまとった西笑承兌の姿は、やがて乗り越えるべき存在として映じた。

そうした、多忙な日々のさなかである。

伏見城の紀香から手紙が届いた――。

崇伝は、紀香からの文に目を通した。

流麗な筆である。

薄く漉いた鳥の子紙にしたためられた、たおやかな文字を見ているだけで、紀香のそのときの息づかい、あえかな喘ぎ声があざやかに思い出された。

女の暮らす伏見城にたびたび登城しながら、山夜荘での別れ以来、紀香には一度も会っていない。

伏見城の奥向きに仕える紀香に文を送るのが、はばかられたせいもある。

しかし、それ以上に紀香との仲を遠ざけていたのは、崇伝自身の気持ちの変化のなせるわざだった。

（あのとき……）

崇伝の心は渇いていた。

出世の道を閉ざされ、女のあたたかい腕のなかに安らぎをもとめるしか、心を癒す手立てがなかった。

だが、京へ呼びもどされて、一国の大事にかかわる外交文書の作成にかかわってみると、女のおもかげはしだいに心から薄れていった。

——薄情
と、いわれても仕方のないことである。

（身勝手なものだ……）

が、野心を胸に抱く男にとって、やり甲斐のある大仕事より魅力的なものは、この世にはない。

（わしには女人よりも大事な夢がある）

と、みずからに言い聞かせ、紀香への思いを、心の奥に封じ込めてきた。

その紀香が、突然、

「どうしても、あなたさまにお会いしたい」

と、言ってきた。

崇伝とて、内心では女のことを忘れがたく思っている。女の文を読めば、心が揺れた。

（しかし、会ったとてどうなる……）

南山城の破れ寺の住職であったころならともかく、いまの崇伝は南禅寺の西堂および、参暇評定衆という重い役職にある。それが戒律を破って紀香と密会すれば、いかなる結果を招くか。

（もはや二度と、左遷の憂き目には遭いたくない）

無我夢中で恋に突きすすむだけの無謀さは、三十になったいまの崇伝にはない。

崇伝は女からの文を文箱の奥におさめ、返事を出さなかった。それきり仕事に没頭して、紀香のことは忘れるようにつとめた。

年が明けた慶長四年――。

この年の冬は寒さが厳しく、例年より桜の開花が遅れた。紀香からふたたび使いの者が来たのは、その桜がすっかり散り果てたころのことである。

「北野の地蔵院にて、お局さまがお待ち申し上げております」

使者の青侍が、あたりをはばかるように声を低くして告げた。

「局とは、誰のことだ」

崇伝は使者に問い返した。

「小宰相ノ局さまにございます」

「小宰相……」

「はい」

使者の青侍は上目づかいに崇伝を見て、思わせぶりにうなずき、

「五島の宇久氏の姫で、いまは豊臣家の大奥にお仕えする女人と申せばおわかりでございましょう」

「紀香か」

「さようです」

「豊臣家の奥向きで、局と称されるようになるとは、また出世したものだな」

崇伝は微笑した。

もともと聡明な女である。秀吉亡きあと、秀頼の生母として権勢をふるう淀殿に、女官としての実務能力をかわれ、信任を受けているのかもしれない。

(いかにも紀香らしい……)

崇伝がおのれの道を歩んでいるように、紀香も自分の居場所を見いだしはじめているようであった。

「紀香が地蔵院で待っているのか」

「はい。北野の地蔵院には、太閤殿下遺愛の五色八重散椿(ごしきやえちりつばき)がございます。小宰相ノ局さまは、地蔵院の椿をあなたさまとともに愛(め)で、行く春を惜しみたいとのおおせにござい

ます」

「………」

やはり、行くしかあるまい、と崇伝は思った。

待っているという女を、捨ておくことはできない。

(それに……)

紀香がそこまで自分に会いたいというからには、何かよほど差しせまったわけがあるのであろう。

「わかった」

と、崇伝は言った。

「今日の夕刻までには地蔵院へ行く。そのように紀香、いや小宰相ノ局どのにお伝えしておいてくれ」

「承知つかまつりましてございます」

使いの青侍は頭を下げ、帰っていった。

崇伝は残っていた仕事を片づけると、身支度をととのえて寺を出た。

供は連れない。ひとりである。

洛東の南禅寺から、京の西はずれにある北野の地蔵院までは一里半(六キロ)。鴨川にかかる三条大橋をわたり、商家がにぎやかに軒を並べる新町通を北へ向かった。

錺屋
唐傘屋
そうめん屋
など、さまざまな店がある。
三河木綿をあきない、徳川家康のひいきを受ける茶屋四郎次郎の店も、この新町通の百足屋町にあった。
一条通へ抜けて西へしばらく歩くと、にわかにあたりは寂しい松林になる。
北野の松原である。
その松原のはずれに、閑静な寺があった。
名を、
——昆陽山地蔵院
という。
地蔵院は奈良時代、仏教の民間布教につとめ、菩薩と称された行基によって創建された。もとは衣笠山のふもとにあったが、天正年間になって、この場所へ移されている。
表門をくぐると、ツツジの植え込みにつつまれた石畳の道が延び、つきあたりに草葺き屋根の地蔵堂がある。
右手に、本堂と書院が建っている。

いずれも北山殿（金閣寺）の余材を使って建てられたもので、寺というより瀟洒な邸宅のごとき風情である。

崇伝が、境内の掃除をしていた小僧に案内を請うと、

「そのお方さまなら、今朝ほどから書院のほうでお待ちでございます」

と答えが返ってきた。

紀香は崇伝が来ることを信じて、朝からずっと待ちわびていたらしい。

玄関からはあがらず、庭のほうから紀香のいる書院へまわった。柴折戸をあけ、書院の庭に足を踏み入れた崇伝は、つぎの瞬間、

——あッ
と、息を呑んだ。

庭に、花が咲いていた。

椿である。

ただし、ただの椿ではない。きれいに苔むした地面から、たくましく、踏ん張るように太い幹が生え、地上二尺ばかりのところで四方へ低く枝分かれしている。

枝の一方の先から反対側の枝の先まで、ゆうに三間あまりもあろう。

その巨木に、まるで明かりをともしたように、白、紅、桃、絞りと、多彩な花が咲き乱れていた。

ふつう一本の椿の木には、同じ色の花しか咲かないものだが、これはどうだ。白い岩絵の具と、紅い岩絵の具をまぜ合わせたかのように、色とりどりの花が咲き乱れている。

（噂に聞く、太閤遺愛の五色八重散椿とは、この花のことか……）

崇伝は、椿の大木に見惚れた。

ふと目を転じると、湿った緑の苔の上に、花びらが散っている。

椿は散らず、花ごと地面に落ちる。だが、この五色八重散椿は花びらが散るのである。

崇伝が腰をかがめ、紅い花びらを拾いあげたとき、後ろで人の気配がした。

振り返ると、紀香が立っていた。

黒綸子（くろりんず）の地に四季の草花模様を縫い取った、華麗な打ち掛けをまとっている。

﨟（ろう）たけた美しさは変わらないが、会わなかった四年の歳月のうちに、女官らしい落ち着きが増し、どことなく威厳さえそなわってきたようである。

「小宰相ノ局どのか」

「それは、お城の奥向きでの呼び名。昔どおり、紀香とお呼び下さいませ」

紀香が長いまつげを伏せた。

顔色がすぐれない。悩みごとでもあるのか、頰のあたりが少しやつれている。

「みごとな椿でございましょう」

「うむ」

「朝鮮の蔚山城にあったものを、加藤主計頭（かずえのかみ）清正さまがご帰国のおり、船で持ち帰って太閤殿下に献上されたそうにございます」

「朝鮮の椿か」

崇伝は、咲きほこる五色八重散椿の大木に視線を移し、

「豪奢で、華やかで、まるで太閤が築き上げた豊臣の世そのものではないか」

「まことに」

紀香が苔を踏みしめ、崇伝に歩み寄ってきた。

「あなたさまのお噂、かねがね聞きおよんでおりました」

「どうせ、ろくな噂ではなかろう」

「玄圃霊三さまをお助けになり、異国と交わす文書をお書きになっておられるとか。ご出世、陰ながら嬉しく思うておりました」

「師の影法師をつとめるのが、はたして出世といえるかどうか」

「え……」

「いや、こちらのことだ」

崇伝は手にした椿の花びらを捨てた。

「出世したと申せば、そなたのほうではないか。局の名などあたえられ、もはや立派な大奥の女官ぶりだ。わしなどが心安く話しかけては、迷惑なのではないか」

「そのような……」

紀香は白い手を差しのべて、椿の花にふれ、

「わたくしは、重いお役目など望んでおらぬのです。ただ、秀頼さまがわたくしに懐いて下さり、御乳母の大蔵卿ノ局さまが何かにつけてお引き立て下さるもので、いつとはなしにお城暮らしも身についてまいったのでございます」

「そなたは、そなた自身の生きる道を見つけたのだな」

崇伝の言葉に、紀香が無言でうなずいた。

「天下を統べる秀頼君は、わずかに七歳。お年よりもご聡明とは存じまするが、幼い秀頼君の足もとを掬おうとたくらむ不忠者が、豊臣家を盛り立てるべき五大老のなかにおりまする」

「不忠者とは、徳川どののことか」

「……………」

何も答えずとも、紀香の胸中は、翳りを帯びた表情から容易に読み取ることができた。

五大老筆頭の徳川家康が、天下の覇権を幼い秀頼の手から奪い取るのではないかとの憶測は、何も昨日、今日はじまったことではない。

生前の秀吉も、重い病の床でそのことのみを気にかけ、
徳川家康

前田利家
上杉景勝
毛利輝元
宇喜多秀家
の五大老に、おのれが亡きあと、秀頼に臣従するむねの誓紙(せいし)を一度ならず、二度、三度と書かせている。
じっさい、秀吉の不安はたんなる杞憂(きゆう)ではなかった。
去年の夏に秀吉が世を去るや、家康は、
——許可なくして大名どうしが徒党を組んだり、私的な婚姻を結んではならぬ。
との秀吉の遺言を公然と破り、奥州の伊達政宗の娘を、みずからの六男忠輝の嫁として迎えた。また、阿波徳島の大名、蜂須賀家政の息子至鎮(よししげ)に、養女の氏姫を嫁がせている。
「徳川さまのおこないは、太閤殿下への裏切りでございます」
紀香の白磁のような頬に、さっと血の気が立ちのぼった。
「秀頼君は、正月に伏見城から大坂城へお移りになられましたが、お城の奥向きでは、みな徳川さまの傍若無人ななされようを憤っておりまする」
「世は一定ではない。つねに流れてゆくものだ」

「紙に書きつけた約定など、むなしいということよ。力なき者は、力のある者を押さえることはできぬ。七歳の幼児に、天下のまつりごとはできぬということだ」

「何をおおせです」

「何ということを……」

紀香は目を凝然と見開き、崇伝の冷たくととのった顔を見つめた。

「それでは崇伝さまは、秀頼君は天下をおさめてはならぬと申されますのか」

「まつりごとは子供の遊びではない。人格、知識、経験ともに兼ねそなえた者が世をおさめるのが、天下万民の幸せというものであろう」

「秀頼君のおそばには、石田治部少輔三成さまという、すぐれた補佐役がおられます」

紀香が反撥するように言った。

「石田どのか」

崇伝は低くつぶやき、

「わしも国書起草の合議の席で、幾度か石田どのにはお会いしたことはある。たしかに、そなたの申すとおり、石田どのは卓越した才腕を持った人物だ。故太閤が五奉行の筆頭に指名しただけのことはある」

「ならば、石田さまあるかぎり、豊臣家の天下は安泰……」

「いや、そうとは言えぬ。石田治部少輔はすぐれた人物ではあるが、いかんせん、人望がない」
石田の色白の唇のうすい顔を頭に思い浮かべ、崇伝は断ずるように言った。
石田三成は、秀吉の近習からのし上がった男である。いくさでは槍ばたらきよりも、裏方の物資や食糧の調達、すなわち兵站で能力を発揮してきた。
そのすぐれた実務能力が秀吉にみとめられ、豊臣政権の人事、財務、政務全般をまかされ、
――その勢威、比肩の人無し
と言われるまでの権力を握るようになった。いわゆる〝吏僚派〟の代表である。
しかし、このような三成の存在をこころよく思わぬ者が、世に多くいた。戦場を駆けめぐり、槍一本で秀吉の天下取りを助けてきた〝武断派〟の面々である。
加藤清正
福島正則
黒田長政
池田輝政
浅野幸長
細川忠興
ら武断派の武将たちは、いくさで何の手柄もあげぬ三成が、わがもの顔に政治を動か

すことに不満を感じ、以前からことあるごとに対立してきた。

加えて、三成自身の性格にも問題がある。

頭が切れすぎる男のつねとして、三成は平素から他人を小ばかにし、わずかでも落度があれば、その者を痛烈に批判せずにはおかぬ癖があった。何ごとにおいても妥協せず、情け容赦がない。

ために三成には敵が多く、秀吉という後ろ盾を失ったいまでは、豊臣家臣団のなかで浮いた存在になりつつあった。


「天下は動くぞ、紀香」

薄墨色に暮れなずむ空に、崇伝はちらりと視線を投げた。

「戦いは真に強き者が勝つ。それが世の定めだ。太閤秀吉も、そのようにして天下人となった。弱き者の支配がつづくはずがない」

「それでは秀頼さまが、あまりにおかわいそうです」

紀香が崇伝を睨み、唇を噛んだ。

「情がうつったか」

「………」

「悪いことは言わぬ。城づとめをやめよ。いくさに巻き込まれてからでは遅い」

「やめてどうせよと申されます」

紀香の言葉に、今度は崇伝のほうが黙り込む番だった。

「あなたさまは、酷うございます」

「酷い？　わしが……」

「さようです。あなたさまは、わたくしからお逃げになった」

「……」

「わたくしが、ようやく自分の居場所を見いだそうとすると、今度はそこからも立ち去れとおおせになる。これを身勝手と言わずして、何と申しましょう。あなたさまは、おなごが心から頼みにするに足るお方ではない」

（そのようなこと、そなたとて最初からわかっていたのではないか……）

わかっていて、わしの腕に抱かれたのではないかと、崇伝は喉まで出かかった言葉を呑み込んだ。

女と口争いするほど、無益で寂しいものはない。たとえ相手を言い負かしたとて、得るものは何もなかった。

「そなたの言うとおり、わしは頼みとするには足りぬ男だ」

崇伝は乾いた声で言った。

「それゆえ、わしのことはこれきり忘れよ。そなたとは、もはや他人だ」

「まことに、心からそのようにおおせでございますか」

「嘘いつわりはない」

「わかりました」

紀香の声が凍っていた。

夕闇のなかで、息苦しいような沈黙がつづいた。

やがて——。

それを破ったのは、かぼそくむせぶ女の嗚咽(おえつ)だった。

女の肩がふるえている。

(言いすぎたか)

と、後悔する気持ちがないでもなかった。

他人を信用せずに生きてきた崇伝が、唯一、心をゆるした女である。

だが、

(わしのような男を思いつづけたところで、紀香のゆくすえに光が射すわけではあるまい……)

すべてを打ち捨て、女の思いを背負って生きるには、崇伝はあまりに若く、野心に満ちすぎていた。

「わしが申したこと、忘れるな。城づとめはそなたに似合わぬ」

「ご懸念にはおよびませぬ。あなたさまとわたくしは、今日より他人。わたくしがどうなろうと、あなたさまには何のかかわりもなきこと」

「紀香……」

「もはや二度と、お目にかかることはございませぬ」

紀香は崇伝に背を向けた。

椿の木の陰へ去っていく後ろ姿が、闇に溶け込むように寂しく見えた。


（行ってしまったか……）

崇伝は翳りを帯びた目で、紀香の消えた夕闇のかなたを見つめつづけた。

悔いはない。

おのが生き方を悔いるくらいなら、最初からこの世に生まれてこぬほうがよかったと思っている。

（どのみち、わしは女と生きられる男ではない。これで、よかったのだ）

押し寄せる寂寥感（せきりょうかん）を打ち消すように、崇伝はおのれに強く言い聞かせた。

地蔵院の山門を出ると、西山に紅をしぼったような残照が沈もうとしていた。

早くもどらぬと、日が暮れきってしまう。あたりがすっかり暮れ落ちてしまってからでは、足もとがおぼつかない。

崇伝は足を早め、一条通を歩いた。

うす暗い北野の松原を抜けると、耳の底を洗うように川のせせらぎが聞こえてくる。

堀川の流れである。

その堀川と一条通がまじわるところに、古びた木の橋がかかっていた。

——一条戻橋(もどりばし)

と、世の人は呼ぶ。

京のはずれの一条通にかかる橋だけあって、夕暮れともなれば渡る者さえまれな、ひそとした静けさにつつまれた場所である。

平安時代の説話集『今昔物語集』に、こんな話が残っている——。

その昔、源頼光(みなもとのらいこう)の四天王のひとりであった渡辺綱(わたなべのつな)が、所用の帰り、馬にまたがって一条戻橋を通りかかった。

すでに夜は更け、あたりは暗い。

綱が橋を渡ろうとしたとき、突如、闇のなかから鬼女があらわれた。腕におぼえのある綱は、名刀髭切(ひげきり)で一刀のもとに鬼女の腕を斬り落としたという。

(戻橋の鬼女か……)

橋のたもとの闇に視線を落としながら、崇伝はふと、いましがた別れてきたばかりの紀香のことを思った。

王朝の世の武人、渡辺綱が断ち切ったのは、あるいは鬼女の腕ではなく、自分自身の心であったかもしれない。

(真に恐れるべきは、女ではない。女に執着を残すおのれの心なのだ)

川べりで、草が風にざわめいた。

崇伝が物思いにふけりつつ、橋を渡りきろうとしたときである。

橋の向こうの木立の陰で、人の悲鳴が聞こえた。

(鬼女でも出たか)

一瞬、崇伝は顔をこわばらせた。

夕暮れどきである。しかも、場所は名にし負う〝魔所〟の一条戻橋であった。

もともと崇伝は迷信のたぐいをいっさい信じぬ男だが、このときばかりはさすがに、背すじにうすら寒いものが走った。

(ばかな……。鬼女など、この世にいようはずがない)

気を取りなおし、声のした木立のほうを見つめた。

闇が満ちはじめた林の向こうで、立ち騒ぐ人の気配がする。それも、ひとりやふたりではなく、大人数の者が大刀を抜き合い、あらそっているようである。

刃と刃がふれ合う硬質な音にまじって、人の叫び声も聞こえた。

いきなり、地を揺るがすような爆発音が闇を裂く。

（ただの闘諍(とうじょう)ではないな）

崇伝は思った。

と同時に、反射的に足が動き、木立へ向かって走りだしている。

木立の奥へ細い道が通じていた。

半町ほど走ると、にわかに視界がひらけ、草原が目の前にあらわれる。雑草の生い茂る草原の向こう、葱畑のわきの道に武士たちが散っていた。

三人は騎馬、残る五、六人の足軽とおぼしき者たちは徒歩(かち)である。

松明(たいまつ)を取り落としたのか、道ばたであかあかと火が燃えていた。

その武士の一団を取り巻くように、闇に跳梁する黒い影がある。

（忍びか……）

魑魅魍魎(ちみもうりょう)にも似た黒装束の影は、地を這うように動き、徒歩の足軽をひとり、またひとりと斬り倒していく。

人数はさだかには見定めがたいが、伊賀、あるいは甲賀あたりの忍びの者にちがいない。

ふたたび、轟音が炸裂した。

音におどろき、馬がするどくいないて竿立(さおだ)ちになる。忍びが炮烙玉(ほうろくだま)を投げつけたらしい。

馬の背から、武士が転げ落ちた。

落ちたところへ忍びがすばやく近づき、底光りする刃を一閃させる。

——ギャッ
と、悲鳴があがった。それきり、武士は動かなくなる。

さらに三人、足軽が倒れた。

騎馬武者を取り巻く忍びの包囲の輪が、不気味にせばまっていく。

「内府さま、お下がりください」

残ったふたりの騎馬武者のうち、ひとりが悲鳴に近い声をあげた。

地面に落ちた松明の火に照りされ、男の顔が浮かび上がった。

(あれは……)

思わず、崇伝は目を凝らした。

馬上で叫んだのは、いつぞや、南禅寺に崇伝をたずねてきた徳川家臣の板倉勝重ではないか。

「ここはそれがしにおまかせ下され。お逃げ下さい、内府さまッ!」

温厚で知的な勝重にも似合わぬ、鬼のごとき形相(ぎょうそう)であった。

(内府だと?)

そのひとことに、崇伝は耳をそばだてた。

板倉勝重から、

――内府
すなわち、内大臣と呼ばれる男といえば、この世にひとりしかおるまい。

（あれは、徳川内大臣家康か……）

崇伝は、あばれる馬を落ち着きはらって御している壮年の男に瞳をすえた。

いまや揺れ動く天下の台風の目となっている徳川家康の姿は、これまでにも何度か伏見城内で見かけたことはある。

小太りで、猪首。

年はたしか、五十八になるはずである。すでに老境といっていい年齢にもかかわらず、長年のいくさで戦場灼けした皮膚は内からいきいきと輝き、落ちくぼんだ眼窩の奥の大きな目が炯々と光っていた。

幼年のころ駿河今川家の人質となるなど、世の艱難辛苦を嘗めつくした苦労人といっていい。

世間の者が、

――徳川どのは律儀なり
と言うのは、その苦労のなせるわざであろう。

かねがね崇伝も、

（秀吉亡きあと、天下を動かしていくのは家康であろう）

と、心ひそかに思っていた。

その男が、忍びの群れに囲まれ、いましも命を落とさんとしている。

幼君をいただいた豊臣政権には、ようやくひとつにまとまった天下を、ふたたび乱世に逆もどりさせるおそれがある。たとえ、天下簒奪（さんだつ）を狙う〝悪人〟であれ、真に力のある者がまつりごとをおこなってこそ、世は治まる。

瞬時に判断を下した崇伝は、衣をひるがえし、道を一条戻橋のほうへ取って返した。

その姿に、徳川の一行も、それを囲む忍びの者たちも気づかない。

崇伝は一条戻橋へ駆けもどった。

橋のたもとに、板壁の小屋が並んでいる。

――唱門師（しょうもんじ）

と、呼ばれる者たちの住まいである。

唱門師は、家々の門口で言祝（ことほ）ぎをおこなったり、千秋万歳（せんずまんざい）などの芸能を演じてみせる雑芸者である。

一条戻橋のたもとには、古くから彼らのような異能の者どもが暮らしていた。

崇伝は迷わず、一軒の家に近づき、いまにも破れそうな薄っぺらな板戸を激しくたたいた。

「長老、おるかッ！」

大声で呼ばわった。

待つほどもなく、家の奥から布袋さまのような顔をした白髯の老人が顔を出す。

「誰かと思えば、南禅寺の西堂どのではないか。いまごろ、何の御用じゃ」

唱門師の長老と崇伝は、顔見知りである。

かつて、言祝ぎをしていた唱門師と托鉢中の南禅寺末寺の雲水のあいだで起きた争いを、崇伝がなかに入っておさめたことがあった。

「頼む、長老。わしに人数を貸してくれ」

「何かもめごとですかな」

長老が眠そうな目の奥を光らせた。

「くわしくわけを話している暇はない。若い者たちに、すぐに集まるよう言ってくれ」

「ほかならぬ西堂どののお頼みじゃ」

長老は多くを聞かずにうなずき、外へ出て、するすると家の屋根にのぼると、唱門師が使う金銅の鉦を打ち鳴らした。

たちどころに家々の戸があき、二十人ほどの男たちが集まってくる。

崇伝は彼らに松明を持たせ、

「わしのあとについてまいれッ」

と、指図した。

崇伝にひきいられた唱門師の一団が、松明をかかげ、林のなかへ分け入っていく。

（ひょっとして、徳川どのはすでに落命したのではないか……）

木の下闇を縫っていくあいだにも、気が気ではない。

やがて、草原に出た。

家康は――と見ると、馬上で刀を抜き、群がる忍びの者たちを薙ぎはらっている。崇伝は知らぬことだが、家康は若いころから武芸好きで、自身も有馬流、柳生新陰流の剣を学んだことがあった。

崇伝は、唱門師たちに言祝ぎの唄をうたうよう命じた。おもしろおかしく節をつけて、男たちがうたう。

〽おもしろの花の都や
筆で書くとも及ばじ
東には祇園清水
落ちくる滝の音羽の嵐に
地主（じしゅ）の桜は散り散り……

突然、湧き上がった唄と松明の明かりに、忍びたちは動きをとめた。

「賊じゃーッ！」

「賊じゃ。賊じゃぞーッ！」

唱門師たちが口々に叫んだ。

持参してきた鉦を打ち鳴らす者、小鼓をたたく者もいる。あたりは、祭りの晩のような喧噪につつまれた。

忍びは闇に生きる者たちである。闇のなかでは常人のおよばぬ働きをするが、明るい光に照らし出されては神出鬼没の動きも効果が半減する。

もはや闇討ちはならぬと見たのであろう。忍びたちは刀をおさめ、北へ向かって街道を走り去っていく。

風のなかに血臭だけが残った。

賊が消えたのを見とどけた崇伝は、家康と板倉勝重の主従にゆっくりと歩み寄った。

供まわりの足軽はあらかた倒されたが、どうやらふたりとも無事のようである。

「お怪我はございませぬか」

崇伝は馬上の家康を見上げた。

唱門師のかかげる松明の炎が、五十八歳と三十一歳、親子ほども年の離れたふたりの男の顔を明るく浮かびあがらせる。

光の輪のなかで、崇伝と家康の目が合った。

崇伝のその後の運命を大きく変えた、まさに運命の瞬間と言ってよい。

「そなた、崇伝……。崇伝ではないか」

頰にかすり傷を負い、まだ息を荒くしている板倉勝重が、横からおどろいたように声をあげた。

「この者を存じておるのか」

崇伝の目をひたと見すえたまま、家康が勝重に聞いた。

重い声である。しかも、太い。

おのずと、人をひれ伏させずにはおかぬ威圧感があった。

「はッ」

勝重は刀を腰の鞘におさめ、

「京都五山、南禅寺の僧侶にござります」

「ほう、南禅寺の……」

人の心を見透かすような家康の視線であった。

「南禅寺西堂の以心（いしん）崇伝と申しまする。ご無事で何よりでございました」

崇伝は頭を下げた。

「そなたが崇伝か」

家康が興ありげな顔になった。

「そなたの噂、かねてより勝重から聞いておった。なんでも、五山随一の学識の持ち主であるそうな」

「板倉さまのかいかぶりでございます。わたくしは、まだまだ若輩の身。五山には、わが師の玄圃霊三をはじめとして、相国寺の西笑承兌どの、東福寺の惟杏永哲どののなど、すぐれた長老がたがおられます」

崇伝はつとめて、ひかえめに言った。

「そなたは外交僧をつとめる玄圃霊三の弟子か。さぞかし、異国の事情にも通じておるのであろうな」

「いえ。国書を作成する者が、かならずしも異国の事情に通じているとはかぎりませぬ」

「とは?」

「われら五山僧の知識は、書物の上だけにかぎられておりまする。文章を読み、また書くことはできても、異国の者たちが何を考えているかまではわかりませぬ」

「うむ……」

「もし、わたしが国書の起草をまかせられるような立場にあるならば、刻々と動く異国の情勢をつぶさに調べ、時と相手に応じた対処を致しとう存じます」

「勝重が見込んだだけのことはある。なかなかに、おもしろきことを言うやつじゃ」

ゆたかな頬の肉をゆるめて、家康がゆったりと笑った。

「しかし、助かった。紫野で鷹狩りをしての帰り、いきなり忍びどもに行く手をふさがれた。そなたが加勢をしてくれねば、いまごろ、勝重もわしも命が危うかったであろう」

「は……」

「あらためて、礼を言うぞ」

「ねぎらいのお言葉なら、あれなる唱門師たちにかけてやって下さいませ。あの者たちの助けがなくば、忍びを追い払うことはできなかったでありましょう」

崇伝は、後ろにいる唱門師たちを振り返った。

家康の指図で、板倉勝重がふところから砂金の入った錦の袋を取り出し、唱門師の長に下げわたした。

「それにしても、さきほどの忍び、何者がはなった刺客でありましょうか」

崇伝は、街道の向こうの闇を見つめた。

「言わずと知れておる。石田治部少輔三成よ」

板倉勝重が顔を険しくした。

「三成め、世の流れが内府さまにかたむきだしていることにあせりを感じ、刺客を差し向けたのであろう。さても、卑劣な……」

「勝重、口がすぎる」

家康が言ったときである。

「内府さまーッ、内府さまーッ！」

大声で呼ばわる叫びと、こちらへ近づいてくる馬のひづめの音が聞こえた。

生き残った侍が、加勢を呼んできたのであろう。

昇る月

徳川家康――。

この男の前半生は、まさに辛苦の連続であった。

「人の一生は重き荷を負うて、遠き道を行くが如し」

とは、家康の遺訓とされる言葉だが、彼の人生をあらわすに、これほどふさわしい言葉もないだろう。

人間誰でも、生まれながらに重い荷物など背負って生きたくはない。楽に、のびのびと、思うがままに生きられたら、これほどよいことはない。

だが、若き日の家康には、そのような自由がゆるされなかった。

徳川家康は、三河国岡崎城主、松平広忠（ひろただ）の子として天文十一年（一五四二）に生まれた。

幼名を竹千代。母は、同じ三河の土豪、刈谷城主水野忠政の娘の於大の方である。

三河統一を果たしたのは、家康の祖父松平清康であった。が、清康は家臣の裏切りに遭い、二十五歳の若さで不慮の死をとげている。

跡を継いだ嫡子の広忠は、そのときわずか十歳。国を治めるにはあまりに幼かったため、家督をめぐって一族内にあらそいが起き、広忠は岡崎城を追われて諸国をさすらう羽目になった。のち、ようやく三河にもどることができたが、それは隣国の大名、今川義元の後援によるものであった。

家康の出生当時、広忠は、東の国境を東海最強の大名である今川義元、西を尾張の織田信秀（信長の父）という強豪にはさまれ、両者の圧迫を受けて、三河国内の土豪を統制する力にもこと欠くというありさまだった。

そうした苦しい状況のなか、家康の悲劇はまず、三歳のときにはじまった。

広忠の妻、於大の方の実家の水野家が、今川家の敵対勢力である織田家についてしまったのである。岡崎入城にあたって今川義元の助けを受けていた広忠は、泣く泣く妻を離縁するしかなかった。

母と生き別れになった家康は、孤独な幼年時代を過ごすことになる。

だが、それはつぎつぎとつづく不幸の、ほんの序曲にすぎなかった。

五歳になった家康は、今川義元への恭順のあかしとして、今川家のお膝元の駿府へ人質にやられることになった。しかし、駿府へ向かう途中、渥美半島の土豪にかどわかされ、織田信秀に銭五百貫文で売り飛ばされてしまう。

織田家の監視のもと、尾張那古野（なごや）城下での人質暮らしがこの日からはじまった。

さらに悲劇に追い打ちをかけたのは、家康が尾張へ連れ去られてから二年後、突然襲った父広忠の死であった。

家臣の暗殺による城主の不慮の死は、二代つづけての悲劇である。

広忠亡きあと、今川義元はあるじのいなくなった岡崎城をただちに接収。みずからの家臣を城代にすえた。

義元はさらに、織田家の人質になっている家康と、安祥（あんじょう）攻めのときに生けどりにした織田信広（信長の兄）との人質交換をおこない、家康をおのが目がとどく駿府城下に住まわせた。

すべては、三河の領国支配を円滑にすすめようと考えた、今川義元の用意周到な策である。

かくして家康は、生まれ故郷の三河の土を踏むこともゆるされず、ふたたび屈辱的な人質生活をおくることになった。

駿府の地で元服した家康は、今川義元の肝煎（きもい）りで今川一門の娘、築山殿（つきやまどの）を妻に迎えた。

だが、義元はいつまでも家康を今川家の飼い殺しにしたまま、いっこうに三河へ帰してくれる気配はない。ばかりか、今川家の一将として家康をいいように使い、織田家と小競り合いが起きるたびごとに矢弾の飛び交う前線へ送り込んだ。

そんな家康の運がひらけたのは、永禄三年（一五六〇）、十九歳のときであった。

長年、家康の自由をうばっていた今川義元が、上洛をめざして軍を西へすすめる途中、織田信長の奇襲を受け、敗死したのである。

世にいう、

――桶狭間の合戦

である。

このとき、家康は今川軍の先鋒として尾張大高城にいたが、敗走する今川軍の混乱に乗じ、父祖以来の本城、三河岡崎城をうばい返した。

本貫の地にもどった家康は、今川家と手を切る一方、日の出の勢いにある織田信長と同盟を結び、三河支配の基盤をかためた。

これ以後、家康はつねに信長の天下取りに協力し、着々と実力をたくわえていくことになる。

このような悲惨な青春時代を送ってきた家康の信条は、

「むやみに怒らぬこと」

であった。

一時の怒りにまかせて喧嘩をすれば、周囲にいらざる敵をつくることになる。幼いころから他家で人質暮らしを送ってきた家康は、まわりに敵をつくることの恐ろしさを身にしみてよく知っていた。

また、つねに、

「気配り」

を欠かさず、地道に人の信頼を勝ち得、ひたすら機会を待って、勝負とみれば一気に打って出る――。

それが、徳川家康という武将の人生哲学であった。

（いやな夢を見た……）

伏見向島の屋敷で浅い眠りからさめた家康は、苦虫を嚙みつぶしたように顔をしかめた。

立ち小便をする夢である。それも、縁側から庭に向かって小便をする夢であった。

まだ竹千代と呼ばれていた少年のころ、家康は人々の環視のなかで、縁側から放尿したことがあった。

忘れもしない、駿府今川館での出来事である。

（あのとき……）

館では、新年を賀する宴がおこなわれていた。今川家の人質となっていた家康も、身をちぢめるようにして、その一座につらなっていた。

当時、家康はまだ十歳。年端もゆかぬ子供のうえに、人質の身とあって、今川家の家臣たちは誰もまともに相手にしない。ばかりか、酒に酔った者が、

「おう、三河の小わっぱ。酒の肴に、田舎くさい裸おどりでも舞ってみせぬか」

などと、聞くにたえないような侮蔑的な言葉を投げ、家康をからかった。

後年、人一倍辛抱づよいと言われる家康だが、子供のころからそうだったわけではない。

ただでさえ多感な年ごろに、公衆の面前で誇りを傷つけられ、前後の境を見失うほどに動揺した。

(わしは三河国主の跡取りじゃ。今川家の木っ端侍ずれに、なにゆえ裸おどりを強いられねばならぬ……)

怒りに身をまかせた家康は、次の瞬間、突飛な行動に出た。

すっくと立ち上がって大広間の縁側に出るや、袴のあいだから男のシルシをつかみ出し、梅の花がほころびはじめた庭へ向かってはなばなしく立ち小便したのである。

今川家の者たちの唖然とした顔、放尿しているときの胸のすくようなすがすがしさが、いまも記憶に灼きついている。

そのような暴挙に出たのは、自由をうばわれた少年の、せめてもの抵抗であったかもしれない。

が——。

行為を終え、いっときの激情からさめてみると、胸に押し寄せてきたのは、身もだえするような恥ずかしさと激しい後悔の念だけであった。

（あのときからだ。わしが、人前でおのれを抑え、ことさら用心深くふるまうようになったのは……）

家康が鼻にむずがゆさをおぼえ、くしゃみをしたときである。

「殿、お目ざめでございましょうか」

襖の向こうで声がした。謀臣の本多正信（まさのぶ）の声である。

「正信か」

「はッ」

「かような早朝、何用じゃ」

「火急にお耳に入れたき儀があり、ご無礼をかえりみず、参上つかまつりましてございます」

「入るがよい」

家康の言葉に、襖がするするとあき、鉄色の顔をした六十過ぎの男が部屋へ入ってきた。

家康の、

――懐刀(ふところがたな)

といわれる、本多佐渡守正信である。

もとは鷹匠(たかじよう)あがりで、若いころから家康に仕え、その謀略の才をもって厚く遇されてきた。家康ははかりごとがあると、何ごとによらず正信に相談し、策を練った。君臣のまじわりは、〝水魚のごとし〟とたとえられている。

「火急の用とは何じゃ」

家康の金壺眼(かなつぼまなこ)が、正信を見た。

年は正信が四つ上である。さほど年齢はちがわぬが、精気横溢(おういつ)とした家康とくらべると、正信のほうがずっと老けて見える。

「昨夜おそく、前田利家どのがみまかりましてございます」

「なに、前田が……」

「はい」

正信が目の奥を暗く光らせてうなずいた。

「大坂の前田邸にはなっていた根来(ねごろ)の忍びが、さきほど知らせを持ってまいりました。これで邪魔者が消えましたな」

「ふむ……。前田の後ろ盾なくば、三成も動きにくくなろう」

「いかさま、さように」

「諸大名のなかでも、三成は嫌われ者じゃ。人望のあつい前田の押さえあってこそ、いままでことなくやってこられた」

「おおせのとおり、前田どの亡きあとは、加藤清正、福島正則、黒田長政らの三成嫌いの武将どもが黙ってはおりますまい。ことが起きまするぞ」

秀吉の死後、豊臣家の家臣団はふたつに割れている。

石田三成を首魁（しゅかい）とし、財政、民政など、政務全般に力をふるう〝吏僚派〟と、武功をもって取り立てられてきた〝武断派〟である。

「かの者どもを陰で煽（あお）り、豊臣家臣団の分断をはかっているのは、ほかならぬそなたであろうが」

家康が、にこりともせずに言った。

「これは異なことを」

正信は、心外といった顔をし、

「それがしは、すべてわが殿のお心をおもんぱかり、動いておるまでにございます。殿のご意思は、すなわちそれがしの意思」

「わしはそなたほどの陰謀家ではない」

「さようでありましょうか」

　正信がとぼけたように、首筋をたたいた。

「江戸へもどった板倉勝重が申しておりましたが、先日の鷹狩りの帰り、三成のはなった忍びにお命を狙われたとか」

　眉をひそめるようにして、本多正信が言った。

「三成のしわざと決まったわけではない」

　家康の駘蕩（たいとう）とした表情は変わらない。

「しかし……」

「いずれにせよ、それだけ向こうはあせっているということじゃ」

「御意（ぎょい）」

「わしが手を下さずとも、豊臣家の家臣団に入ったひびは、しぜんと大きくなっていこう。ケモノの争いは、たがいに喰い合わねばおさまりがつかぬものじゃ」

「お待ちになるのでございますか」

「待つ」

　と、家康は虚空（こくう）を見すえ、

「無理をせず、時がいたるまでひたすら待つのがわしの信条じゃ。あわてれば、成るものも成らぬ」

「お待ちになるうちに、存外、果報は向こうから飛び込んでまいるやもしれませぬな」

皺ばんだ喉をふるわせ、正信が低く笑った。

家康は笑わない。障子の隙間から射し込むしらじらとした朝の陽射しに目をほそめると、

「そう申せば、正信。あの日、わしはすずやかな目をした男に会うた」

「あの日とは、殿が板倉勝重とともに刺客に襲われたおりのことでございますか」

「そうじゃ」

家康はうなずき、

「南禅寺の西堂で、名を以心崇伝と申したかのう」

「おお、その者なら存じております」

「知っておるか」

「はい。南禅寺の長老、玄圃霊三のもとで国書の起草などにかかわっている、五山の若手随一の秀才でござりましょう。勝重があの者を登用してはどうかと、しきりに推挙いたしておりました」

「勝重め、そちにも申しておったか」

「その崇伝とやら申す五山僧に、よほど惚れ込んだのでありましょう」

「して、どう思う？　かの者、わが徳川家のゆくすえのために役に立つかどうか」

「はて……。今日まで六十三年生きてまいったそれがしにも、先のことはわかりませぬ」

正信が首をかしげた。

「さりながら、かの者は若うございますな」

「若いか」

「さよう、若さはときに、思いもかけぬ大きな力になりまする。しかし、反面、若さのあまり才におぼれ、おのれを見失うことも多々ござる。ありあまる才をおもてに出さず、深く秘してこそ、真の輝きが増すというもの」

「うぬぼれの強い石田治部少輔に聞かせてやりたい言葉じゃな」


同じ日の夜遅く——。

托鉢(たくはつ)からもどった元竹が、聴松院の崇伝の部屋へ転ぶように飛び込んできた。

「お聞きになられましたか、西堂さま」

口をひらくなり、元竹が言った。

ともに南山城の破れ寺へ下ったときは、十五の少年だった元竹も、いまは二十過ぎの若者になっている。ぬけぬけと背が伸び、物言いも大人びてきたが、にきび面だけは相変わらずである。

得度(とくど)したてのころから崇伝のそばに仕えてきた元竹は、若いながら南禅寺の出世衆につらなる崇伝を、さながら兄のごとく慕っている。

「どうした、元竹」

崇伝は、手にしたものから目をはなさずに聞いた。

「何をご覧になっておいででした」

「見ればわかるであろう、墨跡（ぼくせき）よ」

崇伝の手のなかには、一軸の掛け軸があった。

「黒田家家臣の後藤又兵衛どのから、墨跡の鑑定を頼まれた。先祖累代、家につたわる一休禅師の墨跡だが、本物かどうか目利（めき）きしてほしいとな」

「一休禅師の……」

元竹が声をはずませた。おどろくのも無理はない。

一休禅師といえば、大徳寺第四十七世の住職で、多くの奇話、逸話を残した名僧にほかならない。一説に、南朝方の楠木氏の娘を母とする、後小松天皇のご落胤（らくいん）といわれ、その自由奔放な風狂のおこないは、いまも世の人の語り草となっている。

「いったい、何と書かれているのでございます」

元竹が、掛け軸の文字をのぞき込んだ。

「女人との淫事について詠んだ、破戒の詩だ」

崇伝は一休の漢詩を、声に出して読み下した。

美人の雲雨(うんう)愛河(あいが)深し
楼子の老禅楼上の吟
我に抱持唼吻(そうふん)の興あり
ついに火聚(かしゅう)捨身の心無し

「詩の意味がわかるか」

崇伝は、元竹に問うた。

「むずかしゅうございます」

「詩の言わんとするところは、こうだ。契りを交わした美人との愛は、まるで深い河のようだ。わたしはその愛に陶然となり、命がけの求道心など、すっかり忘れはててしまっている。一休禅師らしい破戒の詩だな」

「すると、これは本物……」

「真っ赤な偽物だ。詩はまぎれもなく一休禅師のものだが、筆が死んでいる」

崇伝はかすかに笑った。

「ときに、何か変事があったと申していたようだが」

崇伝は掛け軸をするすると巻き、錦の袋におさめた。

「そのことでございます」

板敷にすわり込んだ元竹が、膝を乗り出した。

「たったいま、伏見よりもどったのですが、かの地は、いまにもいくさがはじまろうかという騒ぎでございます」

「いくさだと？」

「はい。伏見向島の徳川内大臣さまの屋敷に、加藤清正さま、福島正則さまら、武断派の諸将に追われた石田三成さまが逃げ込み、やれ三成の首を出せ、いや出さぬのと大騒ぎをいたしております」

「石田治部少輔が、徳川の屋敷に逃げ込んだか」

寝耳に水の話であった。

昨晩、前田利家が世を去ったという話を聞いたとき、

（これは、武断派が動くな……）

と、崇伝も思っていた。

秀吉亡きあと、加藤や福島、黒田長政ら、石田三成に反感を持つ武断派の諸将がいままで暴発せずにいたのは、ひとえに三成の背後にいた前田利家の力によるものであった。

しかし、利家の死によって、重石（おもし）がとれた。

とたん、積もり積もった恨みが一気に噴き出し、三成を襲撃するという挙に出たので

あろう。
あとで知ったことだが、
加藤清正
福島正則
黒田長政
池田輝政
浅野幸長
細川忠興
加藤嘉明
の七将に追われた石田三成は、いったんは大坂備中島の宇喜多秀家邸に逃げ込んだものの、
「かばいきれぬ」
と、保護をことわられ、やむなく政敵である徳川家康のふところへ飛び込んだのであった。
(それにしても、徳川に助けをもとめるとは……)
奇策、といえば奇策である。
しかし、三成が家康に身柄の保護をもとめたということは、すなわち敵に対する無条

件の降参を意味した。

三成を生かすも殺すも、家康の胸三寸にある。

(もはや、勝負はあった)

崇伝は家康の老獪（ろうかい）な顔と、三成の才気走った顔を思いくらべ、あらためて、若さだけではどうにもならぬものがこの世に存在するのを痛切に感じた。


慶長四年、閏（うるう）三月十一日——。

石田三成は徳川の勢に警固され、居城の近江佐和山城へもどった。豊臣家の筆頭奉行を辞し、城に閉居。政務から、いっさい身を引くこととなった。

この事件をさかいに、天下は一気に徳川家康を中心に動きはじめた。

三成が佐和山へ引き籠もるや、家康は伏見城へはなばなしく入城。

奈良興福寺の僧侶がしるした『多聞院日記』には、家康が、

——天下殿
になったと書かれている。

むろん、大坂城には豊臣秀吉の遺児秀頼がいる。

厳密な意味では、いまだ天下人とはいえないが、五十八歳の老練な家康と、三成という後ろ盾を失った七歳の秀頼では、はじめから勝負は見えている。

家康が天下の覇者となったことは、まさに衆目の一致するところであった。

伏見城に入った家康は、大泥国(パタニ)（マレー半島の小国。貿易によって栄えた）からの使者に対し国書を渡した。起草をおこなったのは、相国寺の西笑承兌。

異国へ向け、みずからの名をもって国書を送るということは、すなわち、対外的に自分が、

——日本国王

であることを宣言したも同然である。

秀吉の死後、わずか一年のうちに、天下の情勢はおおきく変わったといえる。

師の玄圃霊三が、聴松院の方丈(ほうじょう)に崇伝を呼び出して言ったのは、その年の夏のさかりのことである。

「急ぎ、伏見城へ行け」

「老師のお供でございますか」

また、いつものことかと思った。

家康が伏見城入りしてから、霊三はまだ一度も国書起草の合議の席に呼ばれていないが、目を病んだ師の介添え役として、崇伝が合議の場へ同行するのは、ここ数年のならいとなっている。

天下の実権が、五奉行筆頭の石田三成から家康へ移ったいまも、そのならいに変わり

はあるまいと思っていた。

それゆえ、

「わしの代わりに徳川さまのもとへ出仕せよ」

と、師の口から告げられ、正直、さすがの崇伝もおどろいた。

「わたくしが……」

「そうじゃ」

「若輩者のわたくしが、老師をさしおいて、そのような」

師匠の手前、崇伝はことさら狼狽(ろうばい)した表情をとりつくろってみせた。

が、内心では、

(いよいよ、世に出るときが来たか)

満々たる自信に胸をふくらませはじめている。

「いつかはこのような日が来ると、わしも覚悟いたしておった」

やや艶の失せた顔の玄圃霊三が、力なく言った。

「老師……」

「そなたを影法師に仕立て、役目を果たそうとしたが、人の目は節穴ではない。異国とのやり取りをするには、わしは老いすぎたようだ」

霊三はため息をついた。

「崇伝」

「は……」

「わしに代わり、徳川さまのふところに食い込め。わが南禅寺は五山之上、すなわち別格じゃ。相国寺の西笑承兌などに、好き勝手をさせてはならぬ」

「お言葉を返すようですが、老師」

と、崇伝は眉をひそめ、

「兌長老は、故太閤殿下の世から、ことさら重く用いられておりまする。徳川さまも、その実力を買い、さきの大泥国への復書の起草を、兌長老ひとりにご相談なされたとのよし。わたくしのごとき未熟者が、兌長老に互することができましょうか」

「そなたよりほかに、南禅寺をしょって立てるものはおらぬ」

玄圃霊三は顔に悲愴感すらただよわせ、喉の奥から声をしぼり出すように言った。

「南山城の破れ寺を立て直したそなたの野太さ、智恵、わしはひそかに買うておったのじゃ」

「されば、老師は寺のゆくすえのために、徳川さまに取り入れと……」

「足利幕府が滅びてよりのち、ときの権力者の帰依(きえ)を受けなんだがゆえのわが寺の窮状、そなたとて存じておろう」

「……」

「大坂城に秀頼さまおわすとは申せ、いまや、天下を動かしておられるのは徳川さまにほかならぬ。南禅寺が昔日の権威を取りもどすためには、まずは相国寺の西笑承兌とのたたかいに勝つことにしかず」

と、このときばかりは、霊三が言葉に力を込めた。

（ようは、老師は五山での権力闘争に勝ちたいだけなのだ……）

崇伝には、師の言わんとするところがよくわかった。

だが、崇伝自身は寺同士の争いより、みずからの野心の達成を狙っていた。野心をさまたげる者があれば、西笑承兌であれ、ほかの誰であれ、打ち倒さずにはおかぬというくらいの気構えはある。

すずしい美貌の陰で、崇伝が野望の牙を研いでいることを、目の前にいる玄圃霊三はむろん、世の誰ひとりとして知る者はない。

崇伝は伏見城へ登城した。

このたびは、師の玄圃霊三の影法師としてではなく、

――以心崇伝

という一外交僧としての登城である。

晴れがましさと同時に、これまでとはちがう緊張感が、墨染（すみぞめ）の衣に身をつつんだ崇伝

の頬を引きしめた。

城へ入った崇伝は、千畳敷御殿のわきにある《青竹ノ間》へ通された。

青竹ノ間は、六畳ばかりの小部屋である。

ここが外交僧たちの控えの間にあてられ、奥の二十畳敷の《西湖(せいこ)ノ間》で国書起草の合議がおこなわれるのが、秀吉時代からのならいになっていた。

「これにて、しばらくお待ちあるようにと、兌長老よりのおことづてにござる」

崇伝を案内してきた青侍(あおざむらい)が、辞を低くして言った。

「徳川さまは伏見城におわさぬのか」

崇伝の問いに、

「はい」

と、青侍はうなずき、

「殿は、朝から秀頼君のご機嫌うかがいに、大坂城のほうへお出ましになっておられます。あとのことはすべて、兌長老のお指図をあおぐようにとの、殿のおおせにございます」

「さようか」

崇伝は待った。

もともと、南禅寺長老の玄圃霊三と東福寺の惟杏永哲の三人で合議制をとっていたころから、西笑承兌の発言力はずばぬけていた。

承兌は持ち前の押しの強さで家康の歓心を買い、秀吉時代と同様、徳川政権のもとでも〝筆頭外交僧〟の地位を保とうというのであろう。

西笑承兌は世事にたけた人物であった。

当時の記録には、

――成人の息ありなんと京中において嘲弄す。金銀たくわえ多しと云々。

と書かれている。承兌は隠し妻に息子を生ませ、金銀をたくさんため込んでいたのである。

(よいわ。いまに見ておるがよい……)

学識に関するかぎり、崇伝は自分よりひとまわりもふたまわりも年上の西笑承兌に、いささかもひけを取る気はない。師の身代わりをつとめるうち、崇伝は外交文書起草のカンどころをつかむようになっていた。

座したまま、崇伝は控えの間で待ちつづけた。

が――。

一刻がたち、二刻がたっても、いっこうに西笑承兌があらわれるようすはない。

やがて、部屋の障子に西陽が射しはじめた。

しだいに暮色が濃くなり、明かりなしでは人の顔も見さだめがたくなる。

そのころになって、ようやく火種を持ってあらわれた青侍が、

「兌長老は本日はご都合が悪く、お出ましにはならぬそうです」

気の毒そうな顔で崇伝に告げた。

(最初から、わしに待ちぼうけを食らわせる気だったな……)

崇伝は、西笑承兌の仕打ちにあきらかな悪意を感じた。

これまでは、合議の席において、何ごとも承兌の意思が通ってきたが、若い崇伝が家康に重用されることにでもなれば、営々と築き上げてきたおのが地位が崩れ去ることになる。それだけは、絶対にゆるさぬというのであろう。

(兌長老は、このわしを恐れているのだ)

内心で崇伝の実力をみとめ、恐れておればこその嫌がらせにちがいない。それならそれで、

(こちらも、真っ向からたたかうまで……)

と、崇伝は思った。

崇伝は青侍に向かい、

「ひとつ、頼みがある」

あらたまった顔で言った。

「何でございましょうか」

「そなたも存じておろうが、わしは徳川さまより国書起草の合議の席に加わるよう、言いつかっておる」

「はあ」

「しかし、家康さまが伏見城入りされてからの、最近の外交文書は目にしておらぬ」

それもそのはずである。

家康が伏見城入りして以来、崇伝の師の玄圃霊三は合議の席から遠ざけられ、それにしたがって崇伝自身も、重要な国書起草の場に立ち会う機会を失っていた。

「そこで相談だ」

「は……」

「兌長老が、徳川さまの命で起草した外交文書に、すべて目を通しておきたい。草案でも、写しでもよい。ここへ持ってきてくれぬか」

「も、文書をでございますか」

青侍がとまどった顔をした。

「そうだ。合議の席につらなる者が、異国のあたらしき事情を知らぬようでは、役目にさしつかえる。文書を取りそろえ、わしのもとへ持参せよ」

「それは、できませぬ」

「なぜだ」

「異国と取り交わした文書は、紛失してはならぬもの。文庫蔵の外には持ち出せませぬ」

「わしは、国書起草にかかわるようにと申しつかった者だ。そのわしにも、文書を見せられぬと申すか」

崇伝は表情を険しくした。

「兌長老に、何も見せるなと言われたな」

「いや、それは……」

「ならば、兌長老には内密に、文庫蔵のなかへ入れてくれ。むろん、そなたに迷惑はかけぬ」

崇伝は青侍の手に、切り金を握らせた。

日本国　源家康　報章
大泥国封海王　悉呈違那耶　李桂　足下
今茲恵夏所呈
本翰之表文披而読之……

青侍のはからいで、伏見城の文庫蔵に入り込んだ崇伝は、西笑承兌が家康のために起草した外交文書を、一字一句あやまたず克明に筆写した。

外交文書の様式を、正確に頭にたたき込むためである。

むろん、崇伝はこれまでも、師の玄圃霊三の身代わりとして国書の文案づくりにかかわってきた。

しかし、みずからが、

——兌長老の地位に取って代わろう。

と、だいそれた望みを胸に抱く以上、外交文書の書き方については、貪欲に学びとっておく必要があった。

「くれぐれも、兌長老にはご内密にお願いいたしますぞ。さもないと、それがしがどのようなお咎めを受けるか……」

しきりに西笑承兌の手前を気にする青侍を見て、

「武士が、一介の禅坊主を恐れるのか」

崇伝は笑い飛ばした。

青侍は、いたって真剣な顔で、

「一禅僧といえど、兌長老は殿の信任を得ておられます。豊臣家恩顧の武将のなかにも、殿へのとりなしを頼み入ろうと、礼物などを持って機嫌うかがいに行く者多く、いまや兌長老の勢威はなまじの大名をしのぐほどで」

「これはよい。大名が禅坊主に頭を下げるとは……」

痛快であった。

知識があれば、それを使い、のし上がり、大名をもひれ伏させることができるのである。

秀吉死後の覇権をめぐって、まだ天下に不穏な空気が流れているとはいえ、麻のごとく乱れた戦国乱世はすでに過去のものとなっている。

(武力の時代は終わった。これからは、智恵のある者が勝ち残る……)

崇伝は伏見城にかよい、西笑承兌の起草による外交文書を三日がかりですべて書き写した。

一方、西笑承兌は何かと理由をつけ、崇伝に会おうとしない。家康から、承兌の指示をあおげと言われているうえは、その指図を受けなければ、崇伝は役目を果たせぬのである。

西笑承兌の政治力の前には、いまはどうすることもできない。

西笑承兌は独裁的に、外交文書の起草をおこなうようになった。

秀吉時代、肩を並べて〝三長老〟と呼ばれた玄圃霊三は引退。もうひとりの惟杏永哲も力を失った。

代わって登場してきたのが、閑室元佶（かんしつげんきつ）である。

元佶は、崇伝や承兌のような京都五山出身の僧侶ではない。

関東の、
――足利学校
の庠主、すなわち校長であった。
古く鎌倉時代に、下野国（栃木県）足利の地にひらかれた足利学校は、
儒学
軍学
天文学
医学
などを教える学問所として、数々のすぐれた学僧を輩出してきた。
鍋島直茂の政治顧問となった不鉄桂文、小早川隆景に招かれた玉仲宗琇などは、この足利学校の出身者である。また、戦国の医者として名高い田代三喜、曲直瀬道三らも足利学校に学んでいる。
江戸に本城をかまえる家康は、京都の五山僧よりも、同じ関東の足利学校の出身者と親しく知り合う機会があった。
元佶を伏見へ呼び寄せたのは、江戸に拠点をおく家康独自の人材登用のあらわれといえる。
元佶の登用によって、またひとり、乗り越えるべき存在が増えたことになる。

ともかく、

（あせらぬことだ……）

崇伝はおのれに言い聞かせた。

自分はまだ若い。若さは武器である。すでに五十を超えている西笑承兌や、老境にさしかかった元佶とくらべ、崇伝にはありあまるほどの時がある。

あせって戦いを仕掛け、みずから墓穴を掘るようなことがあっては、それこそ向こうの思うつぼというものだった。

（野望は天よりも高く、足もとはしっかりとかためておくことだ）

西笑承兌の仕打ちに耐える一方で、崇伝は家康側近の武将に接近をはかることを考えた。

崇伝に好意を持つ板倉勝重は、関東代官および江戸町奉行として、いま関東にある。ゆくすえ、徳川家の内部に深く食い込むためにも、家康が全幅の信頼をおく謀臣の本多正信らにわたりをつけておくのは、けっして無益なことではなかった。

石田三成の佐和山引退後、天下は一見、静まったかに見える。

が、その静けさの陰で、崇伝はつぎの世を見すえ、着々と動きだしている。

この年の秋――。

徳川家康は伏見城を出て、大坂城へ入った。

おもて向きは、大坂城にいる幼少の秀頼を補佐するという名目であったが、実際の狙いは満を持して豊臣家の〝本拠〟へ乗り込むことにあった。

秀頼と生母の淀殿は大坂城本丸に、家康は西ノ丸で政務をとることとなった。

大坂城の西ノ丸は、おもての出入り口である大手門に近い。しかも、城内では本丸につぐ高台にある。

秀吉が世にあるころ、弟の大和大納言秀長が西ノ丸に住し、秀吉を補佐した。その後、秀吉の側室の京極殿（竜子）がここに住まいをあたえられたが、のち伏見城に移った。

家康は西ノ丸で、

——秀頼の家老

と称し、天下に睨みをきかせた。

しかし、実質は〝家老〟などというものではない。諸大名は本丸の秀頼よりも、家康の顔色をうかがった。

秀吉が定めた五大老のうち、家康以外の四人、毛利輝元、前田利長（父利家の死により、跡を継ぐ）、上杉景勝、宇喜多秀家は、それぞれの領国へ帰っていった。このままでは世はおさまらぬと見て、来るべき大いくさにそなえ、領内をかためようというのである。

このあたり、選挙が近づくと代議士がお国入りし、地元の票がために奔走するのと似ている。

年が明けた慶長五年、家康は西ノ丸に、秀頼のいる本丸をのぞむ、五重の天守を造営した。

大坂城というひとつの城に、ふたつの天守がそびえ立つ——まさに、異常事態といってよい。

そうしたなか、表面上は、奇妙におだやかな日々がつづいていた。嵐の前の静けさである。

やがて、水がぬるみ、東山の峰々の山桜の蕾がふくらみはじめた。

芽吹き前の木々を揺らす強い東風が吹いた朝、崇伝は大坂城西ノ丸へ突然の呼び出しを受けた。呼び出したのは、家康の謀臣、本多正信である。

(何の用だ……)

崇伝は首をひねった。

師の玄圃霊三や板倉勝重のつてを通じ、崇伝は近ごろ、しきりに本多正信に接近をはかっていた。だが、正信は忙しいらしく、いまだふたりきりで面談する機会を得ていない。

その当人から、

「会いたい」

と、呼び出しがかかったのである。

崇伝は不思議に思いながら、大坂城西ノ丸御殿の囲炉裏ノ間へ出向いた。

囲炉裏ノ間は、大台所のつづきにある。

勘定方の雑事や、御用商人などとの相談ごとに使われるため、つねに人の出入りが多い。

「話をするには、ちと騒がしかったな」

囲炉裏ノ間にあらわれた本多佐渡守正信は、崇伝を、廊下をへだてた小部屋へ連れていった。

襖にあおあおと葉を茂らせる芭蕉がえがかれていることから、

——芭蕉(ばしょう)ノ間
と呼ばれる部屋である。

「兌長老のもとで、役儀に励んでおるそうだな」

板敷に敷かれた円座に腰をおろした正信は、皮肉ともつかない口調で言った。

「いえ、わたくしなど、まだまだ物の役には立ちませぬ。兌長老や元佶どのに学び、徳川内府さまのお役に立ちたいと思うております」

「頭のかたい年寄どもの下では、崇伝どのも何かとやりにくいのではないか」

「けっして、さようなことは……」

「ふふ。そのように、本音を隠さずともよかろう。兌長老が、若いそなたの抜擢をねたみ、爪はじきになそうとしておること、わしも存じておる」

「………」

「出る杭は打たれると申して、な。まあ、それだけ兌長老が、そなたの力を高くかっているということよ。先の栄達を望むなら、長い目で物事を見ることだ」

正信はほそい目の奥を光らせ、しわがれた声で笑った。

（いったい、何を考えている……）

さすがの崇伝にも、目の前にいる、年をへた古ギツネのような謀臣の心の底はわからない。

わかっているのは、うかつに甘い言葉にのり、おのれの手のうちをさらけ出してはならぬということだった。

もと禅坊主で気心の知れた板倉勝重とはちがい、本多正信にはどこか、油断のならぬところがある。

「本日は、わざわざわたくしにご助言下さるため、お呼び出しになられましたか」

崇伝は相手の目をまっすぐ見て言った。

「いや」

正信は首を横に振り、

「そなたに、鎮西（九州）へ下ってもらいたいと思うてな」

「鎮西へ……」

「さよう」

「なにゆえ、鎮西へなど？」

「紅毛船が漂着したのじゃ」

本多正信は声を低くして言った。


この年、慶長五年（一六〇〇）三月十六日。

九州豊後国の佐志生（現、大分県臼杵市佐志生）の海岸に、一艘の紅毛船が漂着した。

船名、リーフデ号。

オランダ国籍の船である。

船の乗組員は、二十四名。日本に着いたときは、長い漂流のためにほとんどの者が栄養失調や病気にかかり、自力で動くことができず、歩行が可能なのはわずか五、六名という惨状であった。

リーフデ号が故国オランダのロッテルダム港を出航したのは、二年前の夏である。

オランダ東印度会社は東洋との貿易をおこなうため、五艘の商船を派遣した。リーフデ号は、そのうちの一艘であった。

五艘の船団は、大西洋を南下。途中、熱帯性の病気や食糧の不足に苦しみながら、赤道を越え、アメリカ大陸南端のマゼラン海峡に到着する。そこは、極寒の地で、一転して、耐えきれぬほどの寒さが多くの乗組員の命をうばった。

マゼラン海峡で半年近くを過ごしたのち、船団はいよいよ、太平洋の大海原へ乗り出した。

しかし、船が陸地を離れて間もなく、暴風雨が一行を襲う。荒波にもまれて、船団は散り散りとなり、ほとんどの船は海の藻くずと消えた。

ただ一艘、リーフデ号のみは、帆柱を失って漂流。沈没はまぬがれたものの、船乗りたちは飢えと病魔によってつぎつぎと倒れ、ようやく半年後に日本の九州沿岸へ流れ着いたのである。

その漂着したリーフデ号のもとへ行けと、本多正信は崇伝に申しつけたのだった。

「そなたは船の乗組員と会い、日本へ来た彼らの目的が何か、吟味してまいるのだ」

「漂流のすえ、やむなく日本へ流れ着いたのではありませぬか」

崇伝は聞いた。

「そのように報告は受けておる。さりながら、かの者どもの船には、大型大砲十九門、小型大砲六門、火縄銃五百挺あまりが積み込まれていると申す。漂着をよそおい、わが国を武力で侵略せんとする魂胆がないものでもあるまい」

「念には念を入れよと、申されるのですな」

「しかり」

と、本多正信はうなずいた。

「遠い九州まで下り、紅毛人どもと話をつける。それこそ、若いそなたにしかできぬ役目じゃ。家康さまのおんため、行ってくれような」

「よろこんで、参らせていただきまする」


その日のうちに、崇伝は大坂の天満八軒家から、豊後国へ向かう船に乗った。

二百石積みの船である。

崇伝のために、本多正信が手配した徳川家の御用船であった。

途中、小豆島の土庄湊から、唐桟留の胴服を着た小柄な男が乗り込んできた。左目の下に大きなイボがある。

「堺のあきんどにて、魚屋宗円と申します。本多佐渡守さまより、崇伝どのの案内役をおおせつかりました。どうぞ、よしなにお願い申し上げます」

男は、いんぎんに頭を下げた。

「紅毛人の事情にくわしいのか」

「いえ、さほどのことは……。南蛮の商人相手にならば、あきないをしたことがございますが」

魚屋宗円と名乗る商人は、小さい目をしばたたかせた。

南蛮人とは、ポルトガル人、イスパニア（スペイン）人のことをいう。彼らはいちはやく東方貿易に乗り出し、香辛料や絹、銀などをヨーロッパへもたらし、その利益を独占した。

東アジアでは、ポルトガルは中国大陸沿岸の澳門（マカオ）に、イスパニアは呂宋（ルソン）（フィリピン）に拠点を築き、キリスト教の布教と貿易のためにしばしば日本へ来航した。

堺衆、博多衆をはじめとする日本の商人たちは、早くから彼らと私的な取引をおこない、付き合いを深めてきた。当然、南蛮人の事情にはくわしい。

しかし、今回、豊後の浜辺へ流れ着いたのは、南蛮人ではなく、紅毛人の船であるという。

紅毛人——すなわち、オランダ人、イギリス人は、ポルトガル、イスパニアに遅れること半世紀にして、あらたに東方貿易に乗り出してきた。いわば、日本人にとっては新顔の国々である。

崇伝はむろんのこと、堺の商人の魚屋宗円が、彼らのことをくわしく知らぬというのも無理はない。

「南蛮人と紅毛人は、姿かたちがちがうのか」

崇伝も、南蛮人宣教師の姿は京で見かけたことがある。

秀吉の時代、切支丹禁教令がしかれ、彼らはいったん日本から追い払われたが、秀吉が死ぬと、しだいに取り締まりがゆるくなり、宣教師たちはふたたび、京、大坂に舞いもどってきていた。

「ちがいます」

と、宗円は言った。

「南蛮人は髪黒く、目の色も黒い者が多うございますが、紅毛人は髪赤く、目も青うございます」

「ほう」

「しかも、南蛮人と紅毛人は、たがいに仲が悪い」

「紅毛人と南蛮人とは、仲が悪いのか」

瀬戸内のおだやかな海をわたる春風に目をほそめながら、崇伝は聞いた。

「はい」

と、魚屋宗円がうなずく。

「しかし、彼らは同じ天主教（キリスト教）を奉じる切支丹であろう。仲たがいをするとは、解せぬ話だ」

「同じ宗教を奉じているからといって、かならずしも、仲がうまくいくとは申せませぬ。同じ仏教徒でありながら、浄土宗と日蓮宗の信者の仲が悪いように」

「つまり、紅毛人の奉じる天主教と、南蛮人の奉じる天主教では、宗派がちがうということか」

「そのとおりでござります」

「………」

宗円の話によれば、彼らは同じ切支丹でありながら、南蛮人はローマ教皇を頂点とするカトリック（旧教）を信じ、紅毛人はプロテスタント（新教）を信奉しているという。そもそもプロテスタントは、十六世紀、ドイツのマルチン・ルターが、旧来の儀礼的かつ形式的なカトリックに反抗して起こったもので、ローマ教皇をあがめず、聖書のみを信仰のよりどころとした。

その成り立ちからして、両者は仲が悪く、ヨーロッパでは信仰をめぐって、血で血を洗う合戦まで起きている。

（内輪で仲が悪いのは、なるほど、仏教も同じだ。目の色や髪の色は変わっても、人の本質は変わらぬものだな……）

崇伝は、魚屋宗円の話に興味をそそられた。

紅毛人のことは知らぬと言っているが、なかなかどうして、宗円は異国の事情に通じている。海をまたにかけて手広くあきないをおこなっている、堺の商人ならではの情報網によるものであろう。

「このたび豊後へ漂着した紅毛人は、新教を奉じているのだな」

「さようで。それゆえ、姿かたちだけでなく、ものの考え方も、南蛮人とはいささかおもむきを異にしておりましょう」

「本多佐渡守どのは、そのあたりのことも、ぬかりなく探っておけと、このわしに言いたかったのであろうか」

「どうでございましょう」

「そなたの見るところ、どうだ。紅毛人は、わが国にいくさを仕掛けに来たと思うか。それとも通商を望んでいると思うか」

「それを聞くために、わたくしどもは豊後へ参るのではございませぬか」

大坂を出てから五日後、船は豊後臼杵の湊に着いた。

豊後臼杵は、豊臣家の蔵入地（直轄領）である。

もともと豊後国は切支丹大名、大友宗麟の領地であったが、息子の義統の代に、朝鮮の役の不始末によって改易となり、その後は秀吉が直轄地として、代官を送っていた。

「臼杵のいまの代官は、太田一吉どのでございます」

臼杵城へ向かう道々、魚屋宗円が言った。

「大友氏の時代には、臼杵はポルトガルや明国の船が出入りする貿易港として栄えておりました。そのため、城下にはいまも唐人町があり、南蛮人の宣教師も出入りしておりまする」

「大友宗麟は、切支丹の庇護者であったというからな。それにしても、美しい城だ」

崇伝は、海に向かって突き出した岩盤の上に建つ、臼杵の城を見上げた。

白壁の城は、まるで海に浮かぶ大船のように見える。

（そういえば……）

崇伝の脳裡に、ふと、同じ九州の肥前呼子の浜から、明国へ向かって密航しようとした遠い日の記憶がよみがえった。いまから、八年も前のことになる。

思えば、あれから時代は変わった。

崇伝の渡海をはばんでいた秀吉は死に、豊臣から徳川へ天下は移ろうとしている。

あのころは、明国へ渡ることが、唯一、おのれの道をひらくすべだと思っていたが、いまはちがう。

（世界には、明国のほかに、南蛮の国々、紅毛の国々、もっとさまざまな国がある。その異国の者たちが、あるいは通商の望みを抱き、あるいは侵略の野心を秘めて、わが国に近づこうとしているのだ……）

家康や本多正信が、若い崇伝に対して期待しているのは、そのような新しい時代に対処できる外交僧であるのかもしれない。

とすれば、

(この仕事、やり甲斐がある……)

豊後の海は蒼く、どこまでも果てしなく見える。

崇伝は臼杵城の二ノ丸御殿で、豊臣家代官の太田一吉に会った。

紅毛船の漂着という難問に頭を悩ませていたせいか、崇伝たちの到着に、太田一吉はほっと安堵したような表情を見せた。

「どうしたものか、正直、もてあましておったところじゃ。食糧をあたえ、医者に病人の手当をさせているが、船の者がこの国の王に会わせよと言っておる」

「この国の王に……」

いまの日本で外交を握る〝王〟といえば、豊臣秀頼ではなく、徳川家康にほかならぬであろう。

太田一吉は崇伝らに、案内役の侍ひとりと、通詞をつとめるロドリゲスというポルトガル人をつけてくれた。

ロドリゲスは来日して二十三年というイエズス会宣教師で、ポルトガル語と日本語のほかに、蘭語、英語も自在にあやつるという。

臼杵の城下から、紅毛船が漂着したという佐志生の浜までは二里（八キロ）。荒磯のつらなる海岸線をたどっていくと、やがて赤松におおわれた岬に出た。

岬の近くに、

――黒島

という小島があり、その沖に一艘の紅毛船が碇（いかり）を下ろしているのが見えた。

（おお……）

崇伝は感嘆のうめきを洩らしそうになった。

巨大な船である。

堂々たる三本檣（マスト）のガレオン船であった。ただし、主檣（メインマスト）が根もとのあたりで裂けるように折れ、無残な姿をさらしている。

丸窓のあいた船首楼、後ろのほうには船首より高い船尾楼があった。

甲板の上に、青銅の大砲が光っている。

「立派なものでござりますなあ」

崇伝の横で、魚屋宗円が嘆声をあげた。

「西洋の船は、わが国の船とは出来がちがいます。あれをご覧下されませ」

と、宗円は船を指さし、

「長いあいだ漂流していたというのに、船体は少しも傷んでおりませぬ。帆柱さえ直せば、すぐにでも外洋へ乗り出せましょう」

「人の姿が見えぬようだが」

崇伝は目をこらした。

船上はひっそりと静まり、人影はない。ただひとり、槍を持った番卒が船尾楼の上で見張りをしている。

案内役の侍が、

「リーフデ号の乗組員は、近くの寺へ身柄を移されております。そちらへご案内いたしましょう」

と、先に立って坂道を下りだした。崇伝たちも、あとにつづく。

佐志生の集落に入ると、道の両側に石置き屋根の家々がつらなっている。家の軒先で、干しガレイが風に揺れていた。

リーフデ号の乗組員が収容されているのは、集落のはずれにある、浄土寺という寺だった。

「乗組員のうち、大半の者は衰弱がひどく、本堂のほうに寝かせております。もっとも体調のよい航海長が、話をしたがっておりますが」

太田家の侍が、崇伝を振り向いて言った。

「その航海長の名は？」

「ウィリアム・アダムスとやら申しました」

「ウィリアム・アダムスか……」

崇伝は本堂の裏山に咲いている、山ツツジの紫紅色の花に目をやった。

崇伝は、寺の庫裏でリーフデ号の航海長、ウィリアム・アダムスと対面した。

リーフデ号はオランダ船だが、アダムスはオランダ人ではない。オランダと同盟を結ぶイギリス人の船乗りである。

瞳は灰色がかった青緑色。長い漂流による飢餓のためか、顎がとがり、もみあげからつづく髭が長く伸びていた。

部屋に入ってきた崇伝たちを見て、男が胸の前で手を合わせ、頭を下げた。

(紅毛式の挨拶は我が国と意外に似ている……)

と、崇伝は思ったが、男はむしろ、日本の僧侶の合掌をまねていたのだと、あとでわかった。

ウィリアム・アダムスが、早口で何ごとか言った。

「われらの船を慈悲深くお救い下されたこと、たいへん感謝していると、申しております」

通詞のポルトガル人宣教師ロドリゲスが、航海長の言葉を日本語に通訳する。

「わが国の王に面会を願っていると聞いたが、その目的は何か」

　単刀直入に切り出した崇伝の言葉を、宣教師が男につたえた。

「われわれの目的は、日本国をプロテスタントの国家となし、オランダ、イギリスの属国とすることとです」

　宣教師が通訳した答えを聞き、

「なんと……」

　崇伝は男の目を見返した。

「では、そなたたちが積んできた大砲、火縄銃は、わが国にいくさを仕掛けるためのものと申すか」

　崇伝の言葉を宣教師がつたえると、ウィリアム・アダムスはにこやかに笑い、

「イエス」

　とこたえて、深くうなずいた。

(この者、正気か……)

　崇伝は相手の真意をうたがった。

　日本をキリシタンの国にし、紅毛の属国にするなど、言語道断の話である。命を助けてもらった礼を言いながら、その舌の根が乾かぬうちに、恩人に刃(やいば)を向けようとしているようなものではないか。

本気で言っているとすれば、よほど自国の力を過信しているか、こちらをばかにしていることになる。

「通詞、この者の申していることにまちがいはなかろうな」

崇伝は、通詞のポルトガル宣教師に念を押した。

「まちがいではありません。この男は、貴国への宣戦を布告しています」

「……………」

崇伝が黙っていると、わきに控えていた魚屋宗円が、この男らしくもない険しい目で宣教師を睨んだ。

「嘘を申すでない。そなた、われらが紅毛の言葉を知らぬのをいいことに、でたらめな通訳をしておろう」

とたん、宣教師ロドリゲスの顔色が変わった。

「この者があやまった通訳をしているとは、まことか」

崇伝は気色ばんだ。

「はい。手前、南蛮人の商人から、紅毛語をいささか学んだことがございます。どうやら、この通詞は、敵対する紅毛人が不利益になるように、言葉をたがえてつたえたようにございますな」

「宗円の申すとおりか」

崇伝のするどい視線が、ポルトガル人の通詞に向けられた。

男は少しばつの悪そうな顔をし、くどくどと言いわけをはじめた。紅毛人は性凶暴で、何をするかわからない。それゆえ、日本人の利益のために、わざと通訳をたがえたと主張する。

「痴れ者めッ！」

崇伝はポルトガル人宣教師を一喝した。

「よいか。ふたたび、言葉を故意にゆがめて訳すようなことがあれば、即刻、そなたを斬る。そのつもりで、しかと通詞せよ」

崇伝は、太田家からつけられた案内役の侍を宣教師の横に立たせた。少しでもおかしなそぶりをするようなら、いつなりとも斬り捨てよと命じる。

侍が刀の革巻きの柄に手をかけた。

これには、紅毛人に敵意をいだくポルトガル人宣教師も、閉口したようである。

「いま一度、かさねて聞く。そなたらが日本へ来た目的は？」

「オランダ、並びにイギリスは、東洋の国々と親しくしたいと望んでおります。東洋で産出するめずらしい品と、こちらの品々を売り買いし、たがいに富を得たいと思います」

苦い表情の宣教師の口を通じ、航海長ウィリアム・アダムスの言葉がつたえられた。

(やはり、通商のためにわが国へ来たのか……)

崇伝はアダムスの目を見た。湖のように澄んだ目である。

「そなたらの船には、大型大砲十九門、小型大砲六門、ほかに火縄銃五百挺あまりが積み込まれていると聞いた。そのような大量の武器を、いったい何に使うつもりであったか」

「われらの母国から東洋までは、あまりに遠い」

ウィリアム・アダムスは、ため息まじりにつぶやき、

「航海の途中、海賊や土地の者に襲われる危険も少なからず、また、イスパニア船、ポルトガル船に遭遇すれば、海戦を仕掛けられるおそれもあり、船に武器を積み込んだ。必要とあれば、東洋の王に献上するつもりだった」

「わが国の王に会って、何を願うつもりか」

「さきほども言ったとおり、交易をおこないたい。願いは、それ以外になし」

紅毛人の航海長は、崇伝をまっすぐに見つめて言った。

通商をもとめたいというリーフデ号航海長、ウィリアム・アダムスの言葉にいつわりはないと思われた。

知的な目をしている。その好奇心あふれる真摯(しんし)なまなざしに、崇伝は好感を持った。

「おまえたちの国は、わが国からどれほど離れているのだ」

「とても言葉では言いあらわせないほど、遠い海のかなたです」

ウィリアム・アダムスは、板敷きの床に一枚の絵図をひろげた。

陸地や海が、緑、赤、青などの彩色でえがかれている。

「これは、航海図というものです」

「航海図？」

「はい。この航海図にしたがって、われわれは海をわたってまいりました。書き込まれている赤い線が、リーフデ号がたどってきた航路です」

アダムスの指が、航海図の線をしめした。

「ここが、われわれが出航したオランダのロッテルダム港。船は、ポルトガルのロカ岬の沖を通過して、大西洋を南下。途中、海水が沸き返るのではないかと思われるほどの灼熱の海を通り、やがて寒い海に到達しました」

「寒い海か」

「そうです。海面は凍りつき、巨大な氷塊が行く手に立ちはだかって、われわれの船は何度も大破しそうになりました。無事に通過できたのは、ほとんど奇蹟だったといえるでしょう」

そのときのことを思い出したのか、アダムスはかすかに唇をふるわせた。

「この強い西風と氷の荒海が、発見者であるポルトガル人船長の名をつけたマゼラン海峡」

アダムスは南北に長大につらなるアメリカ大陸南端の海峡を指さし、

「航海随一の難所を乗り切り、胸を撫でおろしたのもつかの間、〝静かな海〟といわれる太平洋で暴風雨に見舞われ、われわれの船団はばらばらになったのです」

「わが国へ流れ着いたのは、たんなる偶然か」

「いいえ、偶然ではありません」

髭をたくわえた航海長は、首を横に振った。

「われわれの計画では、南洋の島々に立ち寄って取引を重ねながら、最後に日本に到達する予定になっておりました。しかし、立ち寄る先々の島で、島民の襲撃やイスパニア船の妨害に遭い、当初の予定は果たせなくなったのです。やむなく、最終目的地である日本をまっすぐめざすうち、嵐で帆柱を失い、漂着したようなしだいです」

「なるほど、よくわかった」

使いふるされた航海図を見つめながら、崇伝は胸のうちに、はるかな異国への興味が清冽（せいれつ）な泉のように湧きあがるのを感じた。

「そなたはどう思う、宗円」

浄土寺から引きあげ、臼杵城下の宿屋に草鞋（わらじ）を脱いだ崇伝は、魚屋宗円に声をかけた。

「どう思うとは、あの紅毛人航海長の申したことでございますか」

「あの男、わが国に通商をもとめる以外に望みはなしと言った。その言葉、はたして信じてよいものかどうか」

「崇伝どのは、どのように思われます」

宿の者がはこんできた香煎をすすりながら、宗円が聞き返した。

「彼らが日本に対し、侵略の野心をいだいているなら、あのように熱心に家康さまへの面会をもとめぬはずだ。アダムスとやらは、日本国王への感謝の気持ちとして、船に積んできた大砲、火縄銃を献上するつもりだと申しておった」

「されば、お信じになるのでございますな」

「信じる」

崇伝は窓の向こうに広がる、夕暮れの海を見つめて言った。

「紅毛人は、天主教の布教ばかりに凝りかたまった南蛮の者どもとは、ちがう考え方を持っているようだ。彼らは天主教を教えひろめることより、あきないのほうに、より強い興味をいだいている。わしは、そう見たが」

「手前も、崇伝どのとまったく同じ考えでござりまする」

宗円がうなずいた。

「かの紅毛の者どもの敵は、わが日本ではなく、南蛮のポルトガル、イスパニアでございます。ご存じのことと思いますが、ポルトガル、イスパニアは紅毛の国々に先んじ、東方貿易の利権を手に入れております。リーフデ号に乗ってきた紅毛人は、南蛮人になり代わり、東洋でのあきないの道を切りひらくことを望んでおるのでございましょう」

「うむ……」

崇伝も香煎を口にふくんだ。

ウィリアム・アダムスとの会見で、かつてないほどの興奮をおぼえたせいか、むしょうに喉が渇いていた。カラカラに渇ききった喉に、こうばしい香煎が沁み込んでゆく。

ちなみに——。

この年からさかのぼること十二年前の一五八八年、イギリスはイスパニアの無敵艦隊を破っている。それまで、アジアでの交易権をすべて握ってきたポルトガルやイスパニアのあとを追いかけるように、イギリス、オランダが東方に進出、海の覇権に変化が生じはじめていた。

「わしは、リーフデ号の乗組員を家康さまにお引き合わせしようと思う」

崇伝は言った。

「彼らと手を結ぶことは、必ずや、家康さまの利益になる。わしは、そう思う」

海はしずかに暮れ、東の空に皓い満月が昇ろうとしていた。

崇伝が、豊後臼杵から大坂へ連れもどった紅毛人、ウィリアム・アダムスは、徳川家康のおおいに気に入るところとなった。

家康が、ウィリアム・アダムスを気に入った理由は、つぎの二点であった。

まず第一に、自分たち紅毛人には、日本にキリスト教を布教する意図はまったくないと言いきったことである。

自分たちが日本へ来た目的は、あくまで通商をもとめるためであり、

「宗教的な野心はなし」

と、アダムスは家康の前で明言した。

海外貿易がもたらす利益に興味を持つ家康は、国内の切支丹に対し、いまだ禁圧をおこなっていない。だが、それはあくまで、キリスト教の布教と通商を一体のものとしてもとめるイスパニアやポルトガルの南蛮諸国に配慮しているからで、もともと浄土宗の熱心な信者であった家康が、切支丹に好意を抱いているわけではなかった。

そこへ、プロテスタント（新教）を信奉する紅毛人のウィリアム・アダムスが、布教は抜きにして、純粋に商売だけで付き合いたいという。これほどすっきりした提言はない。

その合理性を、家康はまず気に入った。

もうひとつ、家康の信任を得たのは、アダムスの豊富な知識である。

世界の海をまたにかけて航海してきたアダムスには、航海術をはじめ、天文学、気象

学、物理学、数学など豊かな知識があった。家康は、アダムスの口から、さまざまな未知の知識を聞くことを好んだ。

家康の気持ちは、崇伝にもわかりすぎるほどよくわかる。

崇伝自身、豊後の臼杵から大坂へ向かう船上で、ウィリアム・アダムスと昼夜をわかたず語り合い、新しい知識に、目からウロコが落ちるような思いがした。

アダムスとの出会いは、一禅僧であった崇伝の世界観を大きく変えた。まさに、衝撃の出会いであったと言っていい。

ウィリアム・アダムスは、崇伝との会見での約束を違えず、リーフデ号に積んできた大砲を家康に献上した。

家康は、これをおおいに喜んだ。ばかりでなく、同船に乗り組んでいたオランダ人の砲術長、

――ヤン・ヨーステン

を砲術隊の指揮官に取り立て、厚く遇した。

ウィリアム・アダムスとヤン・ヨーステンのふたりは、これ以後、母国へはもどらず、日本に住みつくことになる。

ウィリアム・アダムスは、相模の三浦半島に領地をあたえられたことから、三浦按針（按針は航海長の意）と呼ばれた。

　また、ヤン・ヨーステンの屋敷があった地は、いま東京駅前の八重洲(やえす)の地名として、その名を残している。

再会

徳川家康がリーフデ号航海長ウィリアム・アダムスに対面したのと同じころ——。

世も動いていた。

会津若松の領地へ帰っていた上杉景勝と、その執政直江兼続が、家康との対決姿勢をあきらかにしたのである。

家康は、外交僧の西笑承兌に命じて上杉家の非違八ヶ条をしたためさせ、

「申し開きのために、上洛せよ」

と、直江兼続の上洛をうながした。

直江兼続は、これを拒絶。上洛に応じるどころか、逆に家康への非難を書きしるした宣戦布告の書状を大坂へ送りつけてきた。

世に言う、

――直江状

である。

家康は即座に、上杉征伐の肚（はら）をかため、諸将に会津遠征の命を発した。

家康が東へ下れば、大坂は留守になる。

近江佐和山城の石田三成が、この機を黙って見過ごすはずがない。これ幸いとばかりに、打倒家康の兵を挙げるであろう。

家康の放った根来の忍びは、直江兼続と三成がひそかに連絡を取り合い、東西から家康の軍を挟み撃ちにするつもりである――との知らせをもたらした。

「まさしく、こちらの思うつぼじゃ」

本多正信から報告を受けた家康は、肉づきの豊かな頬に会心の笑みを浮かべた。

なるほど、天下のまつりごとの実権は、すでに秀吉の遺児の秀頼から、家康の手へ移っている。

しかし、

（それだけでは、まことの天下人とはいえぬ……）

豊臣家から天下の覇権を奪い取るためには、力をもって徳川の武威を世にしめす必要があった。

家康は、その政権簒奪（さんだつ）の好機を、じっくりと待ちつづけていたのである。

（物ごとは、あせらず機を待つこと。機至れば、すみやかに動くこと。断じて、機を逃さぬことが肝要）

おのれが東へ向かって兵をすすめているあいだに、豊臣政権を死守せんとする石田三成が兵を挙げ、決戦の場をつくってくれることは、家康にとってむしろ好都合といえた。

もっとも、石田三成と戦うにあたり、家康の側に不安がなかったわけではない。秀吉恩顧の豊臣家の旧臣たちのなかには、いまだ、秀頼に心を寄せる者が多い。いざ決戦となったとき、

（彼らが、はたしてどう動くか……）

家康自身にもまだ、読みきれぬところがあった。

徳川家康のもとに、

――三成挙兵す

の知らせがもたらされたのは、上杉攻めのために東下した軍勢が、下野国小山（現、栃木県小山市）まで来たときだった。

急使を送ってきたのは、伏見城で家康の留守居役をつとめている、鳥居元忠である。

鳥居元忠はもともと、三河国の矢作川を根城とする、

――ワタリ（商業民）

の出身で、先祖は紀州熊野の山伏であった。

ワタリは諸国を歩いてあきないをおこなうため、独自の情報網を持っている。

元忠は、その情報網で諸国の事情をさぐる、家康の〝諜者〟のごとき役割を果たしていた。

このたびの上杉攻めにあたっても、元忠は伏見城に残り、上方のようすを逐一、家康のもとへ報告していたのである。

三成挙兵の報を受け、小山の陣所では、すぐさま軍議がひらかれた。

軍議の席で、まっさきに口をひらいたのは、福島正則である。正則は豊臣秀吉子飼いの家臣だが、吏僚派の三成を嫌う〝武断派七将〟のひとりであった。

床几を蹴って立ち上がった正則は、居並ぶ諸将を睨むように見わたし、

「わしは、東下の軍勢にしたがったときから、家康どのと生死を共にしようと決めておった。こざかしい三成めが、何もご存じない秀頼さまをかつぎ出し、兵を挙げるとは笑止千万。たとえ大坂に残してきた妻子が、敵の手に落ちようと、わしの心は変わらぬ。断固、三成を討つべしッ！」

豪傑髭をふるわせ、唾を飛ばして吠えた。

この福島正則の発言が、軍議の流れを決めた。諸将は、われもわれもと家康への忠誠を誓い、ともに三成とたたかうことを公言した。

秀吉の遺児、秀頼を奉じる三成を討つことに、多少なりともためらいをおぼえる者があったとしても、とても異議を唱えることができないような、その場の雰囲気であった。

——ころあいや、よし。

と見て、それまで軍議につらなっていなかった家康は、おもむろに一同の前に姿をあらわし、礼をのべた。

家康はただちにとって返した。

上杉への押さえとして、息子の結城秀康を小山の地に残し、ひとまず江戸城に入った。江戸の地でしばらく、上方の情勢をうかがい、福島正則、池田輝政を先鋒として、諸将を上方へ向かわせた。

先鋒の福島隊が尾張清洲（きよす）に達したとき、石田三成ひきいる西軍の勢は、すでに美濃の諸城を押さえていた。正則らは、織田秀信が守る岐阜城を落として、東軍本隊の到着を待った。

家康が江戸を発したのは、東海道に秋風が吹く九月一日のことである。

慶長五年九月十五日。

東西両軍は、美濃国関ヶ原の地でぶつかり合った。

天下分け目の、

――関ヶ原合戦

である。

徳川家康ひきいる東軍、八万九千。これを迎え撃つ石田三成の西軍八万二千。

戦いの火蓋は、まだ朝もやの立ちこめる早暁に切って落とされた。

戦況は、東西両軍とも互角。たがいにゆずらなかったが、家康の調略を受けていた小早川秀秋の裏切りが、合戦の帰趨を決めた。

西軍方は総崩れとなり、石田三成は逃亡した。

東軍の大勝利である。

戦いに勝った徳川家康は、その日のうちに敵将士の首実検をおこなった。

落武者となった石田三成は、六日後、伊吹山中で捕らえられ、大坂、堺市中引きまわしのうえ、京の六条河原で斬首。享年、四十一であった。

――家康勝利

の知らせを、崇伝は京の南禅寺で聞いた。

一報をもたらしたのは、堺の商人の魚屋宗円である。

「これで名実ともに、徳川さまが天下人となられましたな」

宗円は上機嫌である。

堺の商人のなかでも、宗円は武具商の今井宗薫と並んで、以前から徳川家康に肩入れし、その愛顧を受けていた。

「こたびのいくさで、家康さまは、ウィリアム・アダムスが献上した大砲十九門を、上杉攻めにご持参なされたそうにございますぞ」

「ほう、あの大砲をな」

「しかも、砲術長としてヤン・ヨーステンを軍勢に同道させたとか。青い目の砲術長とは、敵も、味方も、さぞかし度肝を抜かれましたでしょうなあ」

「うむ……」

崇伝は、しずかな手さばきで茶を点てた。

近ごろ、崇伝は宗円の仲立ちで、茶人でもある今井宗薫と親しく交際するようになり、ときおり、茶会にも招かれている。

茶を点てていると、頭の芯が冴え、智恵の鏡が澄みわたるような気がした。

「されば、リーフデ号の大砲は、関ヶ原の本戦でも家康さまのお役に立ったのか」

「いや、それが……」

崇伝がすすめる染付茶碗の濃茶を、宗円はうまそうにすすり、

「大砲をおまかせになられたご嫡子の秀忠さまの勢が、信州上田城の真田攻めに手間取って参陣に遅れ、関ヶ原のいくさには間に合わなんだそうにございます」

「それは、残念であったな」

「それにいたしましても、家康さまは、大坂城におわす秀頼君を、この先どのようになさるおつもりでございましょうなあ」

　魚屋宗円が、小首をかしげるようにして言った。

「そのこと」

　崇伝は霰釜から立ちのぼる湯気を見つめ、

「秀頼君の処置については、家康さまもさぞ頭が痛いことだろう」

「さようにございます」

「関ヶ原のいくさは、〝佞臣、石田三成を討つ〟という大義名分あったればこそ、諸大名も家康さまに味方した。たてまえは、あくまで幼い秀頼君を利用し、まつりごとを私した三成が悪いのであって、秀頼君ご自身に罪はない。となれば、秀頼君の御身に手をつけることは、東軍に加わった諸将の手前、絶対にできぬ」

「秀頼君が大坂城から追い出されるようなことにでもなれば、豊太閤子飼いの福島正則どのや加藤清正どのらが、黙って見過ごしはいたしますまい」

「うむ」

　と、崇伝はうなずき、

「もう一服、茶をどうだ」

「これは……。恐れ入りましてございます」

宗円が恐縮したように、膝もとの茶碗を差し出した。

「むずかしいのは、これからであろう」

「はい」

「口あたりなめらかな、よき茶が点てられるかどうかは、最後の仕上げがもっともむずかしい」

と言うと、崇伝は今度は黒天目の茶碗に初昔の茶を入れた。湯をそそぎ、茶筅をまわすと、あざやかな翡翠色の茶が泡立つ。

「きめこまやかに、何ごともなめらかに……。さて、家康さまの天下取りの総仕上げは、どのように相成りますことか」

「家康さまは、いま、どちらにおられる？」

崇伝は聞いた。

「近江からもどった手代の話では、しばらく大津城にご滞在ののち、ここ一両日中にも大津を発し、東海道を西へ向かわれるとのことです」

「伏見では、留守居役をつとめていた鳥居元忠どのが、西軍の勢に攻められ、城を枕に壮絶な討ち死にを遂げておられる。勝っても、負けても、いずれの側も、どこかに痛みが生まれるものだ」

「われらあきんどから見れば、およそ、いくさほど間尺に合わぬものはございませぬな」

茶を呑みながらしばらく無駄話をして、魚屋宗円は帰っていった。

ひとりになった崇伝は、書物に目を通したのち、筆をとって一通の書状をしたためた。

女人への文である。

大坂城本丸の淀殿に仕える、紀香への便りであった。

（どうしていることか……）

地蔵院での後味の悪い別れ以来、心のどこかで、女のことが気にかかっていた。豊臣の天下が音を立てて崩れゆくなか、さぞかし紀香が心ぼそい思いをしているであろうと案じられぬでもなかった。

だが、

（あのような別れをしたあとだ）

あえて心を鬼にし、女のことは考えぬようにつとめてきた。

崇伝の出仕する大坂城西ノ丸と、紀香のいる本丸——手をのばせば届くほど近い場所にいるにもかかわらず、崇伝にとって紀香は、遠い女人になっていた。

その紀香にあてて、崇伝は文を書いている。

われながら、

（未練だ……）

とは思う。

しかし、魚屋宗円から家康勝利の一報を聞いたとたん、崇伝は自分でもわけのわからぬ衝動につき動かされ、筆をとっていたのである。

――疾(と)く、大坂城を出よ。

と、まず書いた。

大坂城には、いまのところ、石田三成によって西軍の総大将に押し立てられた豊臣家五大老の毛利輝元が籠もっている。

一両日中に大坂へ向かう徳川家康と、毛利輝元のあいだで一合戦起きるかもしれない。それゆえ、大坂城にとどまっては、そなたの身が危うい。一刻も早く城を出るがよかろうと、崇伝はこの男らしい乱れのない筆跡でしたためた。

一息に書き上げてから、

(このような文を見たとて、紀香が素直に従うはずもない……)

と思い返し、文を破った。

そもそも毛利輝元が、関ヶ原合戦に勝利した家康を迎え撃ち、大坂城に籠城する意思があるかどうか、それじたい、怪しいものである。

輝元は石田三成の尻馬にのって漁夫の利を得ようとしただけで、家康に正面きって敵対するだけの覚悟があるとは思えなかった。

（ならば、なぜ、このような書かずともよい文を書こうとする……）

忘れかけていた女人への思いが、にわかに胸を締めつけた。


徳川家康は、大坂城へ入った。

崇伝の睨んだとおり、毛利輝元は戦わずして城を明けわたし、領地の安芸国へしりぞいた。

空があおあおと澄みわたった秋晴れの朝、崇伝は家康に戦勝の祝いをのべるため、大坂城へ登城した。

合戦がはじまるまえ、崇伝が最後に登城したときから、わずか三月ほどしかたっていないというのに、大坂城は、その雰囲気を一変させていた。

まず目についたのは、武者の多さである。

戦勝の余韻がいまださめやらぬせいか、男たちは声高に戦場での手柄話をしたり、腕まくりをして傷を見せ、武勇伝に花を咲かせていた。

城内には、家康への祝儀の品を持った商人、公卿たちの姿も少なくない。なかには、ついこのあいだまで、石田三成に肩入れし、家康への雑言を口にしてはばからなかった者の姿もあった。

（みな、あわてふためいて、家康に取り入らんとしているのだ……）

人の心は秋の空のように移ろいやすいものだと、崇伝はつくづく思う。

西ノ丸御殿の対面所の控えの間にも、人があふれていた。

「このようすでは、いつになったら家康さまにお会いできるかわかりませぬなあ」

崇伝の供をしてきた元竹が、あきれ顔で言った。

「しかたがあるまい。対面の順番を並んで待つのだ」

「待っていたら日が暮れてしまいます」

崇伝と元竹が列の最後尾で話をしていると、横から声をかけてくる者があった。

「崇伝どの、お久しぶりじゃな」

振り返ると、見おぼえのある仁王のような顔が笑っていた。

家康の臣、板倉勝重である。

戦場灼(や)けして、以前より顔が黒くなっている。笑った口もとからのぞく歯だけが皓(しろ)い。

「これは、板倉どの」

崇伝は頭を下げた。

「江戸においでのものとばかり思っておりましたが、こたびのいくさにも、参陣しておられたのですか」

「急に駆り出されてのう。兵糧米(ひょうろうまい)の手配などの兵站(へいたん)をおおせつかっておった」

「それは、ご苦労さまにございました」

「いや、わしなどの苦労はたいしたことではない」

相変わらず、謙虚な人物である。

「ときに、崇伝どのは、家康さまへのご挨拶に参られたのか」

「はい。徳川内府さまも、これでようやく晴れて天下人におなりです。新しい国づくりがはじまりますな」

「いや。まだ、安心してはおれぬ」

勝重が眉をくもらせた。

「こんなところで立ち話もなんだ。あちらへ行こう」

板倉勝重が、崇伝をうながした。

「は……」

崇伝は元竹を控えの間にのこし、勝重のあとにしたがった。

板倉勝重が崇伝を連れていったのは、西ノ丸の天守閣の最上階であった。そこからは、深緑色の水濠や高石垣をへだてて、大坂城の本丸をのぞむことができる。

本丸にも、西ノ丸と同じように天守閣がそびえている。

本丸にある八重の天守は秀吉時代からのもので、西ノ丸の五重の天守は、徳川家康の手によって今年のはじめに築かれた。

「天守から、同じ城のもうひとつの天守を眺める。異様な眺めだとは思われぬか、崇伝どの」

「同感でございます。まるで、天下にふたりのあるじが並び立っておるような……」

本丸御殿の屋根瓦の照り返しに、崇伝は目をほそめた。

「このことは、他言してもらっては困るが」

と、勝重が声をひそめて前置きし、

「関ヶ原で西軍に属した大名のうち、いくつかは取り潰しをまぬがれるらしい」

「毛利、上杉、島津……。あたりでございましょうか」

「誰から聞いた」

勝重がおどろいた顔をした。

「毛利、島津は、軍勢をひきいて領地へもどっております。また、上杉は北の地にあって、勢力を温存。これらを、へたに潰さんとすれば、逆に牙を剝き、いくさを挑むは必定。中国八ヶ国を治める毛利と、会津の上杉が手を結び、さらに南海貿易で富をたくわえている島津が加われば、天下はふたたび風雲急を告げましょう」

「家康さまも、貴僧と同じことをおおせになっておられた」

「………」

「ゆえにいまは、関ヶ原の責を問うて、毛利、上杉、島津らを潰すことができぬ。減封して勢力を弱らせるくらいが関の山であろう。そのうえ、大坂城には、あれなる本丸のぬしがいる」

板倉勝重は、内濠に囲われた本丸を指さした。本丸のぬしとは、言わずと知れた豊臣秀頼である。

「このさい、秀頼君の所領を没収し、遠流（おんる）に処すべきではないかと、わしは家康さまに進言した」

「で、家康さまは何と？」

「何も言わず、一首の古歌を口ずさまれた」

と、板倉勝重は歌をつぶやいてみせた。

雲はみな払い果てたる秋風を
　　松に残して月を見るかな

家康が口ずさんだという、古歌の意味はこうである。

強い秋風が吹いて、空の雲を払ってしまったあと、風に揺れる松の枝ごしに月を眺める。

すなわち、月を眺めるときは、晴れわたった空に浮かぶ月を見るよりも、少しくらい雲がかかっている月を見るほうが風情がある。しかし、その雲が風に払われて消え去ってしまったときは、せめて松の枝ごしに月を眺めるのがよい、と――。

「雲がすっかり風に吹き払われてしまった月は、雅趣がございませぬ、か」

崇伝は、古歌の持つ深い意味を考えながら、

「おそらく、家康さまは和歌にことよせて、兵法の極意をおおせになっておられたのでございましょう。敵をすっかり平らげてしまっては、かえって、あらたな争いのもととなる。多少は、外の敵を残しておいたほうが、内輪の結束が固くなる」

「そなたは兵法にも通じておるのか」

「暇にあかせて、『孫子』『六韜』などを読んでおりますれば」

「まさしく、そなたが解釈したとおりじゃ」

板倉勝重は深くうなずき、

「歌を口ずさんだあと、家康さまはこうおおせになられた。完膚なき勝利は、かえって危険である。勝利は八分にとどめておくのがよいとな」

「源平の世、平家を壇ノ浦で滅ぼした源義経は、その〝八分〟ということを知りませなんだ。平家という敵がいなくなったがために、今度は兄の頼朝によって、みずからが討ち滅ぼされる運命にいたったのです。関ヶ原の残党は、いわば雲。家康さまの天下を光り輝かせるためには、雲をとどめておくことも必要でありましょう」

「しかし、雲は雲だ。いかなる風が吹いて、光り輝く月をおおい隠してしまわぬともか

ぎらぬ」

「たしかに」

崇伝は、豊臣秀頼のいる本丸を見すえながらうなずいた。

「じつはな、崇伝どの。わしはこたび、家康さまより、大事なお役目をおおせつかった」

「大事なお役目？」

「京都奉行だ」

勝重の言葉に、崇伝は思わず振り向いた。

天守の欄干にもたれた板倉勝重は、表情を厳しくし、

「江戸町奉行として、わしが果たすべき役割は終わった。このうえは、上方にとどまり、京、および畿内に睨みをきかせよと、家康さまはおおせなのだ」

「それはつまり、勝重どのに豊臣家の見張りをせよとのご命令なのですな」

板倉勝重は、江戸町奉行として手がたい実績を残してきた。

一寒村にすぎなかった江戸の町に、商人を集めてあきないを盛んにし、職人を保護して産業を振興させた。また、流れ者が多く、盗みや刃傷沙汰の絶えなかった江戸の治安を取り締まり、民が住みやすい町づくりにつとめた。

その江戸での手腕からみて、板倉勝重の京都奉行抜擢は妥当な人事であろう。

しかし、家康が今回、勝重に期待しているのは、たんに民政を無難につとめ上げるこ

とだけではない。

　上方には、豊臣家がのこっている。

　家康がいまのところ、豊臣家を潰す意思を持たぬ以上、京都奉行の勝重は、秀頼とその取り巻きが不穏な動きを起こさぬよう、これを厳重に見張らねばならなかった。

　責任重大――といっていい。

「ご出世、おめでとうございますと申し上げたいところですが、豊臣家のほかにも、畿内には手ごわい魑魅魍魎が巣くっておりますれば」

　崇伝が言うと、

「魑魅魍魎か……。朝廷と坊主のことだな」

　勝重は苦笑いした。

　崇伝の言うとおり、京の都にはいにしえより、

　――朝廷
　という厄介な存在がある。

　武力を持たぬ朝廷は、武家に官職をあたえて手なずけようとしたり、武家どうしの争いの調停役をかって出て、権威をしめそうとした。このたびの関ヶ原合戦においては、朝廷は《豊臣》《徳川》いずれの味方にもつかなかった。

　だが、武家政権の正当性をみとめるのは、ほかならぬ朝廷である。朝廷を敵にまわせ

ば、天下人としてはみとめられぬどころか、〝朝敵〟の汚名をきせられる恐れすらある。

それゆえ、朝廷対策をおこなわねばならない京都奉行は、きわめて気苦労の多い役職といえる。

京の都で、もうひとつ手ごわい存在は、

——寺社
である。

京の鬼門を守る比叡山延暦寺は、織田信長によって一山焼き討ちにされたものの、その後、秀吉の後援を受けて再興し、ふたたび勢力を取りもどすようになっていた。また、崇伝が属する禅門の最高峰、京都五山もある。

宗教政策を一歩あやまれば、まつりごとに混乱をきたすことになる。

「豊臣家に朝廷に寺社……。いずれも、頭の痛い難物ばかりじゃ」

「お察し申し上げます」

京に巣くう魑魅魍魎どもの手ごわさは、そのまっただなかで苦闘している崇伝が、いちばんよく知っている。

「家康さまより、やれと命じられたからには、この身に代えて、京都奉行の大任をつとめ上げねばならぬ」

と、板倉勝重はおのれに言い聞かせるように言った。

「そこでだ。そなたにおり入って頼みがある」

「何でございましょうか」

崇伝はいぶかしむように首をかしげた。

「そなたには以前、江戸の町づくりを手伝ってくれぬかと頼んで、もののみごとに断られたことがある」

「あのおりは……。失礼をいたしました」

「過ぎたことはよいのだ。しかし、今度の頼みばかりは、ぜひとも引き受けてくれねば困る。わしを助けると思い、うんと言ってくれ」

「お頼みをお聞きせぬうちは、こたえようがございませぬ」

「わしの、右腕になってほしい」

板倉勝重が真顔で言い、崇伝の目をじっと見つめた。

「右腕に……」

「そうじゃ。京の都で、わしが信をおける知り合いといえば、そなたしかいない。そなたの申すとおり、京は魑魅魍魎の巣窟（そうくつ）。わしは三河の生まれで、公家のしきたりや作法にうとい。ここはぜひとも、京の水になれた者の助けが必要なのだ」

「板倉どのは、近衛竜山さまとお親しゅうございましょう。とても、わたくしごときの出る幕では……」

「いや、さにあらず」

勝重は身を乗り出し、

「親しいといっても、近衛どのはすでに退隠(たいいん)されたる身。それに、相手は肚の底の知れぬ公家。どこまで信用してよいやら、わかったものではない。むかしから言うではないか。〝公家のクモの巣〟と」

公家のクモの巣というのは、表面では仲の悪そうな顔をしていても、裏ではクモの巣のようにつながっているという意味である。言ってみれば同じ穴のムジナ、うっかり人の悪口でも言おうものなら、たちまち本人に伝わってしまう。

「そなたは幼いころより南禅寺で育ち、京のことは裏の裏まで知り尽くしていよう。また、京の禅門にも顔が広い。そなたのような者が力を貸してくれれば、京をおさめていくうえで、これほど心づよいことはない」

「板倉どの……」

「頼む、わしに力を貸してくれ。これ、このとおりだ」

五十なかばを過ぎた板倉勝重が、まだ三十二歳の若い崇伝に向かって、ふかぶかと頭を下げた。

「頭をお上げください」

崇伝は、静かな声で言った。

「どうじゃ、崇伝どの。わしの頼み、引き受けてくれるか」

顔を上げた勝重のまなこが、真摯(しんし)な光を帯びている。

(本気で、頼み込んでいるのだ……)

勝手のわからぬ京の都で、ワラにもすがる思いなのだろう。板倉勝重ほどの実績ある男が、崇伝のような青二才に頭を下げるなど、半端な気持ちでできる行為ではない。

それだけ、崇伝の才腕に惚れ込んでいるといえる。

地位や年齢にこだわらず、相手の能力を率直にみとめる勝重の頭の柔軟さに、崇伝も以前から好意を抱いていた。

(しかし……)

崇伝には、外交僧として身を立てたいというこだわりがあった。国と国との折衝の大舞台で、おのれの力を発揮したい。朝廷や寺社のあいだを飛びまわって、地道な根回しに明け暮れるより、もっと大局に立った仕事に打ち込みたかった。

「せっかくのお申し出でございますが、拙僧には、外交僧としての役目がございます」

「引き受けてはくれぬのか」

「申しわけございませぬ」

「困ったな……」

板倉勝重は、落胆した顔になった。

「どうしても、だめか」

「はい」

「わかった。無理を言うて悪かったな」

崇伝の意思が堅そうなのを見て、勝重はそれ以上何も言わず、あっさりと申し出を引っ込めた。

一事に固執して、相手の気持ちにシコリを残さぬあたり、民政の達人だけあってさすがに如才ないものである。ばかりか、

「戦勝祝いの人の列を待っていては、日が暮れてしまう。わしが家康さまに申し上げ、早く対面できるようにはからって進ぜよう」

と、過分の好意をしめしてくれた。

(板倉どのは、大人だ……)

このときばかりは、崇伝もおのれの青さを感じずにいられなかった。

勝重のはからいで、崇伝は時を経ずして、家康との対面がかなった。家康は合戦による疲れも見せず、いたって元気なようすであった。

「そなたとは、いずれまた、ゆるりと話がしたい。騒ぎが落ち着いたら、あらためてわしのもとへ来よ」

崇伝が用意してきた祝いの品を機嫌よく受け取ると、家康は小声で言った。

対面を終えた崇伝は、元竹を連れて帰途についた。南禅寺へもどったのは、すでに夜である。

雨が降りだしていた。

夜の雨に打たれながら、崇伝は聴松院の玄関に駆け込んだ。

「早くお召しかえにならねば、風邪をひいてしまいます」

網代笠(あじろがさ)をはずした元竹も、濡れ鼠になっている。

「今夜は、もう遅い。わしの世話はよいから、おまえは堂内へもどって寝(やす)むがよい」

「ですが……」

「明日も早暁から、畑作務(さむ)があるのであろう。畑作務に支障をきたしては、老師に小言を言われる」

崇伝はふところから取り出した手ぬぐいで、泥にまみれた足をぬぐった。

自給自足をたてまえとしているために、寺の庭で蕪(かぶら)や大根などの野菜をつくり、日々の食事の糧(かて)とした。

畑作務にあたるのは、もっぱら元竹のような若い雲水(うんすい)で、これにかぎらず、山作務、境内(けいだい)の掃除などは、禅修行の一環とされていた。

崇伝のような重職につくと、もはや作務をおこなうことはない。しかし、まだ夜も明けきらぬうちから起きて、畑仕事をせねばならない辛さは身におぼえがある。

「まことに、よろしいのでございますか」

「うむ」

「それでは、お言葉に甘えて先に寝ませていただきます」

元竹は頭を下げつつ、若い雲水たちが寝泊まりする堂内のほうへ引きあげていった。

ひとりになった崇伝は、濡れた衣を脱ぎ捨て、乾いた帷子に着がえた。みずから床をのべて眠りにつこうとしたが、昼間、めったに会わぬ人々に会ったせいか、目が冴えてなかなか寝つかれない。

（板倉どのは、気を悪くしただろうか……）

板倉勝重の頼みを断ったことに、後悔はなかった。

公家や他宗の坊主たちの顔色をうかがいながら、地味な裏工作にあたるなど、気のすすむ仕事ではない。

いまは西笑承兌という壁にはばまれ、表舞台に立つことはゆるされていないが、崇伝には、

――外交僧として一国の舵取りをしたい。

という大望があった。

関ヶ原合戦で国内の様相が一変したのと同じく、世界の情勢も刻一刻と動きつつある。

一国の外交僧として、紅毛、南蛮の国々を相手にするには、よりいっそう知識の幅を広

げる必要があった。

朝廷や寺社への根回しに忙殺されている暇など、

(いまの自分にはない……)

と、崇伝が思ったときである。

天井裏で、かすかな物音がした。

(何だ……)

崇伝は目をあけた。

鼠の走る音ではない。天井裏の梁(はり)が、聞き取れぬほどにきしんでいる。何者かが動く気配があった。

(誰か、天井裏にひそんでいるのか)

するどく冴え返った崇伝の双眸(そうぼう)が、闇を見つめた。

軒を打つ雨音にまじって、たしかに、

——ミシリ

と、音がする。

物音は天井裏を少しずつ移動し、しとねに横たわっている崇伝の真上まで来た。

(物盗りか、それとも……)

崇伝がわずかに身じろぎしたとき、天井板が音もなく横へずれた。

瞬間——。

崇伝は布団をはねのけて起き上がるや、襖をあけて廊下へ出た。長押にかけてあった六尺棒を引っつかみ、ふたたび部屋へもどる。

「何者ぞッ！」

六尺棒をかまえた崇伝は、天井裏に向かって声を発した。

その者は、黙っている。

細目にあいた天井板の隙間で、影が揺れたように見えた。

崇伝は、頭上の闇を睨みすえ、

「下りて来よッ！　来ねば、力ずくで引きずり下ろしてやろうぞ」

「待て、大声をあげるな。人が起きるではないか」

「おぬし……」

「忘れたか、崇伝。わしじゃ、藤左衛門じゃ」

聞きおぼえのある声とともに、天井板がめくれ、闇から吐き出されるように男が部屋に飛び下りてきた。

「久しぶりじゃのう」

唇のはしを吊り上げて不敵に笑ったのはほかでもない、肥前呼子の倭寇頭呼子ノ藤左衛門その人ではないか。暗闇になれた目に、髯をはやした魁偉な顔が、おぼろげに見える。

亡き太閤秀吉によって倭寇の取り締まりが厳しくなってから、藤左衛門は呼子湊を追われ、流れ流れて寺荒らしの盗賊にまで身を落としていた。

ふたりが顔を合わせるのは、崇伝が住職をつとめていた南山城の澄光寺に藤左衛門が押し入り、奇しき再会を果たして以来のことである。

「何をぬかす。盗っ人稼業からは、とっくのむかしに足を洗っておるわ」

「藤左衛門……。そなた、いまでも寺荒らしをいたしておるのか」

呼子ノ藤左衛門が野太く笑った。

崇伝は部屋にあかりをともした。

「茶でも一服、馳走しようと言いたいところだが、なにぶん夜も遅い。炭が熾(おき)ておらぬ」

「茶などいらぬわい。それより、崇伝。これから、わしと一緒に来い」

「一緒に来いと？」

「そうじゃ」

「………」

崇伝は、灯明の明かりに浮かび上がった藤左衛門の顔を見た。

相変わらず、傲岸不遜な面構えである。

しかし、寺荒らしをしていたころにくらべ、目のすさみが消え、物腰に八幡船で海へ乗り出していたときのような凄みがよみがえっている。

「いったい、どこへ連れていこうというのだ」

「ついてくれば、わかる」

「外は、雨が降っておるではないか」

軒をたたく激しい雨音に、崇伝は耳をかたむけた。さきほどよりも、降りが強まってきたようである。

「嫌だと言うなら、無理じいはせぬ。しかし、あとでかならず後悔することになるぞ」

「思わせぶりな」

崇伝はかすかに笑った。

「さあ、どうする。来るのか、来ないのか。早く決めよ。わしは夕刻から天井裏に身をひそめて、おぬしの帰りを待っていたのだ」

「ほう」

「おかげで、つい寝入ってしまい、真夜中になってしもうたわ。このぶんでは、約束の刻限に間に合わぬかもしれぬ」

「約束？　誰との約束だ」

「いや、こっちのことよ」

藤左衛門がそっぽを向いた。

（どういうつもりだ……）

崇伝には、相手の魂胆がわからない。

だが、藤左衛門とは古い付き合いである。澄光寺で会ったときには、寺の本尊の喧伝のために、一役買ってもらった義理もある。

「わかった。一緒に行こう」

崇伝は言った。

「しばし、待て。いま身じたくをととのえるゆえ」

法衣をまとい、傘を持った崇伝は、ふたたび寺の外へ出た。

どこで手に入れてきたものか、藤左衛門は桐油紙（とうゆがみ）の雨具を身につけている。

「なるほど、ひどい降りじゃ」

雨にたたかれながら、藤左衛門が天をあおいで笑った。

呼子ノ藤左衛門が崇伝を連れていったのは、二条柳町の遊郭だった。

二条柳町は、天正十七年、太閤秀吉が浪人の原三郎左衛門、林又一郎らに開設のゆるしを与えてひらかせた、官許の遊郭である。

柳の木が植えられた三筋の通りに、ベンガラ格子の妓楼が七十軒あまり、軒をつらねている。

真夜中だというのに、茶屋の軒行灯には明かりがともされ、あたりはさながら不夜城のようである。

「おぬし、青楼に足を踏み入れたことはあるのか」

通りを歩きながら、藤左衛門が聞いた。

青楼とは、遊郭のことである。むかし、中国で妓楼の柱に青漆を塗っていたことから、そのように呼ばれる。

崇伝は、雨に濡れる柳ごしに妓楼の灯を眺めつつ、

「いや」

と、首を横に振った。

「坊主とは、哀れなものだな。書物を読み、修行に明け暮れるだけで、この世のまことの楽しみを知らぬ」

哀れむような藤左衛門の言葉に、

「青楼で手に入るのは、かりそめの楽しみであろう。青楼を一歩外へ出れば、泡のごとく消え去ってしまう楽しみなど、欲しいと思ったことはない」

崇伝は微笑をふくんでこたえる。

「この世に、かりそめでないものなどあるものか。わしもおぬしも、死んでしまえばただの土くれだ。ならばせめて、土に帰るまえに、せいぜい仮の世を楽しんでおいたほう

がよかろう」

「郭遊びをさせるために、わしをここへ連れてきたのか」

「いや、そうではない」

道の左右を見わたした藤左衛門の足が、一軒の妓楼の前で止まった。

軒行灯に、

――ふじや
と、ある。

豪奢華麗な建物が多い二条柳町遊郭のなかでも、ひときわ目立つ三階建ての妓楼である。

異国風の丸窓に、赤や青や緑のギヤマンがはめ込んである。ベンガラ格子の向こうから、甘い脂粉の匂いと、はなやかな妓たちの笑い声がこぼれてきた。

「ここだ」

藤左衛門が先に立って、妓楼に入った。崇伝もつづいて入る。

店の土間へ足を踏み入れたとたん、

「藤さま、お待ちしておりんした」

わらわ髪の禿が小走りに駆け寄ってきて、ふたりを迎えた。

「呂宋のお大尽は、まだいるか」

「あい。さきほどから、二階の青貝ノ間のほうで、藤さまのお着きをお待ちかねでござります」

「おまえ、先に行って、客人を連れてきたとお大尽につたえてくれ」

「あい」

　禿が黒髪を揺らしてうなずき、トントンとかろやかな足音を響かせて、二階へ駆け上がっていく。

　階段は、すべて朱塗り。手すりには、金蒔絵がほどこされているという豪華さである。

　崇伝も、二条柳町遊郭の繁盛ぶりは噂に聞いていたが、じっさいにおのが目でたしかめるのは、今夜がはじめてであった。

「呂宋のお大尽とは何者だ」

　階段をのぼりながら、崇伝は藤左衛門に小声で聞いた。磨きぬかれた床が、素足のうらに吸いつくようである。

「おぬしも、よく存じておる男じゃ」

「そのような名の知り合いは、持ったおぼえがないが」

「まあ、会うてみることよ」

　藤左衛門が思わせぶりな目をして笑った。

　階段をのぼりきり、長廊下を右へ折れて突き当たったところに、

――青貝ノ間

はあった。

あけはなたれた襖の前で、さきほどの禿が待っていて、
と、手招きした。

「こちらへどうぞ」

部屋の奥からただよってくる香の薫りは、竜涎香であろうか、それとも沈香か。いずれにせよ、眠っていた血をさわがすような艶めいた薫りである。

「おい、待ち人を連れてきたぞ」

呼子ノ藤左衛門が、一足先に部屋に足を踏み入れた。

少し遅れて、崇伝もつづいた。

一瞬、崇伝は目がくらみそうになった。部屋のなかには、さながら真昼のごとく灯明がともされている。

灯明の明かりが、金箔、銀箔をおした四方の襖に照りはえ、青貝で四季の図をえがいた黒漆の天井に、うらうらと光を投げかけていた。

座敷は、ゆうに二十畳はあろう。

その広間の奥、きらびやかな小袖をまとった美妓たちに囲まれて、ひとりの男がギヤマンの酒盃をかたむけていた。

顔が鉄色に陽灼けした男である。肩ががっしりと張っている。

男が顔を上げ、崇伝を見た。

「副司さま……」

男の口から低い叫びが洩れた。

「六弥太……。そなた、六弥太ではないか」

崇伝は、男の顔を見つめた。

大きく見ひらいた男の目に、みるみる涙があふれてゆく。

「副司さま……。いえ、いまは、南禅寺の西堂さまにご出世なされたのでございましたな」

すばやく立ち上がると、男は崇伝の前に進み出て、畳に額をつけて平伏した。

おどろきのあまり、崇伝はしばらく声もない。

「どうだ。おれが、わざわざ迎えに行ったわけがわかったであろう」

美妓の横へあぐらをかいてすわり込んだ呼子ノ藤左衛門が、おかしそうに笑った。

崇伝はいっときの驚愕からさめると、六弥太のたくましい肩に手をおき、

「やはり、生きていたという噂はまことだったのか」

「はい」

「藤左衛門から、そなたが明国へわたったという話を聞いた。そなた、夢を果たしたの

だな」

「まだ、夢をたしかにこの手につかんだと申せるかどうか、わかりませぬ。しかし、ようやくこのようにして、西堂さまにお会いすることがかなうだけの身になりましてございます」

「西堂ではなく、崇伝と呼べ。そなたはもはや、南禅寺の雑色(ぞうしき)ではあるまい」

「崇伝さま……」

崇伝と六弥太は、ともに南禅寺で育った幼友達であった。実家の没落により心ならずも寺に入れられ、孤独と寂寥(せきりょう)にみちた幼少時代を送った崇伝にとって、六弥太は唯一の話し相手であった。

武家の名門一色家の血を引く崇伝と、雑色の六弥太、立場に大きなへだたりがあるとはいえふたりのあいだには身分の枠を越えた絆(きずな)があった。

いまのままの自分で終わりたくない——舌の根がひりつくような、未来(さき)への強い欲求が、崇伝と六弥太の気持ちをつないでいたのである。

それゆえ、五島沖の海で六弥太が死んだと思ったとき、崇伝は同志を失ったような暗い悲哀につつまれた。

「いつ、明国からもどってきたのだ」

崇伝は六弥太に聞いた。

「つい三月ほど前でございます。おかげさまで、向こうではじめたあきないがうまくいき、いまでは長崎に出店をかまえるまでになっております」

「藤左衛門とは？」

「南蛮船の保鏢（用心棒）をしていた藤左衛門どのと、長崎でめぐり会いました。こちらから頼んで、持ち船の船頭をつとめていただくことになりました」

八年ぶりに会い、すっかり貫禄をつけた六弥太に、たずねたいことは山ほどあった。

〽比翼連理よの
天に照る月は
十五夜が盛り
あの君さまはいつも盛り

囃子方の三線の調べにのり、謡方がうたう。片身替わりの小袖を着て、唐輪髷に髪を結った女たちが、蝶のごとく舞った。

「近ごろは大坂城に上がり、徳川内府さまのもとで外交文書の起草にたずさわっておられるそうにございますな」

大アワビに黄金を埋めてつくった螺盃の酒をかたむけつつ、六弥太が崇伝の耳もとでささやいた。

「誰から聞いた？　藤左衛門か」

崇伝も、今宵はほろほろと酔っている。

死んだと思っていた友と再会した喜びが、つねにおのれを厳しく律している崇伝の心のたがを、わずかにゆるめさせていた。

「このたび、あらたに京、大坂にも出店を出すため、畿内のようすをくわしく調べさせておるのでございます。あきないをするには、何をおいても、根回しが肝心でございますゆえ」

「乱暴者で、寺の外で喧嘩ばかりしていた六弥太が、変われば変わったものだ。ところで、そなた、いったい何をあきなっているのだ。わずか数年のあいだに、見ちがえるような大尽に出世したようだが」

六弥太が、そうとうの財を築いていることは、今夜の豪勢な遊びぶりを見ても容易に知れる。

六弥太のかたわらに侍（はべ）っている太夫の〝花霧（はなぎり）〟は、この二条柳町遊郭でも、一、二を争う全盛の美妓。宴の席には、花霧太夫ばかりでなく、天神、鹿恋（かこい）などが花のように顔をそろえ、妍（けん）をきそっている。

しかも、呼子ノ藤左衛門の話では、六弥太はすでに五日、このふじやに腰をすえているという。

　きのう、今日、成り上がったあきんどに、できるわざではない。

「こいつはな、たいした悪党よ」

　片手に酒を、片手に美妓を抱き寄せた藤左衛門が、横から口を出した。

「悪党とは人聞きがわるい」

　六弥太が心外といった顔をした。

「私は、人殺しや押し込みをはたらいたわけではない。智恵を使い、金もうけをしたのだ。他人に後ろ指をさされるおぼえはない」

「どうかな……。もっとも、そのおかげで、わしもこうして豪遊のおこぼれにあずかっているわけだが」

　藤左衛門の手が、女の衿もとに伸び、乳房をまさぐった。女が、その手をやんわりと払いのける。

「それより、六弥太。そなた、右も左もわからぬ異国で、どのようにして身を立てたのだ」

　崇伝は強い興味をおぼえた。

「そのことでございます」

　六弥太が、以前より肉厚になった膝を乗り出した。

「薩摩の山川湊より琉球をへて、明国の寧波(ニンポー)へ渡ったあと、私はかの地の塩商人のもとで働きだしたのです。ここでは、南禅寺で下働きをしていたころとはちがう、必死に汗を流して働けば、かならず報われることもあるはずだと信じ、仕事に精を出しました」

「うむ……」

崇伝には、命がけで海を渡った六弥太の気持ちがよくわかった。

崇伝自身は、学問をきわめれば、南禅寺で出世する望みもあったが、雑色の六弥太は外の世界に飛び出すしか、おのが道を切りひらく手立てがなかったのである。

「しかし」

と、六弥太は首を横に振り、

「世の中は、そう甘いものではございませなんだ。塩商人のもとで五年、辛抱いたしましたが、いっこうにうだつが上がりませぬ。やはり、自分には生まれつき商才というものがなかったのか——と、やけになって酒場で飲んだくれていたとき、見知らぬ明国の老人に声をかけられたのでございます」

六弥太が言うには、その老人は、腕っぷしの強い仲間を探している、一儲けしたいなら、ひとつ話に乗ってみる気はないかと持ちかけてきたのである。

その話とは、

「寧波の近海に、荷を積んだまま座礁して沈んでいる船がある。その〝沈船〟を海の底から引き揚げ、積み荷を売りさばいてもうけを山分けしようと誘われたのです」

「何やら、うさん臭げな話だな」

崇伝は顔をしかめた。

「私も、はじめはそう思いました」

六弥太は笑い、

「しかしながら、老人の話を聞いているうちに、だんだん夢がふくらんでいったのです。聞けば、むかしから貿易で栄えた寧波や泉州といった湊の沖合では、沈船が引き揚げられることがめずらしくないとか。これは、やってみる値打ちがある、と思いました」

「それで、引き揚げはうまくいったのか」

「はい」

六弥太が顎を引いてうなずいた。

「引き揚げた船には、少なからぬ銅銭のほか、染付や青磁などの陶磁器が積んでございました。約束どおり、利益は折半。そこその富を手に入れたのですが、私はその富を、何倍にも、何十倍にもふやす手立てがあるのに気づきました」

「手立てとは、何だ？」

「呂宋（ルソン）の壺でございます」

六弥太が、瞳を輝かせて言った。

――呂宋の壺

とは、呂宋すなわちフィリピンからもたらされた四耳壺（しじこ）のことである。胴の張った素朴な形が茶人のあいだで珍重され、葉茶入れの壺としておおいにもてはやされた。

わが国では、壺の色や形によって、

真壺（まつぼ）
清香（せいごう）
蓮華王

などと分類される。

ことに尊ばれたのが、真壺と呼ばれるもので、桃山時代の堺の商人納屋（なや）助左衛門は、フィリピンから運んだ真壺五十個を、太閤秀吉の仲介によって諸大名に売り、莫大な利益をあげた。

名品中の名品ともなれば、ひとつで数千貫文は下らない。呂宋の壺とは、当時、それほど高価なものであった。

「私は、沈船の引き揚げでもうけた銭をもとでに、明国で呂宋の壺を買いあさり、それを船に積み込んで日本へ運び、売りさばくことを思いついたのでございます」

六弥太が言った。

「異なことを申す」

崇伝は首をかしげた。

「〝呂宋の壺〟というからには、壺はもともと呂宋のものであろう。それがなぜ、明国にあるのだ」

「それでございます」

六弥太は膝をたたき、

「わが国では、〝呂宋の壺〟と呼ばれておりまするが、じつは、呂宋で焼かれたものではございませぬ。もとをたどれば、明国の窯で焼かれていた日用の雑器。それが呂宋に伝わり、めぐりめぐって日本へわたってきたのです。それゆえ、福州や泉州あたりの民家をまわれば、わが国で何千貫文の値がついているのとまったく同じ壺が、油壺や酒壺として、台所の隅に転がっているのでございます」

「〝呂宋の壺〟とは、明国の雑器か……」

茶会の席で、その壺を二千貫文、いや三千貫文で買ったと自慢する武将、豪商のさまを見なれている崇伝は、ややあきれて言った。

「物の値打ちとは、おかしなものでございます」

六弥太はしみじみした顔つきになり、

「ある土地では、誰からも見向きもされず、埃をかぶっていた壺が、べつの土地では数奇者が随喜の涙を流すほどの名器と呼ばれるようになる。人の値打ちもまた同じ。私のごとき身分の低い者であっても、生き方を変えれば、また別の輝きを放つことができるようになるのではありますまいか」

ともあれ、六弥太は〝呂宋の壺〟を明国でただ同然に手に入れ、それを長崎へ運んで何千、何万倍の値で売りはらい、巨万の富を得たのだという。

「〝呂宋の壺〟で大もうけしたゆえ、〝呂宋のお大尽〟と、まあそういうわけだ」

酒で顔を赤くした呼子ノ藤左衛門が、酔いにまかせて言った。

「おれに言わせりゃあ、わしら倭寇なんぞより、あきんどのほうが、よほどずる賢い。なにしろ、クズみてえな壺を、法外な高値で人さまに売りつけるんだからな。六弥太のやつも、たいした悪党よ」

「いや、六弥太がなしているのは、〝悪〟ではない」

藤左衛門の言葉を黙って聞き流している六弥太に代わり、崇伝は静かな口調で言った。

「物というものに、絶対的な価値など存在しない。六弥太の言うとおり、物はそれを見る人によって値打ちが変わる。必要とせぬ人間にとっては石ころのような物でも、必要とする者にとっては、黄金と同じ価(あたい)ともなる。その石ころと黄金のあいだに存在する商機をつかみ取るのが、すぐれたあきんどというものだ」

「そういうもんかね」

藤左衛門が酒を嘗(な)めた。

「商機というものは、並の者には雲や霧がただよっているようにしか見えぬ。しかし、六弥太には、それがはっきり見えているらしい。どうだ、ちがうか」

　崇伝は六弥太を見た。

　六弥太は微笑してこたえない。

　崇伝は言葉をつづけ、

「遠からず、六弥太は大あきんどになろう。それだけの商才ありと、わしは見た」

「そのようにありたいと、私自身も願っておりまする。しかし……」

「どうした」

「いや、せっかく崇伝さまと再会を果たした祝いの席で、これ以上、無粋なあきないの話はいたしますまい。酒がまずくなりましょう」

　目を伏せた六弥太の顔に、憂いの陰が走った。

「何じゃ、何じゃ。思っていることは、洗いざらい言うてしまえ。おぬし、崇伝にあのことを頼むために、京へのぼってきたのじゃろう」

　藤左衛門が、わきで焚きつけるように言う。

「あのこととは何だ、六弥太」

「は……」

「わしとそなたの仲ではないか。困っていることがあれば、何でも言ってくれ」

「……」

六弥太はしばらく迷っていたが、やがて、思いきったように顔を上げた。

「じつは、朱印状を手に入れたいのでございます」

「朱印状か……」

崇伝は、にわかに酔いのさめた表情でつぶやいた。

「はい」

と、うなずく六弥太の顔には、必死の形相があらわれている。

朱印状は、南海貿易の船にあたえられる許可証である。朱印状を持った船は、〝御朱印船〟として異国との取引をおおやけにみとめられ、貿易をほぼ独占的におこなうことができた。

わが国では、文禄年間に豊臣秀吉がみずからの朱印を押した鑑札を、

茶屋四郎次郎

角倉了以

末次平蔵

荒木宗太郎

ら、八家の豪商の持ち船に下したのがはじまりとされる。

朱印状を下された船以外のおこなう取引は、すべて私的な貿易——すなわち、密貿易

とされ、公式にはみとめられていなかった。

　むろん、海外貿易による利益は莫大なものであるから、六弥太のように朱印状なしであきないをおこなう者も数多くいたが、あくまでそれは違法行為、大々的な取引をおこなうには公許のあかしの朱印状が是が非でも必要だったのである。

「私は、身をおこしたばかりの新興の海商。天下が豊臣家のものであるうちは、朱印状を下されようなどと、大それた望みを抱くことは夢にもございませなんだ。さりながら、関ヶ原のいくさによって、天下の覇権は豊臣から徳川さまへ……。これは、あきんどにとって千載一遇の好機」

　と言うと、六弥太はいきなり座を立ち、崇伝の前に這いつくばるようにすわって頭を下げた。

「崇伝さま、お願い申し上げます。わが船に朱印状があたえられますよう、どうか徳川さまにお口ぞえ下さいませ」

「……………」

　崇伝は戸惑った。

　自分は、外交文書の起草にかかわっているだけで、朱印状の発給権など、むろんあろうはずがない。その外交文書の起草ですら、西笑承兌にはばまれ、満足にやらせてもらえないのが現状なのだ。

「わしには、それほどの力はない。すまぬが、そなたの望みをかなえることはできぬ」

「崇伝さま……」

「そなたは、おのが夢の楼閣を着実に築き上げつつあるようだが、わしはいまだ、その土台づくりすらできておらぬ。自身の夢がかなうかどうか、それすらもおぼつかぬ男だ」

自嘲するように崇伝が言うと、

「何をおおせられます」

六弥太が気色ばんだ顔をした。

「崇伝さま、お忘れになられましたか」

六弥太が強い口調で言った。

「忘れたとは、何をだ」

「私がまだ、南禅寺で雑色をいたしておりましたころ、あなたさまは私にこうおっしゃられた。六弥太、夢を捨ててはならぬ。夢は捨てぬかぎり、かならずかなうものだと」

「…………」

たしかに、そのようなことを口にしたおぼえはある。

（あのころ……）

崇伝は、六弥太に夢を語ることによって、おのが心を励ましていた。夢がかなうと信じなければ、望んで入ったわけでもない寺での暮らしを耐えてゆくことができなかったのである。

「崇伝さまは、つづけてこうもおおせになられました。夢は捨ててしまえば、そこで終わりだ。世の多くの者は、努力を厭うがゆえに、夢を途中で捨て去ってしまうのだと」

「そのようなことを、わしが言ったか」

「申されました」

六弥太は大きく見ひらいた目に涙さえ浮かべ、

「私は、崇伝さまのお言葉をしっかりと胸に刻みつけ、今日まで生きてまいったのです。そのあなたさまが、お気弱なことを申されますな。望むものを、労なくしてつかみ取ることはできませぬ。あせらず、夢はじっくりと築き上げるものでございましょう」

「………」

「私とて、朱印状を一年や二年のうちに得られるとは思うておりませぬ。それを得るにふさわしい大商人になるため、不断の努力をいたします。それゆえ、崇伝さまもお力をたくわえ、さらなる高みをめざして下さいませ。崇伝さまのご出世のためなら、この六弥太、いかなる労もいとわぬ所存でございます」

「いかなる労をもか……」

「徳川政権の中枢に食い込むには、金もかかりましょう。崇伝さまのため、私の財をつぎ込ませていただきます」

「そなたは、それでよいのか」

「崇伝さまのご出世は、すなわち私自身の栄達につながります。私も、天下一の海商をめざす男。恩あるお方を踏み台にするくらいの覚悟がなければ、世に出ることはかないますまい」

「よくぞ申した」

崇伝は破顔一笑した。

「されば、そなたが築いた財、わが道を行くため、惜しみなく使わせてもらうことにする。その代わり、わしが天下を動かす力を握ったときは、かならずや、そなたの望みをかなえよう。それで、よいな」

「はい」

六弥太が満面に笑みを浮かべ、大きくうなずいた。

女忍者

徳川家康が、関ヶ原合戦で西軍にくみした大名八十七家から没収した領地は、

――四百十四万六千二百石
におよんだ。

石田三成にかつがれ、西軍の盟主となった毛利輝元は、それまでの九ヶ国から、周防(すおう)、長門(ながと)の二ヶ国に領地を減らされた。同じく、三成と同盟を結んだ上杉景勝は、会津から出羽米沢に国替えとなり、石高も百二十万石から三十万石へと減封。

西軍の諸大名から召し上げた領地は、東軍方に属した者たちに分けあたえられた。

また、家康は転封を大々的におこない、豊臣系の大名を、江戸から遠く離れた九州、中国、四国地方へ配置した。その一方、徳川譜代の大名は、近江、伊勢、美濃、尾張、駿河などの東海道筋に配し、江戸の守りとした。

もっとも注目されたのは、太閤の遺児、豊臣秀頼の処遇である。
まだ幼少の身で、直接いくさにかかわらなかったとはいえ、責を問われることはまぬがれない。富貴をほこり、天下に覇を唱えた豊臣家は、ここに、
摂津
河内
和泉
の三ヶ国、六十五万七千石の一領主に格下げされた。
とはいえ、家康にとって、秀頼が危険な存在であることに変わりはない。いつまた、第二、第三の石田三成があらわれ、秀頼をかついで叛旗をひるがえさぬともかぎらないのである。
そこで家康は、伊予今治（いまばり）城主の藤堂高虎に、
「秀頼に心を寄せる西国大名の動きを見張れ」
と、ひそかに命じた。
藤堂高虎――。
諸大名のなかでも、築城の名手で辣腕家（らつわんか）として知られるこの男は、もともと徳川家の譜代の臣ではない。
もとは、太閤秀吉の実弟、大和大納言秀長に仕えていたが、秀長の死後、徳川家に急

接近。家康の信任を勝ち得るようになっていた。

のち、高虎は伊予今治から伊勢、伊賀両国二十二万石に転じた。

伊賀国といえば、言わずと知れた伊賀忍者の里である。家康は、諜報の能力にすぐれた伊賀の忍びを、高虎の配下に置き、大坂城の監視にあたらせようとしたのだった。

同じような役目があたえられた者に、大和柳生家がある。柳生家の当主宗矩(むねのり)は、家康の剣術指南役であると同時に、西国方面内偵の秘命も帯びていた。

家康は、さまざまな人材を登用し、大坂城の豊臣秀頼に対する万全のそなえをしいた。


崇伝が、徳川家康から呼び出しを受けたのは、年があけた慶長六年、春のことである。

諸侯に対する加増転封の仕置きを終えた家康は、大坂城西ノ丸を出て、伏見城へ移っていた。

崇伝は鴨川の船着き場から小舟に乗って、伏見へ向かった。

野に、春霞(はるがすみ)がかかっている。

うつらうつらと、居眠りでもしたくなるような陽気である。

川べりの土手にはサクラソウが咲き、早瀬では白鷺が小魚をついばんでいる。

「お坊さま、伏見の京橋でようございますか」

老船頭が竹竿をあやつりながら、話しかけてきた。

そうだ、と崇伝がこたえると、船頭は竹竿を深く川に突き入れ、

「伏見も、徳川さまがお城に入られてから、東夷（あずまえびす）の荒武者の姿が目につくようになりましたわ。太閤秀吉さまがおられたころとは、万事、世の中が変わってしまいましたわいのう」

「太閤の治世が懐かしいか」

こころみに、崇伝は聞いてみた。

「まあ、大きな声では申せませぬが、わしら上方の者は、どちらかといえば、徳川さまより豊臣家のほうに肩入れしておりますわな」

「なぜだ」

「そりゃ、太閤さまは派手で華やかなことを仰山（ぎょうさん）なされた。北野の大茶会、醍醐の花見、話を聞いているだけで、胸が浮き立ってくるようじゃった。それに引きかえ、徳川さまは吝嗇（しわ）い」

「吝嗇いか」

「へえ。聞くところによれば、徳川さまのご側室は、後家どのが多いとか。淀のお方さまや、京極のお方さまといった、名家の姫たちをつぎつぎご側室にした太閤さまにくらべて、なんとのう、ケチくさい。おもしろうござりませぬわ」

「そんなものか」

「へえ」

舟はゆるやかに川を下っていく。

船頭にかぎらず、上方の者たちは概して、大坂城の豊臣家に好意を持っている。板倉勝重が京都奉行としてやっていくからには、

（このこと、頭に入れておかねばなるまい……）

崇伝は、勝重の仕事のむずかしさを思いやった。

伏見京橋で舟を下りた崇伝は、城の大手門をくぐり、三ノ丸へ入った。取り次ぎの小姓に案内され、本丸の対面所へ急ぐ。

廊下の曲がり角まで来たとき、崇伝は向こうからやってきた者とぶつかりそうになった。

思わず身を引いた。向こうも、おどろいて足を止める。

相手は、紫衣（しえ）を着た老僧であった。

相国寺の長老、西笑承兌である。

承兌の異国人のような彫りの深い顔が、皮肉にゆがんだ。

「これは、誰かと思えば、南禅寺の西堂ではないか」

声が冷たい。

西笑承兌が自分を嫌っていることは、崇伝も承知していた。若くして頭角をあらわし

つつある崇伝に対して、恐れを感じているのである。

国書起草の席に崇伝が呼ばれたことは、依然として一度たりとてない。承兌は崇伝を無視してかかり、もと足利学校庠主（しょうしゅ）の元佶とともに、強引に作業を押しすすめるのがつねであった。

近ごろでは、崇伝も承兌の仕打ちに慣れている。

「今日は、上様より呼び出されたか」

「は……」

胸に抱いている敵意はおもてに出さず、崇伝は辞を低くして頭を下げた。

「わしも、お召しを受けてのう。国書の起草はこれまでどおり、わしと佶長老にまかせる。つつしんで役目に励むようにとのお言葉をいただいた」

老僧は、底意地のわるそうな目で崇伝を見た。

「よって、そなたは国書起草にたずさわる必要なし。上様も、それをお告げになるため、そなたを伏見城へ呼び出されたのであろう」

「上様が、さようなことをおおせになられるはずがない。先だって、大坂城へ戦勝祝いにうかがったおりも、そのような話はなさらなかった」

「立て込んでおったゆえ、話をなさる暇がなかったのであろう。それとも、そなたのことなど、眼中になかったか」

西笑承兌は中啓を口もとにあてて、うすく笑った。

「わしの言葉が信じられぬというなら、上様よりじきじきにうかがうがよい。上様も、そなたには国書起草の大役は荷が重いということに、ようやく気づかれたようじゃ」

「………」

「いまだ、南禅寺の住持にもなれぬ者が、一国の大事にあずかろうなどと、最初から無理な話だったのよ。おのれの身のほどを知れ。ヤドカリとて、おのが身の大きさに合った貝を探すと申すぞ」

トゲを含んだ言葉を崇伝に投げつけると、西笑承兌は供の者どもを引き連れ、紫衣をひるがえして廊下を遠ざかっていった。

（おのれ……）

崇伝は唇を強く嚙んだ。

西笑承兌のみならず、おのが道をはばむ古びた権威に対する激憤が、肚の底から灼けた鉄がほとばしるように込み上げてきた。

徳川家康の御前に出ても、承兌への怒りは崇伝の胸の底でくすぶりつづけていた。

（上様は、まことにわしを外交僧の列からはずされるおつもりか……）

苛立ちがつのったが、それを家康に見せてはならない。

崇伝は平伏した顔を上げ、対面所の上段ノ間にすわった家康を見た。春の陽気のせいか、家康は少し眠そうである。

「リーフデ号の儀については、ご苦労であった。そなたが連れてまいったウィリアム・アダムス、あれは海外事情や紅毛のすすんだ知識を知るに、有用な男じゃ」

「恐れ入りましてございます」

「聞くところによれば、そのほう、リーフデ号の乗組員のひとりを南禅寺に招き、紅毛語を学んでおるそうじゃな」

「異国との対等なる交渉をおこなうには、まず何よりも、相手の言葉を理解せねばなりませぬ。通詞をあいだに立てれば、いかなる行きちがいが生じるやも知れず。相手を知るには、肚を打ち割って、膝詰めで話をいたさねばなりませぬ」

「頼もしいことを言う」

家康は、重そうな肉厚の瞼をしばたたかせた。

「かと思うと、近ごろは公家の屋敷にしきりに出入りし、公家どもと親交を深めておると聞く」

「これは……」

崇伝は一瞬、言葉を詰まらせた。

じつをいえば、崇伝は南禅寺の長である住持となるために、着々と下工作をおこなっていた。武家に政権をゆずりわたしたとはいえ、京の都で隠然たる力を握っているのは、朝廷に仕える公家である。

公家は、五山の長老たちとも親しい。京の宗教界で頂点に立たんとするには、彼らの歓心をかっておかねばならない。

昨今の公家は気位こそ高いが、暮らしに窮している。挨拶と称して、手土産がわりに切り金を持参すれば、

「南禅寺の西堂どのは、もののわかった御仁よのう」

と、崇伝に無条件で好意を持った。

金の出どころは、無二の友で、いまは海商となっている六弥太である。

六弥太は、

――海鳴屋（うみなりや）

の屋号をかかげ、長崎ばかりか京の新町通にも出店を持ち、明国からもたらした陶磁器や書画、薬種をあきなうようになっている。

公家たちへの工作は、できるだけ目立たぬようにおこなってきたつもりであったが、家康はとうに崇伝の動きを察知していたらしい。

（もしかして、そのことで家康さまの不興をかったのか……）

崇伝は疑心暗鬼におちいった。

「いましがた、兌長老に会うた」

家康が眠そうな目をして言った。

「国書起草は、兌長老と佶長老に一切まかせるゆえ、よしなに頼むと申した」

「上様」

「何じゃ」

「それは、わたくしの力はもはやいらぬということでございますか」

声がうわずっているのが、自分でもわかる。

文章の才にかけては、兌長老にも、佶長老にも、おさおさひけをとらぬとの自負を抱いているだけに、胸に不服の思いが渦巻いている。

「国書の起草は、あの者どもにまかせた。承服しかねるか」

「いえ……」

「隠さずともよい。そちの顔に書いてあるわ」

目じりに皺を寄せ、家康が声を立てずに微笑（わら）った。

「ときに、そちは何歳（いくつ）になる」

「三十三になりましてございます」

「若いのう」

「………」

「いまのそちと同じころ、わしは遠州三方原（みかたがはら）で武田信玄の勢に大敗し、浜松城へ命からがら逃げ帰っておった。まだ、天下取りなど思いもつかず、その日、その日を、必死に生きておったころよ」

　と言うと、家康は昔を懐かしむように目をほそめ、

「思えば、若いころ、辛酸を嘗めたひとつひとつの経験が、いまのわしを形づくってお る。若くして有頂天になっておれば、今日のわしは、なかったと言ってよい。若いうちは、せいぜい苦労をすることじゃ。ことに、そちのごとき切れ者は、おのが才におぼれやすい。才は秘し隠してこそ、いっそう輝きを放つ」

「才を隠せとおおせでございますか」

「それも、世をわたっていくための手立て。国書起草の舞台で立ちまわるだけが、そちの仕事ではあるまい」

「と、おおせられますと？」

「そちには、ぜひともやってもらいたいことがある。頭も切れる、京の公卿に顔もきく、そのような男でなくばできぬ仕事じゃ」

「その仕事とは」

　崇伝は、膝を乗り出した。

「幕府をつくれ」

　太く低い声で、家康が言った。

「幕府でございますか」

「幕府を開くには、朝廷より征夷大将軍の宣下を受けねばならぬ。そちは板倉とともに朝廷への働きかけをせよ」

そもそも、

――征夷大将軍

とは、まつろわぬ民であるエミシを平らげるため、東国へ下される軍事司令官にあたえられた称号であった。

しかし、源頼朝が朝廷より征夷大将軍の宣下を受け、鎌倉に幕府をひらいて以来、天下兵馬の権を掌握し、朝廷に代わって政務をとる武門最高の役職となった。

その後、鎌倉幕府を倒した足利尊氏が将軍職を拝命し、あらたに京に幕府をひらいた。

これが、室町幕府である。

室町幕府は十五代つづいたが、天正元年、戦国の風雲児織田信長によって、その命脈を断たれた。

信長は朝廷から官位をもらうことを嫌い、また、信長の覇業を継いだ豊臣秀吉は、五摂家筆頭の近衛家の養子分となって、

「関白」

となったため、征夷大将軍の座は長らくあいている。

いずれにせよ、征夷大将軍となって幕府をひらくことは、武門の家に生まれた者にとって、最高の栄誉であり、望みでもあった。

(徳川幕府か……)

伏見城から南禅寺へもどった崇伝は、あらたなる目標に、胸をたぎらせていた。

大きな仕事である。やり甲斐がある。

国書起草も大仕事ではあるが、それは家康の言うとおり、ほかの者でもできる。

家康が、今後の天下の舵取りにかかわるほどの役目をたくしたということは、それすなわち、崇伝に対する期待の大きさのあらわれにほかならない。

朝廷への工作は、派手な表舞台に立つ外交僧にくらべ、なるほど目立たぬ仕事ではある。しかし、徳川政権の根幹にかかわるという意味では、

「幕府開設」

に汗を流すほうが、はるかに重い役目といえる。

(若いうちは、下積みをせよ。人目にたたぬところで、地道に汗を流せと、家康さまはおおせになりたかったのだ……)

おそらく家康は、崇伝が板倉勝重への協力を断ったことを知ったうえで、このたびの役目をみずから言いだしたのであろう。

野心の達成に早道はない。

――才は秘し隠してこそ輝きを放つ。

家康の言葉が胸に沁みた。

朝廷対策にかかわることが、のちにみずからの政治的武器になっていこうとは、このときの崇伝は知るよしもない。


関ヶ原合戦のあと、いったん江戸へもどっていた板倉勝重が京へやってきたのは、その年の初夏である。

「おお、そうか。ともに、汗を流してくれるか」

勝重は崇伝の手を取り、顔をほころばせた。

槌音が響いている。真新しい木の香りがする。

ふたりがいるのは、この五月から普請がはじまった、

――二条城
の築城現場である。

場所は、二条通堀川。南隣に、弘法大師が雨乞いをおこなったことで知られる神泉苑（しんせんえん）がある。正しくは、隣というより、二条城そのものが、神泉苑の敷地をけずって縄張りされたものである。

家康は、ここを京における徳川家の出城とし、朝廷対策や豊臣家監視の根拠地とすべく、作事を命じた。

築城の総指揮官は板倉勝重。

縄張りは、藤堂高虎がおこなった。

「完成までには、まだまだ時がかかろうが」

と言って、勝重は作事途中の城内を崇伝に案内してまわった。

「ここがいずれ、天守閣になる」

勝重が立ち止まったのは、敷地の北西隅である。

「天守は、五層八重じゃ。完成のあかつきには、京の町並みが、手に取るように見わたせよう」

つぎに、勝重が崇伝を連れていったのは、御殿であった。

天守のほうはまだ形をなしていないが、こちらはだいぶ作事がすすんでいる。すでに八割がた建物ができあがり、畳や襖の入れられている部屋もあった。

「わしが政務をとるのは、ここよ」

台所のわきの、日当たりの悪い部屋の前で、勝重が言った。

奉行の執務室というには、あまりに狭い。

襖も、欄間も、飾り気のまったくない、いたって質素なものである。

「これでは、政務をおこなうには手狭にすぎましょう。南側の、もっと広い部屋をお使いになられては」

崇伝があきれ顔で言うと、

「よいのだ」

勝重は笑った。

「上様が、それがしに求めておられるのは、贅沢をすることではない。奉行は仕事をすれば、それでよい」

質実剛健な三河人らしい言葉である。

さらに、勝重は庭を見せようと言って、崇伝を外に連れ出した。

作庭にあたったのは、小堀遠州だという。

まだ石組は完成していないが、ひろびろとした池が造られていた。

その池のほとりに、女の姿があった。

黒の小袖に茜(あかね)色の細帯を締めた、うら若い娘であった。

庭に片膝をつき、目を伏せてひかえている。

崇伝と板倉勝重が近づくと、娘は顔を上げた。

紅おしろいなどのたぐいはまったくせず、髪をむぞうさに朱の紐でくくっている。あざやかな朱の紐と茜色の帯がなければ、

――少年

と、見あやまったかもしれない。

ただし、瞳に燃えるような勁(つよ)い光があり、一度見たら忘れられぬ凄艶な目をしていた。

「霞(かすみ)、来ておったか」

板倉勝重が娘に声をかけた。

「はい」

「ちょうどよい。これより、そなたのあるじとなる御仁に引き合わせておこう。かねてより申しつたえておいた、南禅寺の西堂どのじゃ」

「崇伝さまにございますな」

娘が崇伝を見た。射抜くようなまなざしである。

「板倉どの、この者は？」

崇伝は、かたわらの板倉勝重を振り返った。

「伊賀の忍びにござる」

「忍び……」

「さよう。朝廷工作をするからには、崇伝どのにも、手足となってはたらく影のごとき者がご入り用でござろう。この者は、女ながら幼少のころより忍びの技を仕込まれてござる。わしと崇伝どのの、つなぎ役もつとめてもらうつもりだ」

板倉勝重は女忍者に視線を向け、

「崇伝どのに、ご挨拶せよ」

と言った。

娘が、崇伝に向かって頭を垂れた。

「霞と申しまする。どうぞ、何なりとお申しつけ下さいませ」

しぐさや表情に、まだ幼さが残っている。

年は、十八にもなっていまい。とても、諜報術に長じた忍びとは思われぬ娘である。

「このような小娘が、さして役に立つとも思えませぬが」

崇伝は、思ったままを口にした。

それを聞いた霞が、きっとしたように顔を上げ、

「女と思って、あなどられますな」

言い放つや、衿もとに手をのばし、手首を小さくひねった。

ピュッ
と、風を切る音がし、崇伝の法衣のたもとを銀光がかすめた。

崇伝の背後にあった松の幹に、棒手裏剣が突き刺さった。

「霞、何というまねをするッ」

温厚な板倉勝重が、色をなした。

「忍びの身にあるまじきふるまいぞ。下がれッ、下がれいッ！」

勝重に一喝されても、女忍者は動じなかった。炎のような燃える目で、ひたと崇伝を見すえている。

「このままでは、わしの面目が立たぬ。霞、それに直れ」

板倉勝重が腰の刀に手をかけた。

崇伝への申しわけのため、娘を斬るつもりであるらしい。

「待たれよ、板倉どの」

崇伝は勝重の手を押さえた。

「新しき城の作事の現場を血で汚すのは、不吉でありましょう。それに、この者に罪はない」

「しかし、崇伝どの。霞はこともあろうに、貴僧に刃を向けたのでござるぞ。捨ておくことはできぬ」

「いや、この者は、わしに向けて手裏剣を放ったわけではない。その証拠に、これをご覧になられよ」

と、崇伝は棒手裏剣の突き刺さった松の木に歩み寄った。

勝重も近づいて、崇伝のしめす手裏剣の切っ先をのぞき込む。

「おお、これは……」

松の木に、一匹のムカデが縫いとめられていた。細身の棒手裏剣は、ムカデの頭を貫通し、幹にふかぶかと食い込んでいる。

「霞とやらは、私におのが技量を疑われ、そうではないことをしめすために、このような挙に出たのでござりましょう」

「む……」

「稚気と申せば、稚気。さりながら、その稚気を目くじら立てて咎(とが)めるのも、大人げない」

「この者の非礼なるふるまい、おゆるし下されるのか」

「かようなことで失うには、惜しい腕でありましょう」

崇伝は棒手裏剣を木の幹から抜き取った。振り向きざま、庭に片膝をついている女忍者めがけて一閃する。

またたきもせず、娘が手裏剣を素手で受け止めた。

「気に入った」

崇伝はめずらしく声を立てて笑った。

相手の身分、年齢、性別によらず、崇伝はおのが技、能力に誇りを持っている者に好意を抱く。

「そなたを小娘とあなどったわしが悪かった。その腕、わがために役立ててくれ」

「承知つかまつりました」

娘がうなずいた。


それから五日後の、霧の深い朝――。

崇伝は南禅寺の裏山の独秀峰にのぼり、岩の上で座禅を組んだ。

あたりを、冷涼とした空気がつつんでいる。

(来るか……)

腹の前で両手を合わせたまま、崇伝は思った。

南禅寺裏山の座禅石の上で座禅を組むというのが、女忍者の霞を呼び出すときの合図になっている。

「いつなりとも参じます」

と、霞は言ったが、

(はたして、来るであろうか)

崇伝は、忍びという〝もののけ〟にも似た者たちの異能に、いまだ一分の疑いを抱いていた。

霧は、一間先の立ち木すら見えぬほど濃い。この深い霧のなか、はたして結跏趺坐(けっかふざ)する崇伝の合図を、見て取ることができるものか。

四半刻（三十分）、待った。

やがて――。

青ずんでいた霧の色が、陽が高くなるとともに木々の色に変じはじめたとき、朝霧のなかから人影があらわれた。

霞である。

「お呼びでございますか」

黒い小袖に茜の帯を締めた霞が、崇伝の前にかしこまった。

「来たな」

「は……」

「この霧のなか、わしが座禅を組んでいることが、なぜわかった」

「忍びにござりますれば」

霞はにこりともしない。

無用のことは聞くなと、崇伝を怒っているかのようである。

「ご用の向きをおおせられませ」

「そなた、わしの命であれば、何でもいたすと申したな」

「そのように、板倉勝重さまよりご命令を受けております」

「されば……」

崇伝は座禅の姿勢を崩さず、霧を見つめたまま、

「そなた、尼になれ」

「尼でございますか」

「嵯峨野に、大覚寺末寺の退蔵庵（たいぞうあん）という尼寺がある。そなたは若いみそらで世を捨てた尼に化け、寺のうちに入り込むのだ」

「そこで何をせよと？」

眉をひそめるようにして、霞が聞き返す。

「退蔵庵でおこなわれていることを探るのだ。寺で見聞きしたことを、逐一、わしに知らせよ」

「ご命令は、それだけでございますか」

「くわしいことは、追って沙汰する」

独秀峰の霧が晴れたとき、霞の姿も消えていた。

女忍者の霞に命を下した崇伝は、その日、五摂家筆頭の近衛家をたずねた。
近衛家の屋敷は、土御門（つちみかど）御所の北側の今出川（いまでがわ）通にある。
あたりには、
伏見殿

二条殿
八条殿
といった、宮家や公家の大邸宅が、御所を囲むように築地塀(ついじべい)をつらねている。

あらかじめ、使いの者を走らせておいたが、崇伝は近衛家の玄関わきの小部屋で、半刻(一時間)近く待たされた。

(遅い……)

と、しびれを切らすころになって、案内の者があらわれ、崇伝を書院の間へみちびいた。

さらに半刻ほど待ち、ようやく当主の近衛竜山が姿をあらわした。

「待たせたのう」

髪を剃った僧形の竜山は、脇息(きょうそく)を手もとに引き寄せて上座に腰をおろした。

世にあるときの名は、近衛前久。いまは隠居して〝竜山〟と号している。

関白、准三宮(じゅさんぐう)、太政大臣と、公家として位人臣をきわめ、隠居の身となったいまでも、朝廷に隠然たる力を持つ実力者である。

年は、六十六になる。

かつて、崇伝が大徳寺の妙空と寺の威信をかけて法論をたたかわせたとき、その舌戦の舞台となったのが近衛竜山の岡屋の別邸であった。

竜山は、法論であざやかな弁舌の冴えをみせた崇伝のことを、印象深くおぼえていたらしい。

「そなたは、岡屋の法論のときの、南禅寺の俊才じゃな」

崇伝の顔を、特徴のある切れ長のほそい目で見つめて竜山が言った。

「お忘れではございませなんだか」

「こう見えても、わしは物覚えのよいほうでな。越後の竜と呼ばれた上杉謙信の酒灼けした髭づらも、本能寺で斃(たお)れた織田信長が発する甲走った声も、まるで昨日会ってきたがごとく、ありありと思い浮かべることができるわ」

言葉のとおり、近衛竜山はその生涯において、じつにさまざまな戦国武将たちとかかわりを持ってきた。

若いころ、関白の身でありながら越後へ下り、上杉謙信とともに関東へ攻め入って、戦場で一冬を過ごしたこともある。また、信長と敵対し、本能寺の変では明智光秀の黒幕と噂された。

公家にしては異例の、行動的で野心に満ちた人物である。

「崇伝と、申したか……。いまは、南禅寺の西堂をつとめておるそうな。して、今日は、いかなる用じゃ」

近衛竜山が言った。

庭の、ナツツバキが美しい。白い五弁の花が、初夏のまばゆい陽射しをさえぎるように、咲ききそっている。

「じきに、祇園祭でございますな」

崇伝はことを急がなかった。

相手の話の腰を折るように、ゆっくりと庭のたたずまいに目をやってから、

「祇園祭が終わるころ、二条城の作事にも、あらかためどがつきます。あの城が、何のために造営されている城か、近衛さまはむろん、ご存じであられましょうな」

「うむ……」

と、近衛竜山は目もとにかすかな陰を走らせ、

「徳川内大臣どのが、征夷大将軍を拝命する朝廷よりのお使者を迎えるために、新造している城であろう。そのように、徳川どのから内々に聞いておる」

「いかにも」

崇伝は深くうなずいた。

「じつを申しますれば、愚僧、徳川さまより、征夷大将軍の内示が一日も早く下りるよう、はたらきかけをせよとのご命令を受けております る」

「ほう、そなたが……」

意外、といった表情である。家康ほどの老獪な政治家が、崇伝のような若い禅僧に大

事をまかせたことに、おどろきをおぼえたのであろう。

「近衛さまは、家康さまとは古くより昵懇のあいだがらと聞きおよんでおります。こたびの征夷大将軍拝命においても、公家方では近衛さまが中心となって、動いておられるとか。率直に申されて、いまのところ、手ごたえはいかがでございます」

崇伝の問いに、

「なかなか」

と、竜山は首を横に振った。

「なにしろ、いまの朝廷は、帝も公卿衆も、ことごとく豊臣びいきであるからな。徳川どのに意を通じているのは、わしひとりと申してもよい」

「帝も、豊臣びいきであらせられますか」

「それはそうであろう。そのむかし、周仁親王とおおせになった今上を、帝の位にお就けしたのは、ほかならぬ豊臣秀吉じゃ。帝の弟君、八条宮は秀吉の猶子となっているほど、豊臣家とお親しい」

今上帝、すなわち後陽成天皇のことである。

近衛竜山の言うとおり、天皇は豊臣家に好意を持ち、朝廷の空気も東国に地盤のある徳川よりは、これまで付き合いの長い豊臣びいきであった。

近衛竜山は、つづけて言った。

「徳川内大臣どのは、関ヶ原合戦に勝利したとは申せ、いまだ武門の棟梁のあかしたる征夷大将軍の地位を手に入れてはおられぬ。このまま、大坂城の秀頼君が無事に成長いたしたるあかつきには、また秀吉、秀次のあとをついで、関白になるやもしれず」

たしかに、竜山の不安はもっともである。

――関白

は、公家最高の官職である。

関白の地位は古くより、藤原氏の五摂家が独占してきた。それを打ち破ったのが、尾張の農民の出である豊臣秀吉であった。

天下人となった秀吉は、五摂家筆頭の近衛家の養子になるという強硬手段を使い、関白の地位をもぎ取った。

秀吉は、関白をたんなる公家の官職と考えていたわけではない。天皇に代わり、天下に号令を発する――いってみれば、〝総理大臣〟のごときものとして考えていた。

秀吉は関白職を、跡継ぎに定めた甥の秀次にゆずった。すなわち、秀吉は関白職を私物化し、豊臣家の世襲にしようとしていたのである。

その後、秀吉に実子の秀頼が生まれたため、秀次は跡継ぎの座を追われて切腹して果て、関白職は空位となった。

竜山の言うとおり、大坂城の秀頼が成人のあかつきには、関白職を世襲し、

——自分こそ、天下に号令をかける者である。

と、主張することは十分に考えられる。

ために家康は、関ヶ原合戦で勝利するや、五摂家のひとつ一条家の、一条兼孝が関白職に就くことをみとめた。さらに、将来にわたっての秀頼の関白任官をさまたげるため、関白職は五摂家の持ちまわりとするようにはからったのである。

「用意周到なお方じゃ、徳川どのは……」

近衛竜山は、ほそい目をしばたたかせた。

「しかし、先がどのようになるか、こればかりは誰にもわからぬ。たとえ、徳川どのが征夷大将軍の職を勝ち取られたとて、秀頼君が成長し、ふたたび関白職を豊臣家の手に取りもどしたるあかつきには、豊臣と徳川、天下にふたつの公儀が並び立つことになる」

「そのような事態にいたらせぬため、一刻も早く、家康さまを征夷大将軍になさらねばならぬのではございませぬか」

崇伝は語気するどく言った。

が、竜山の態度は煮えきらない。

「徳川どのにはすまぬが、わしはすでに隠居の身じゃ。豊臣びいきの帝の意に逆らい、徳川どのを征夷大将軍に任官させるほどの力はない」

「ならば」

崇伝は双眸を刃物のように底光りさせた。

「そのような帝、替え奉ればよろしいではないか」


翌日から、崇伝は積極的に動きだした。

まず足を向けたのは、新町通にある六弥太の、

——海鳴屋
であった。

海外交易で儲けたとはいうものの、京ではまだ、新顔の商人である。しかも、出店であるから、間口一間と、そのへんの餅屋のように狭い。

しかし、〝ウナギの寝床〟と呼ばれる京の町屋の特徴で、奥へ、奥へと向かって敷地がつづいている。

帳場にいた手代に声をかけると、崇伝は勝手知ったるわが家のごとく、通り庭をずんずん奥へすすみ、座敷にあがった。

座敷からは、小さな坪庭が見えた。

坪庭には水たまりのような、ほんの申しわけ程度の池があり、ヤツデやアオキの葉が茂っている。

庭石に、六弥太が腰をおろしていた。

「おお、これは崇伝さま」

座敷にいる崇伝を見て、六弥太があわてて立ち上がった。

「何をしていた」

崇伝は縁側へ出た。

「庭を眺めておりました」

「小さいが、よい庭じゃ」

崇伝が壺庭を見下ろして言うと、六弥太は笑い、

「わたくしが眺めていたのは、この庭ではございませぬ」

「と、申すと？」

「竹垣をへだてた、隣家の庭を眺めておりました」

と、垣根の向こうを指さした。

なるほど、垣根ごしに、隣の家の庭が見える。ただし、向こうは広い。庭木も年月をへた松の木やカエデが植えられ、築山からは滝まで流れ落ちている。

「向こうは、茶屋四郎次郎どのが屋敷であったな」

「さようにござります」

茶屋四郎次郎といえば、京でも指折りの豪商である。

本業は、その名のとおり茶屋。あわせて、呉服をあきない、さらには朱印船を出して

海外貿易に手を染め、財をふくらませた。

　京では、
　角倉
　後藤
　と並び、三長者のひとりに数え上げられる。

「わたくしは日々、茶屋どのの庭を眺め、いつかは朱印状を手に入れて、あのような豪邸をかまえる身にならんものと、闘志をたぎらせております」

「よい心がけだ」

「それより、崇伝さま。本日の御用の向きは」

「そのことよ。おまえの店には、高価な唐渡りの品々があったな」

　崇伝は縁側にあぐらをかいた。

「はい」

　六弥太はうなずき、

「呂宋の壺はもとより、牧谿(もっけい)筆の寒山拾得図、玉澗(ぎょくかん)筆の墨絵観音図、宋代の青磁、元代の染付と、手に入るかぎりのものは、何なりとそろえてございます。ほかにも、安南の染付茶碗、交趾(コーチ)の香合、お望みならばクジャクや虎までも取り寄せましょう」

「虎か……。そのようなものを献ずれば、さぞや公卿どもがおどろくであろう」

「唐物（からもの）を、公卿がたに献上されますので」

「うむ」

崇伝は庭のかなたの夏空を見上げた。

「公卿どもは偉そうにしているが、金、物には弱い。受け取らぬはずがなかろう」

「しかし」

と、六弥太が首をかしげ、

「金子（きんす）なれば、つい先日も、崇伝さまの南禅寺住職就任を後押ししていただくため、おもだった公卿衆にくばられたばかりではございませぬか」

「あれは、あれだ。今度は、目的がちがう。金品を献上して、こちらの願いを聞き届けてもらうのではない。金品をもって、かの者どもの心を縛るのだ」

「どういうことでございましょう？」

「わからぬか」

崇伝は、ふてぶてしいばかりの表情を浮かべ、

「金や物はくれてやるが、願いごとは一切せぬ」

「それでは、損をするではございませぬか」

「と、考えるのが、並の人間だ。献上品と引きかえに願いごとをすれば、こやつはこの程度の者かと、足もとを見られてしまう。しかるに、莫大な献上をするにもかかわらず、

願いごとを一切しなかったならば、そなたはどのように思う」

「居心地が悪うございましょうな」

六弥太が言った。

「そのとおりだ。わけのわからぬ好意というのは、受け取るがわにとって、すこぶる居心地が悪い。いずれ、事があったとき、相手のために何かしてやらねばと、勝手に気をまわすようになる。人とは、そういうものだ」

「されば、崇伝さまは、公卿がたのそのような気分を勝ち得るため、高価な唐物を献上なさいますので」

六弥太の問いに、崇伝はこたえず、皓(しろ)い歯をのぞかせてちらりと笑った。

「半端な献上品では、かえって公卿どもを増上慢(ぞうじょうまん)にさせよう。彼らが度肝を抜かすような品を用意せよ。代金は、出世ばらいじゃ」


京の都に、公家の数はおよそ百六十家。

このうち、

——公卿
と呼ばれる、三位以上の朝臣(あそん)および、四位の参議は、常時二十人ほどであった。

帝に近侍し、朝政にかかわるのは、彼ら公卿衆である。

六弥太が店の品をかき集め、さらに長崎から献上品の唐物を取り寄せるまで、一月近くかかった。

コンチキチンと囃子の音を響かせる祇園祭が終わり、いつしか季節は盛夏に変わっていた。

煎るような勁い陽射しのなか、崇伝は従者に献上品を持たせ、公卿たちに挨拶してまわった。

はじめは、この坊主が何をしに来たといったあつかいだったが、豪勢な献上品を目にしたとたん、

「これは暑いさなか、殊勝なことじゃ」

と、態度を一変させる者が多い。

なかには、崇伝が持参した砧青磁の花入の肌を撫でまわし、

「この冷たき秘色（青磁）の美しさ。さながら、いにしえの唐の国の美女のごときようう」

などと、感涙にむせぶ公卿もいた。

むろん、崇伝は献上品と引きかえに、一切の要求をしない。

ただ、

「ほんの、お近づきのしるしにございます」

とのみ言い、献上品にそえて、相手が目を剝くほどの金子を差し出した。

睨んだとおり、公卿たちは崇伝の行為を、

——肚に、どのような魂胆をかかえているのか。

と、いぶかしんだ。

南禅寺の崇伝が、板倉勝重と結んで家康のために動いていることは、親徳川派の近衛竜山以外、知る者はない。

何度もたずねるうちに、金品を献じるだけで見返りをもとめようとしない崇伝に対し、公卿たちはしだいに、一種のひけめに似た気持ちをおぼえるようになっていった。その証拠に、

「何か、願いのすじはないか」

と、向こうから、しきりに水を向けてくる。

それも、かねてより、崇伝が期待していたとおりであった。

六弥太の私財を投げ出すほどの献身的な助力もあって、崇伝は公卿たちとのあいだに、絆(きずな)を造り上げた。

しかし、献上品をいっさい受け取らず、崇伝に門前ばらいを食わせる公卿も、なかにはいた。

朝廷内でも、ことに親豊臣派として知られる、菊亭晴季(はるすえ)、正親町季秀(おおぎまちすえひで)、姉小路公景(あねがこうじきんかげ)、

徳大寺実久、西園寺実益、三条西実条らである。

　菊亭晴季をはじめとする一派は、

　――閑院流
と、呼ばれる。

五摂家ではないが、それにつぐ家格で、大臣、納言に出世することができる。

一門の長老である右大臣菊亭晴季は、秀吉に接近をはかり、五摂家内部のあらそいに乗じて、秀吉の関白就任工作をおこなった。このため、秀吉は晴季を重く用い、小田原北条攻めのさいの宣戦布告の起草は、晴季と西笑承兌のふたりにまかせている。

　秀吉の死後も、菊亭家と豊臣家のつながりは深い。

　崇伝の献上品を受けつけなかったのは、あるいは彼らのふところが、富裕をもって知られる大坂城とつながっているからかもしれない。

(家康さまを征夷大将軍となすためには、閑院流の者どもを、切り崩さねば……)

　崇伝は狙いをさだめた。

　崇伝が、ひさびさに南禅寺裏山の独秀峰で座禅を組んだのは、杉木立にヒグラシの声が降りしきる夏の日の夕刻である。

　女忍者の霞は、一刻ほどして崇伝の前に姿を見せた。

　墨染の衣を着て、白い尼頭巾で頭をおおっている。そうすると、少年のようだった顔が、かえって妖艶に、女らしく見えるから不思議である。

「命じたとおり、嵯峨野の尼寺に入っておったか」

「はい」

霞が目を伏せた。

「嵯峨野にいたはずのそなたが、わしの合図をよくぞわかったものだ」

「あなたさまの身辺には、つねに私の仲間が身をひそめておりまする。合図があれば、わたくしのもとへすぐに知らせが届きます」

「油断も隙もない」

崇伝は皮肉な口調で言った。

「して、ようすはどうだ」

「退蔵庵は、ごくふつうの尼寺にございます。朝、夕の勤行(ごんぎょう)を欠かさぬほか、変わったこともなし」

「庵主はたしか、帝の御父、誠仁(さねひと)親王の忘れがたみの皇女(ひめみこ)であったな」

「世を捨てられてよりのちの名を、尊秀尼(そんしゅうに)さまと申し上げます」

「日常、寺に出入りする者は」

「花売りや炭売りよりほかに、これといって目につく者はございませぬ。ただし」

「ただし？」

「月のうち、新月と十六夜(いざよい)の夜、その両日だけは別でございます」

霞が、凄艶なまなざしを崇伝に向けた。

「その両晩、寺に何者かがやってくるのだな」

崇伝は聞いた。

「男か」

「はい」

「どのような男だ」

「立派な身なりの、身分いやしからざる殿方でございます。おそらく、どちらかの公家の御曹司ではあるまいかと見受けられます」

「ひとりか」

「いえ。五人、六人と、若い公達(きんだち)が連れ立って見えられます」

「その者たちは、皇女が庵主をつとめる尼寺で、何をなすのだ」

「それは……」

崇伝の問いに、霞が眉をくもらせた。

「口に出して言うに、はばかりあることか」

「はい」

「かまわぬ。申してみよ」

崇伝にうながされ、霞はじつにおどろくべきことを言った。

「池の中島にある弁天堂にこもり、皇女にお仕えする尼たちと淫行（みだら）をはたらくのでございます」

「淫行か」

「清浄なる尼寺にはあるまじき、みだりがましきふるまいにございます」

そのときの情景（さま）を思い出したのか、霞が引きしまった顔にあからさまな嫌悪の表情を浮かべた。

霞の言う、

——淫行
とは、今日の乱交のごときものであろう。

麻のごとく乱れた戦国の世は終わりを告げ、京の都にも、ようやく平安がおとずれている。戦火に追われ、逃げまどわずにすむようになったぶん、公家たちの心にも緩（ゆる）みが生じていた。

「やはり、噂はまことであったか」

崇伝は低くつぶやいた。

「ご存じだったのですか」

霞が、咎（とが）めるような目を崇伝に向けた。

「そのような噂があることは知っていた。それゆえ、そなたにたしかめさせたのだ」
「たしかめて、どうなさるおつもりです」
「忍びの聞くことではない」
崇伝は冷たく言った。
「尼寺にもどり、探索をつづけよ。寺にあらわれる公達、ひとりひとりの氏素性を調べあげるのだ」
「わかりました」
ふたたび退蔵庵へもどった霞から投げ文が届いたのは、それから十日後のことだった。
投げ文には、退蔵庵に通う公達の名がしたためられていた。
烏丸光広（からすまみつひろ）
四条良枝（よしえだ）
柳原清平（きよひら）
飛鳥井有友（あすかいありとも）
ここしばらく、諸方から情報を集め、公家の事情にくわしくなっていた崇伝は、名ざしされた者たちの顔をたちどころに思い浮かべることができた。
いずれも、若い。
十八、九から二十代なかばまでの、うらなり瓢箪（ひょうたん）のような顔に化粧（けわい）をした、名うての遊び人ばかりである。

父親は、大臣や納言をつとめる上流貴族で、彼らも若いうちから官位をあたえられ、朝廷内での将来の出世が約束されていた。

彼らは、崇伝のように智恵を使わずとも、父祖代々の門地だけで、やすやすと人の上に立つことができる。

楽といえば、楽である。

が、そのことが、かえって、

（公家どもの精神をふやけさせ、淫行のみにしか歓楽を見いだせぬ腰抜けにさせてしまった……）

と、崇伝は思う。

人は、手に入らぬものをつかもうと望むからこそ、おのれに磨きをかける。欲望のはたらかぬところに、発展はない。

おそらく、皇女に仕える尼たちも、ほかに何の愉しみとてない寺の暮らしに、退屈しきっていたのであろう。倦みきった魂と魂がたがいに引き合い、尼寺の乱痴気騒ぎなどという、常軌を逸したふるまいに走らせたものと思われる。

（哀れな者どもだ……）

野心のために、おのれを厳しく律している崇伝には、人生に何の目的も持たぬ公家たちが、ひどく矮小なものに見える。

投げ文に書かれた名を眺めていた崇伝の目が、最後のところで、

――きらり
と、光った。

そこに、徳大寺実久とある。

(徳大寺か……)

徳大寺実久は、豊臣家びいきの〝閑院流〟の公家であった。

年は十九歳と若いが、早くに父親を亡くして徳大寺家を継ぎ、すでに参議にまで昇進している。若さに似合わず、舌鋒するどく、朝議の席では親徳川の近衛家の意見に、ことあるごとに反撥していると聞く。

一方で、実久はそのまっすぐな性格を後陽成天皇に愛され、寵臣となっていた。

(これは、よい)

崇伝の瞳が、獲物を見つけた鷹のように光を得た。

忍びの霞の報告によれば、徳大寺実久らが退蔵庵にやってくるのは、新月の晩と、十六夜の晩であるという。

新月は月の第一日目、十六夜は十六日目である。

崇伝が部屋の障子をあけると、松の木ごしに月が出ていた。

満月である。

（ことがおこなわれるのは、明晩だな……）

明日は、十六夜の晩だった。

乗り込んでみるには、ちょうど都合がいい。

翌日――。

崇伝は日が暮れ落ちるのを待って、単身、南禅寺を出た。

暗い足もとを提灯（ちょうちん）で照らし、夜道を急ぐ。

東山の南禅寺から嵯峨野までは、およそ二里（八キロ）の道のりである。

京の町なかを抜け、広沢池（ひろさわのいけ）のほとりを過ぎ、竹林につつまれた嵯峨野の退蔵庵にたどり着いたとき、すでに深夜といっていい時刻になっていた。

寺のまわりは、練塀（ねりべい）で囲われている。

風が吹くと、竹林がサヤサヤと揺れるほかは、物音ひとつ聞こえない、閑静なたたずまいの尼寺であった。

（さて……）

崇伝は手にした提灯をかかげ、あたりを見まわした。

竹林に埋もれるようにして山門がある。

大門の扉は閉まっていたが、横のくぐり戸がわずかにあいていた。公家たちが出入りしたためだろう。

崇伝も、くぐり戸から境内へ入った。

小さな寺である。正面に瓦屋根の本堂、そのわきに草葺きの方丈と庫裏が見えた。建物は明かりが消え、ひそと寝静まっている。

(弁天堂は、どこだ……)

崇伝が立ち止まっていると、すぐ横の茂みが揺れた。闇に吐き出されるように、人影があらわれる。

「おいでになるとは存じませなんだ」

提灯の明かりに浮かび上がったのは、尼僧になりすました女忍者、霞の顔であった。

「にわかに思い立ってな」

崇伝は、ちらりと目もとに陰を走らせ、

「ときに、かの者どもは今宵も寺に来ておるのか」

「半刻ほど前にくぐり戸より境内のうちに入り、いまは、いつものごとく弁天堂に籠もっております」

「つねと変わらぬ顔ぶれか」

「はい。烏丸さま、四条さま、柳原さま、飛鳥井さま、それに徳大寺さま……」

「よし」

崇伝はうなずき、霞に案内させて、彼らが籠もっているという弁天堂へ急いだ。

竹林を抜けると、池が広がっている。

鏡のように静まった池のおもてに、十六夜の月が映じていた。

弁天堂は、その池の真ん中に浮かぶ中島にあった。岸から中島に向けて、木の太鼓橋がかかっている。

弁天堂の格子戸から、ほそぼそと明かりが洩れていた。

「そなたはここで待っておれ」

崇伝は霞に命じた。

「なぜでございます」

霞が、逆らうように崇伝を見返す。

「そなた、まだ生娘(きむすめ)であろう」

「何を……」

「淫らな者どもの宴など、男を知らぬ娘が目にしてよいものではない」

「わたしは、子供ではありませぬッ！」

「静かにせよ」

崇伝は低い声で言った。

「御堂のなかの者どもに気づかれる」

「………」

まだ物言いたげな霞をその場に残し、崇伝はひとりで太鼓橋をわたった。

弁天堂に近づくと、男と女のひめやかな笑い声が聞こえた。

「来よ」

「あれ、そのような……。庵主さまに露見したら……」

「なに、知れるものか」

「ふふ……」

とぎれとぎれに聞こえるささやき声を耳にしただけで、堂内の乱れたようすが十分にうかがえる。

誰かが酔って瓶子(へいじ)でも倒したのか、物の割れる音、どっと沸き返る男女のどよめきがした。

「誰ぞ、舞を」

と、もとめる声にこたえ、

「されば」

男が立ち上がる気配がした。

崇伝は、格子戸にそっと身を寄せ、戸の隙間からなかをのぞき込んだ。

〽濡れぬ先こそ
露をもいとへ
濡れて後には
とにかくも

男が小唄を口ずさみ、おぼつかぬ足どりで舞をまっている。衿もとをだらしなくはだけ、奥にすわっている若い尼たちに向かってしきりに色目をつかう。

(徳大寺実久だな……)

酒の酔いで目もとを上気させているが、額のあたりに青筋が立ったような才子づらに見覚えがあった。

以前、南禅寺で徳大寺家の法要がおこなわれたとき、崇伝はこの若い軽薄才子に、儀式のすすめかたで激しく叱責されたことがある。

尼を抱き寄せ、赤い唇から涎(よだれ)を垂らさんばかりにしているのが烏丸光広だった。

ほかの三人の公達には見覚えがないが、おそらく徳大寺らの遊び仲間の、四条良枝、柳原清平、飛鳥井有友であろう。いずれも、酒で目のふちを赤く染め、荒淫のためにただれきった顔をしている。

尼は、五人いた。

これまた、とても御仏に仕える身とは思えぬほどの、乱れた姿をしている。

尼たちは法衣を脱ぎ捨て、白いうす絹の下に緋の袴（はかま）だけを着けていた。うす絹を透かして、ゆたかな胸の盛り上がりがあらわになっている。

「わしは酔うたぞ」

と、つぶやき、舞をまっていた徳大寺実久が、よろけたふりをして尼のひとりに抱きついた。

実久の滑稽な格好を見た堂内の男たちが、膝を扇で打ち鳴らし、けたたましい声で笑いだす。

（愚かなやつらだ……）

崇伝は唾を吐きかけたいような気持ちで、一座の乱れたさまを眺めた。

矛盾するようだが、崇伝は熱心な仏教者ではない。生きる手立てとして禅門に身を置き、建前上、戒律を守っているにすぎない。

それだけに、男女（なんにょ）の淫事に対して、他の僧より寛容な考え方を持っているつもりであったが、さすがに目の前で繰り広げられている宴には、嫌悪の情をもよおした。

（こやつらの性根は腐れきっている）

崇伝は顔をしかめた。

「いざ共寝の夢を見ん」

徳大寺実久が尼の体を、床に押し倒した。白く肥えた指で尼のうす絹を剝ぎ、豊かな乳房に頰ずりをする。

それにつられたように、ほかの公家たちもそれぞれの相手を腕に抱いた。

淫靡な熱気が、格子戸の外にまでつたわってくる。

(ころあいや、よし……)

と、見た崇伝は、観音開きの戸を勢いよく引きあけ、弁天堂へ踏み込んだ。堂内の視線が崇伝に集まった。

「清浄なる尼寺の境内にておこのうには、いささか芳しからざる、おふるまいでございますな」

からみ合っている男女を見下ろし、崇伝は冷たく言い放った。

「誰じゃ、そなたは……」

尼の胸に顔をうずめていた徳大寺実久が、あわてたように頓狂な声をあげた。

「南禅寺の西堂、崇伝にござります」

「す、崇伝……」

「はい。今宵はまた、妙なところでお会いいたしましたな」

崇伝は、御堂の床に片膝をついた。

徳大寺実久が興ざめになったという顔をし、尼の体から身をはなした。

まだ何が起こったかわからぬようすながら、ほかの公家たちも、夢からさめたようにのろのろと身を起こす。

「そのほう、無礼であろう。誰に断って、ここへまいった」

威厳をとりつくろうように、実久が言った。

もっとも、半裸のままのあられもない姿では、とても名門徳大寺家を継ぐ公家の威厳どころではない。

「礼を失しておられるのは、お手前がたのほうでございましょう」

崇伝は、口もとに氷のような冷たい笑いをたたえて言った。

「異なことを申す。われらが、礼を失しておると？」

と、横から口を出したのは、烏丸光広である。こちらは悪酔いしているらしく、目つきがすわっている。

「一介の禅坊主の分際（ぶんざい）で、われらのふるまいに口出しするとは、おこがましい。帝に申し上げ、南禅寺に下されている紫衣を剝奪してくれるわ」

「そのようなことをおおせになって、よろしいのですかな」

崇伝の双眸が、射るように烏丸光広を見すえた。

「いま、ここでおこなわれていたことを、ありのまま帝に申し上げたら、帝はどのように思われるか」

「そ、それは……」

「この退蔵庵は、おそれおおくも先帝の皇女が庵主をおつとめになる門跡寺。その神聖なる尼寺を、こともあろうに不浄なる男女の歓楽で汚さんとは、まことにもって不届き千万。とうてい、赦されることではありますまいぞ」

「われらを恫喝いたしておるのか」

「愚僧はただ、あるがままを申しのべておるだけ」

崇伝は太く笑い、

「このことが帝のお耳に達すれば、お手前がたは、まず罪をまぬがれますまい。門跡寺の風紀を乱せしかどにより、佐渡、あるいは隠岐あたりへ島流しになるか……」

「ま、待て」

それまで、傲岸にかまえていた徳大寺実久が、にわかに顔色を青くした。

「頼む」

外聞もはばからず、崇伝に向かって両手を合わせ、

「今宵、そなたがここで目にせしこと、かまえて他言してくれるな」

「さて、どうしたものですかな」

「そなたの申すことは、何なりと聞こう。それゆえ、帝にだけは……」

腰くだけになった実久を見て、崇伝は胸のうちで高笑いした。


徳大寺実久、烏丸光広らの弱みを握った崇伝は、彼らをおのが手足のごとく使い、朝廷での反徳川派の切り崩しをおこなった。

ことに閑院流は、反徳川の急先鋒であった徳大寺実久が転向したことで、家康への将軍宣下に強硬な反対を唱えていた公家たちが、なし崩しに態度をやわらげていった。

もともと、公家というものは、武士のように性根がすわっているわけではない。風向きが変わったとなれば、臆面もなく権力の匂いのするほうに擦り寄りながら、時の流れを生き抜いてきた。

(つかみどころのないクラゲのようなものだ……)

と、崇伝は思う。

だが、そのクラゲが群れると、ときとしておそろしい毒となることもある。

それゆえに、

(公家のあつかいには、よくよく心せねばならぬ)

崇伝は肝に銘じた。

一方で、相手の弱みをついた恫喝を、また一方で献上品攻勢を使い分け、崇伝は公家社会のなかに隠然たる影響力をおよぼすようになっていった。

崇伝が地ならしをおこなったことで、京都奉行板倉勝重の朝廷対策は、以前とはくらべものにならぬほど楽になった。

豊臣家びいきの後陽成天皇は、世の流れをおおいに嘆き、親しい近臣に、しきりに譲位の意志をもらしているとも聞く。

すべて崇伝のもくろみどおりである。

そして、慶長八年。

徳川家康は、伏見城で征夷大将軍宣下の勅使を迎えた。ついで、落成なったばかりの京二条城から衣冠束帯をつけて宮中へ参内、将軍拝賀の礼をおこなった。

将軍となった家康は、江戸の地に幕府をひらき、武家政権を樹立した。ここに、大坂城の豊臣秀頼との立場は、完全に逆転したことになる。

家康が江戸幕府をひらくにあたり、崇伝が陰で暗躍したことを知る者は少ない。

わずかに知っていたのは、京都奉行あらため京都所司代の板倉勝重と、ほかならぬ家康自身である。

この工作の成功で、家康の揺るぎない信頼を勝ち得た崇伝自身の身にも、大きな変化が起きた。

駿府の風

慶長十年、五月二十八日——。

崇伝は悲願であった、南禅寺の住職の地位を手に入れた。

崇伝、三十七歳。

南禅寺史上、異例ともいえる若い住職の誕生である。

むろん、崇伝の学才をもってすれば、いずれ十年、二十年先には、順送りで住職になることはできたであろう。

しかし、多くの年長者を飛び越え、崇伝が南禅寺住職になったのは、京都所司代板倉勝重の助力、および崇伝が長年おこなってきた朝廷工作のたまものであったことは疑いがない。

南禅寺住職の拝命は、朝廷よりの勅許によってなされる。住職になったのと時を同じ

くして、崇伝には朝廷から、

——深紫色の紫衣(しえ)

が下された。

ふつう、高僧にあたえられる紫衣は薄紫色だが、禅門の頂点に立つ南禅寺の住職のみは、深紫色の紫衣がゆるされる。深紫色の紫衣は、紫衣のなかでも、とくべつな意味を持つ法衣であった。

そもそも、紫という色は、古代の西洋ではムレックス貝のパープル腺から分泌される液によって染められた。採れるのは、ごく少量であるため、きわめて貴重な染料としてめずらしがられた。

その〝紫〟を珍重するならわしは、西洋から東洋へつたわり、わが国へもつたえられた。

わが国では、紫は色のなかの王とされ、高貴な身分の者しか身につけることのできぬ、

——禁色(きんじき)

に定められた。

もっとも、わが国では、パープル腺を持つ貝が採れなかったので、紫草の根で衣服を染めるようになった。

草木染めは、濃い色を出すためには、何度も繰り返し染めなければならない。濃い色

ほど手間がかかるため、高貴な紫のなかでも、ことに深紫が尊ばれたのである。

　深紫色の紫衣に袖を通し、その上から金襴(きんらん)の九条袈裟(けさ)をまとった崇伝は、かつて、岡屋の近衛家の別邸で、大徳寺の僧侶たちと、紫衣をめぐって法論を闘わせたことを思い出した。

（あのときいた沢庵という貧相な坊主。僧侶たる者は清貧たれと、ぬかしおった。堺の名もなき小寺に入ったという噂を耳にしたが、いま在るわしのこの姿を見たら、どのように思うか……）

　ふと、笑いが込み上げた。

　とにかく、南禅寺住職の地位は手に入れた。

　しかし、崇伝の野望は、いまだとどまるところを知らない。

　このころの南禅寺には、住職の住まいである方丈(ほうじょう)がない。応仁の戦乱で焼け、以後、再建されていないのである。

　ために、代々の住職は、それぞれ寺の支院である塔頭(たっちゅう)に住み、そこを仮の方丈としてきた。

　住職となった以上、崇伝も師の塔頭である聴松院を出て、おのれの塔頭を持たねばならない。

　崇伝は、洛北鷹ヶ峰にあった破れ寺に目をつけた。

寺の名を、

——金地院
という。

いまは衰えているが、足利四代将軍義持が、応永年間に大業国師を開山として創建した由緒ある寺である。

大業国師の法統を受けついでいる崇伝は、ゆかりのある金地院を南禅寺境内に移し、おのが塔頭とすることに決めた。

金地院移築の場所と定めたのは、境内でもっとも陽当たりのよい、参道の南側である。

移築の作事にあたっては、京都所司代の板倉勝重が力を貸してくれた。

「これではまだ、南禅寺住職の坊としては、少々もの足りぬな」

南禅寺へ移された金地院を見て、板倉勝重が言った。

なにしろ古い建物である。

あちこち修繕はしたが、立派とは言いがたい。庭もまだととのってはおらず、もとからあった古池だけが白い蓮の花を咲かせていた。

「はじめは、これでよいのです」

崇伝は、蓮の花を見つめて微笑した。

「板倉どのも、二条城では、狭く暗い居室で執務をとっておられる。まことに物事をなさんとするときには、華美な飾りは必要ございませぬ」

「御坊も、わしや大御所さまに、ものの考えようが似てきたな」

「しかし」

崇伝は表情を厳しくし、

「衆を引きつけるには、豪壮な構えというものも、また必要です。私の住まいなどは粗末でよいが、天下の諸寺をひれ伏させるためには、戦火で焼けた南禅寺の伽藍をぜひとも再建せねばならぬと考えております」

「それが、南禅寺住職としての、御坊の初仕事というわけだな」

「されど、伽藍復興のためには、莫大な金がかかります。それをいかにして、かき集めんものかと、ただいま思案しております」

「それについては、よい手がある」

「どのような手でございます？」

「大坂城じゃ」

勝重が、草の生えた庭へ草履をはいて下りた。

「もう一度、おおせ下さいませ。いま、大坂城と申されましたな」

崇伝も、板倉勝重につづいて庭に下りた。

金地院の庭は、夏草がうるさいほどに生い茂っている。蓮池の上に、気のはやいアキアカネが飛んでいた。

「大坂城の豊臣秀頼さまに、伽藍復興の寄進を乞えばよいのじゃ」

勝重は、西の空に立ち上がった雲の峰を振りあおいで言った。

「秀頼さまに……」

崇伝は眉間にかすかな皺を寄せた。

大坂城の豊臣秀頼といえば、大御所政治をはじめた家康にとって、唯一の頭痛のタネではないか。

その秀頼に、家康に心を寄せる崇伝が、なにゆえ伽藍復興の寄進をあおがねばならぬというのか。

思わせぶりな笑みを浮かべる勝重の顔を見つめた崇伝は、

「なるほど」

すぐに、勝重に微笑を返した。

「わかったか」

「はい」

崇伝は小さくうなずき、

「大坂城には、故太閤秀吉が集めた莫大な金銀が、いまなお眠っております。その額は、いかほどとも知れず。いずれ、大坂と江戸の幕府が手切れとなったとき、大坂城の黄金は豊臣家の軍資金となる。その黄金を、いささかでも減じておくため、寺社の造営、修築などに寄進させようというのでございましょう」

「さすがは崇伝どのじゃ。大御所さまの深謀遠慮、よくぞ読んだ」

板倉勝重は感心した顔をした。

ちなみに——。

このころ、家康は亡き秀吉の追善供養のためという名目で、秀吉ゆかりの方広寺大仏殿の造営を、大坂城の淀殿、秀頼母子にすすめている。

家康の真意が読めない大坂城の首脳部は、これにまんまと乗せられて大仏殿の造営に金を出した。また、東寺の金堂造営も秀頼の名でおこなわれている。

これらの大工事に、つぎつぎと寄進をおこなっても、大坂城の金蔵は、なお底をつく気配がまったくない。

このさい、相手の無知に乗じて、金を浪費させておくのが、豊臣家の力を弱らせる得策というものであろう。

「しかし、南禅寺への寄進など、豊臣家がいたしましょうか」

崇伝は首をひねった。

「そなたの師、玄圃霊三は、かつて故太閤の側近として豊臣家に仕え、〝三長老〟と呼ばれていた。その霊三どののつてを使い、寄進を願い出てみてはどうか」

「脈は、ございますな」

崇伝は、師の玄圃霊三に、豊臣家への仲介を頼み込んだ。

南禅寺の伽藍を再建するためである。師に、否(いな)やのあろうはずがない。

玄圃霊三はさっそく大坂城へ登城し、かねてより交友のあった片桐貞隆(さだたか)を通じて、豊臣秀頼にそのむねを願い出た。

片桐貞隆は、豊臣家の家老、片桐且元(かつもと)の弟である。去る関ヶ原合戦で、豊臣家は石田三成をはじめとする有能な人材をことごとく失った。ために、〝賤ヶ岳(しずがたけ)七本槍〟のひとりで、秀吉の生前には、鳴かず飛ばずで大名にすら取り立てられなかった片桐且元が、家老の役目を果たしていた。

もっとも、大坂城でいちばんの力を持っていたのは、秀頼の母淀殿とその女官たちである。

なかでも、秀頼の乳母(めのと)の大蔵卿ノ局は、淀殿の信任を背景に大坂城の大奥を取り仕切り、家老の片桐且元らをしのぐ発言権を持つようになっていた。

ともあれ——。

西笑承兌、惟杏永哲と並んで、秀吉の〝三長老〟と称された玄圃霊三の願いを、豊臣家としても無下(むげ)にしりぞけることはできなかった。

玄圃霊三が、伽藍再建を願い出てより数日のち、南禅寺に片桐貞隆からの返書がもたらされた。

「兄の且元にも相談したところ、五山之上たる南禅寺の造営は、いかさま、もっともな願いであるとの賛同を得た。粗略にはせぬゆえ、ご安心召されよ。ただし、伽藍すべての再建となると、豊臣家の財にもかぎりがあるので、さすがにそれはできない。このたびは、寺の中心にあたる法堂だけを建て直すことにしよう」

と、貞隆は言ってきた。

（なんの、豊臣家の金で再建が果たせるなら、法堂だけでも十分よ……）

こちらの意図にまったく気づかぬ豊臣家の対応に、崇伝はあざけりを超えて、かすかな哀れみすらおぼえた。

翌、慶長十一年夏。

豊臣秀頼の寄進により、ながらく失われていた南禅寺の法堂は再建された。

盛大な落慶供養に引きつづき、崇伝は秀頼へのお礼言上のため、南禅寺住職として大坂城へ登城した。

崇伝が、大坂城の本丸へ足を踏み入れるのは、生涯はじめてのことである。これまでは、家康がかつて本拠としていた西ノ丸に伺候するだけで、本丸の扉を押した経験はついぞ持たなかった。

幾重もの水濠と白塀に守られ、世間とは隔絶した観のある城の奥深くで、忘れ得ぬ女人との再会が崇伝を待っていた。
大坂城本丸御殿の長廊下をゆく崇伝の法衣は、朝廷よりゆるされた濃き色の紫衣である。
背すじをのばし、肩をそびやかすように歩く崇伝のあとには、
梅心正悟(ばいしんせいご)
英岳景洪(えいがくけいきよう)
雲岳霊圭(うんがくれいけい)
最岳元良(さいがくげんりよう)
らの南禅寺出世衆が、したがっている。
さらに、供奉(ぐぶ)の平僧二十人があとにつづいた。
南禅寺住職になる前とくらべ、あつかいが格段にちがう。
(おかしなものだ……)
しぜんと、笑いが込み上げてくる。
自分という男はまったく変わっていないというのに、ただ濃き色の紫衣を身にまとっただけで、人々の自分を見る目がガラリと変わっている。
(権威とは、奇妙なものだ)
と思う。

しかし、世の中は、その空疎きわまりない権威によって成り立っている。世をおのが手で動かしていくためには、これをうまく利用しない手はない。

崇伝はまず、表御殿の対面所で豊臣秀頼に会った。

秀頼、十四歳。

すくすくと成長して、体格がいい。貧相で小男、その顔はまるで猿のようであった秀吉とは、おそらく似ても似つくまい。

淀殿の父で、かっぷくがよかったという浅井長政の血を引いているせいであろう。

ばかりでなく、

——秀頼さまは、まことは故太閤殿下のお胤（たね）ではない。

という不埒（ふらち）な噂を、崇伝は耳にしたことがある。

生前、秀吉は十指にあまる妻妾を持ちながら、長浜城主時代に生まれた男子（早世）、淀殿とのあいだにもうけた鶴松（これも、三歳で早世）および秀頼以外には子がなかった。

そもそも子種の少ない秀吉が、老境といっていい年齢にさしかかってから、淀殿の腹にだけふたりも子ができるのは、あまりに話ができすぎているというのである。

なかには、

「あれは、太閤殿下おんみずからが、お世継ぎを得んがため、淀のお方さまにほかの男を近づけたのだ」

と、ささやく者もあり、真偽のほどは藪のなかであった。

ともあれ、秀頼は大坂城の奥深くで元服を果たし、いま、崇伝の目の前にある。

秀頼は、母の淀殿によく似た頰のゆたかな顔を崇伝に向け、

「ご苦労である」

少年らしい若々しい声で言った。

秀頼のもとに、徳川家康の孫娘、

——千姫
が輿入れ(こしい)してきたのは、これより三年前のことである。

朝廷から征夷大将軍を拝命し、江戸に幕府をひらいた家康は、秀頼に心を寄せる西国大名の反撥を押さえるため、千姫を大坂城に入れることによって、豊臣家との融和をはかったのだった。

輿入れのとき、千姫はわずかに七歳。典型的な政略結婚といえる。

いまいましいままごとのような幼い夫婦である。

しかし、周囲のさまざまな意図に反し、秀頼と千姫の仲はすこぶるよいと聞いている。

(大御所さまとしても、秀頼君の成長ぶりは、さぞ気にかかるところであろう……)

秀頼に向かってふかぶかと頭(こうべ)を垂れながら、崇伝は頭のすみで思った。

二言、三言、言葉を交わしたようすでは、秀頼は高い教養を身につけているように思われる。受けこたえにも、そつがない。

まずまず、大坂城のあるじとして、不足のない若者に見受けられた。

しかも、秀頼は若い。はじけんばかりの若さと健康を持っている。これから確実に智恵をつけ、体はますます強壮になっていくであろう。

それにくらべ、家康は年とともに老いていく。いまは壮健とはいえ、病がいつ襲ってくるともわからない。

家康が倒れれば、

「秀頼さまに天下をお返し申せ」

と、豊臣家に心を寄せる西国大名たちが騒ぎだすことは、ほぼ間違いない。

家康が秀頼から天下をもぎ取ったように、家康亡きあとの徳川から、秀頼が天下を奪い返すことも十分に有り得るのである。

(当分、この若者から目が離せぬな……)

頭のなかで忙しく思いをめぐらせつつ、崇伝はしずしずと秀頼の御前を下がった。

つづいて、崇伝が向かったのは、秀頼の生母淀殿の住む、

——大奥

である。

のちの大奥とちがい、このころの大奥は、男子禁制ではない。ただし、〝表〟と〝奥〟では、担当官が異なり、案内役も侍から女官に代わった。

奥からあらわれた女官を見て、崇伝は不覚にも、手にした中啓（ちゅうけい）を取り落としそうになった。

小宰相ノ局――。

いや、紀香である。

紀香の濡れるような黒い瞳が、崇伝を見た。

そこには、崇伝のごとき戸惑いの色はない。南禅寺住職がお礼言上に登城すると聞き、あらかじめ、崇伝が来ることを知っていたのであろう。

「ご案内つかまつります。どうぞ、これへ」

落ち着きはらった物腰で、雪輪（ゆきわ）模様を散らした豪奢な摺箔（すりはく）の小袖の裾をさばいた。

紀香は、以前と変わらず美しい。

（いや……）

崇伝自身が齢（よわい）をかさねて変貌をとげたように、年月をへて、紀香もまた変わった。

たしか、年は三十を少し過ぎているはずである。

若いころ、美女といわれた女のなかには、年とともに無残なまでにおとろえていく者が多い。が、紀香の場合、天性の美貌は翳（かげ）りをみせるどころか、ますます珠（たま）のように光り輝いている。

ばかりか、若い娘にはない、知性と教養を兼ねそなえた大人の女の色香をただよわせていた。

女がたったひとりで、自分の才智だけを頼りに、生きていくことの意地と張り。それが、紀香の美しさに磨きをかけ、凛冽たる気品を身にまとわせているのではあるまいか——そんな気が、崇伝にはした。

(にしても……)

長廊下をゆく紀香の態度は、よそよそしい。かつて、崇伝と若さのたけをぶつけ、激しく愛し合ったことが、まぼろしであったかのような冷淡さである。

(それもまた、いたしかたあるまい)

と、思う。

女の恋ごころを切り捨てたのは、ほかならぬ崇伝自身であった。

崇伝は、紀香と生きることよりも、野望と栄達の道をえらんだ。そのことに、いまさら悔いはない。

(しかし……)

この、胸の底を揺さぶる、風が哭くような思いは何か。

燃え残った燠火が、突如、めらめらと音を立てて燃えはじめるような、感情の激流はどうしたことか。

（人の心は、つねに道理のみで動くものではない）

紀香の後ろ姿に、ひたと瞳をすえながら、崇伝はそのことを痛切に思わずにいられない。

大坂城本丸の大奥で、淀殿に拝謁（はいえつ）し、その日は帰途についた。が、南禅寺へもどって、日がたてばたつほど、崇伝の網膜に刻みつけられた女のおもかげは、いよいよあざやかになりまさってくる。

十日後。

女忍者の霞を呼び出した崇伝は、一通の密書をたくした。

「この文を、大坂城の大奥にお届けすればよろしいのでございますね」

崇伝から受け取った奉書づつみを、霞が忍び装束のふところにおさめた。

「くれぐれも、余の者には気づかれぬように。心得ておろうな」

「承知いたしております」

南禅寺裏山の夜の闇は深い。

霞は、その闇と同じ色をした大きな目を、いぶかしむように崇伝に向け、

「小宰相ノ局とは、いったい、どのようなお方でございます。もしや、大坂城に入り込んだ徳川方の諜者……」

「そなたの知ったことではない。そなたはただ、命じられた役目を、黙って果たせばよいのだ」

「…………」

「わかったら、ゆけ」

女忍者の細身の体が、闇のなかに溶け込んだ。

（愚かなことをしている……）

崇伝は、おのが気持ちを持てあましていた。不要なまでに苛立っている自分自身を感じている。

念願であった南禅寺住職の地位を手に入れ、人目には立たぬ陰ばたらきで、徳川家康の信頼も勝ち得た。いまだ、江戸幕府における外交僧の地位は、西笑承兌に握られているとはいえ、崇伝の前途は洋々とひらけている。

事実、つい十日ほど前まで、崇伝は揺るぎのない自信を胸に抱き、わが道をひた走っていた。

が――。

思いがけず、大坂城で紀香に会って、鏡のように静まっていた崇伝の心にかすかな波紋がひろがった。

その波紋が、崇伝を苛立たせ、落ち着かなくさせている。

（このままでは、いかぬ……）

あせりを感じた崇伝は、この心の揺れをおさめるため、思いきって紀香に会うことを決意したのだった。

文には、

――明後日、天満八軒家の舟宿、重井筒にて待ち申し候。

と、したためた。

《重井筒》は、崇伝の無二の友、六弥太がひらいた舟宿である。

金をかけた豪華な造りで、淀川に面した座敷の窓からは、川を眺めながら料理を味わうことができる。六弥太は、ここに大坂城の船手頭らをしばしば招き、宴会をひらいて、歓心をかうことにつとめている。

「江戸に幕府ができたとはいえ、瀬戸内の水運を握っているのは、豊臣家でございますからのう」

あきんどの六弥太は、陽灼けした頬に含みのある笑いを浮かべて言った。

崇伝が、

――重井筒
を密会場所にえらんだのには、理由がある。

若く、まだ地位もなかったころならともかく、いまや崇伝は、禅門の頂点である南禅寺住職にまでのぼりつめた。その崇伝が、大坂城の女官と密会していたと人の噂にでもなれば、これは大醜聞である。

閑院流の公家たちが、門跡寺院の尼どもと密通したどころの騒ぎではない。

――寺の名を汚した

として、南禅寺の長老衆が激怒するのはむろんのこと、朝廷よりあたえられた紫衣は剝奪され、崇伝は住職の地位を追われるかもしれない。また、家康からも、大坂方との内応を疑われ、出世の道が未来永劫、閉ざされかねない。

いま、紀香と会うことは、それほどの危険をともなっていた。

その点、六弥太がやっている舟宿ならば、秘密が外に洩れる気づかいがない。

「どのようなささいなことであっても、お客人の内緒ごとを人さまに喋ってはならぬ」

という六弥太のしつけもあって、店の者たちはみな口が堅かった。

(はたして紀香が来るか……)

そのことのほうが、崇伝には気がかりである。

夕暮れがせまっていた。

三階の望楼にある小座敷の窓から見下ろすと、淀川を行き交う舟が、まるで影絵のように暗く沈んでいる。

江戸に幕府がひらかれ、政権が豊臣から徳川の手に移り変わったとはいえ、太閤秀吉が礎（いしずえ）を築いた商都大坂の繁栄は、いささかもおとろえをみせていない。

重井筒のある天満八軒家のあたりは、大坂の、いや日本のあきないの中心地といっていい。

蝦夷地（えぞち）の昆布、肥前の陶磁器、播磨（はりま）の米、備中（びっちゅう）の塩を、瀬戸内海を通って運んできた千石船がここで荷を下ろし、また伏見から淀川を下ってきた荷舟も、この船着き場に着く。

日本国中の米や物資が集まる場所——それが、大坂なのである。

太閤秀吉は、海にひらけた大坂の地の利に目をつけ、ここに城を築き、あきないを盛んにした。いま、大坂城にたくわえられている巨富は、秀吉の先見性がもたらしたものであろう。

（家康さまは、この富をもぎ取れるか……）

川の対岸に、ぽつりぽつりと灯りはじめた明かりを、見るともなしに眺めながら、崇伝は青磁の酒盃に口をつけた。

やがて、陽はとっぷりと暮れ落ちた。

約束の刻限は、とうに過ぎている。川をのぼり下りする舟の影は絶え、岸辺の町家や舟宿の明かりだけが、暗い水面に橙色の光の波紋を投げかけていた。

（やはり、来ぬか……）

崇伝はふと、眉根に皺を寄せた。

はじめから、紀香が来るという確信があったわけではない。

いや、むしろ、紀香が女になした仕打ちを考えれば、いまさら会いに来るほうが不思議であろう。ましてや、紀香は小宰相ノ局という名で大坂城の大奥に仕える身、勝手気ままが許されようはずがない。

（紀香がわしを見る目は、すでに冷たい他人の目であった。わしはいまさら、女に何を期待していたというのか……）

おのが心が、おのれにもわからない。

盃を重ねれば重ねるほど、酒の味が苦くなった。

若いころは、酒を口にしなかった崇伝だが、近ごろでは、ひとり思案にふける夜など、寝酒をたしなむようになっている。

戒律の厳しい禅門にあって、酒は〝般若湯(はんにゃとう)〟といい、泥酔しない程度であれば、多少の飲酒は大目に見られていた。とはいえ、ほかに何の楽しみもない禅寺暮らしのなかで、酒におぼれてしまう者は少なくない。

げんに、崇伝と同じころ南禅寺に入った兄弟(ひんでい)のなかにも、酒で身を持ち崩した者があった。

（酒におぼれるは、その者の心が弱きゆえよ。大望ある者は、たとえ酒盃を百杯、千杯ほしたとて、性根は揺るがぬ）

とは、崇伝の信念である。

（しかし……）

紀香のことを思うとき、そのハガネにも似た固い信念に、かすかなほころびが生じるのを崇伝は感じた。

半刻が過ぎ、一刻が過ぎても、紀香はあらわれなかった。

階下の座敷で、妓（おんな）でも呼んだのであろう。にぎやかに騒ぐ酔客の声と、三線（さんしん）の音色が聞こえる。三線は、桃山時代に琉球からもたらされた弦楽器で、三味線のもととなった。

階下の騒ぎとはうらはらに、三線の音は崇伝の胸に寂しく沈み込んだ。孤独が、潮のように満ちてきた。

三線の音色がやみ、しばらくたったとき、

（これ以上、待っても無駄だ……）

崇伝は立ち上がった。

階下へ下り、店の者に帰るむねを告げると、

「今宵は、もう遅うございます。うちへ泊まっていかれましては」

と、しきりにすすめられた。

だが、これ以上とどまっていては、未練が増すばかりである。思いを断ち切るように、重井筒を出た。

店の裏手は、淀川に面した船着き場になっている。

川に向かって石段がのびており、岸の杭に舟宿の小舟がもやってあった。

船頭に頼み、川をさかのぼって守口の里まで行こうと思った。守口の里には、南禅寺の末寺がある。そこで今夜の宿を借り、朝を待って京へもどればよい。

崇伝が石段を下りたとき、天満橋の近くにいた一艘の小舟が、川面をすべるように近づいてきた。

小舟は、崇伝のそばに止まった。頭巾をかぶった女が乗っている。

(紀香か……)

と思ったが、そうではなかった。

「崇伝さまにございますな」

知らぬ声が言った。

そうだ、と崇伝がこたえると、

「小宰相ノ局さまがお待ちでございます。ご案内いたしますゆえ、どうぞこちらの舟へお乗り下さいませ」

女は、あたりをはばかるように声をひそめて言った。どうやら、紀香の使いであるらしい。

「局は、どこで待っているのだ」

「ここでは申せませぬ。舟にお乗りになれば、おわかりになりましょう」

「………」

崇伝は不審を感じた。

（罠か……）

と思わぬでもない。しかし、今宵会うことは紀香のほかに知る者はないはずである。崇伝自身が密会に慎重であるように、紀香もまた、人に見られることを気にしているのであろう。

「わかった。参ろう」

崇伝は、女の小舟に飛び乗った。

頬かむりをした船頭が、ゆっくりと櫓を漕ぎだす。

水の音がして、櫓についたしずくが白い珠のように闇に散った。ほかには、物音ひとつ聞こえない。

夜風が、頬に冷たかった。

河口近くまで下っていくと、川幅は広々とひらけ、カワヤナギと葦におおわれた中洲が、点々と目につくようになる。

「まだか」

崇伝は頭巾の女に聞いた。

「もうじきでございます。ほれ、あそこに……」

と、女が指さしたのは、河口にある中洲のひとつであった。中洲の葦原に隠れるように、明かりをともした屋形船が浮かんでいる。

「小宰相ノ局は、あの屋形船にいるのか」

「さようにございます」

言葉を交わしているあいだにも、崇伝の乗った小舟は屋形船に近づき、やがて船端を接した。

「お局さま。崇伝さまをお連れいたしましてございます」

屋形船の障子に映った人影に、女が声をかけた。

障子の人影が、わずかに身じろぎした。

が、返事はない。

「どうぞ、あちらの船へ」

頭巾の女が崇伝をうながした。

船端をまたいで屋形船へ乗り移ると、女を乗せた小舟は、水をわけて去っていく。

その舟影が、闇にすっかり溶け込むのを見とどけてから、崇伝は屋形船の障子をあけた。

なかには、香が焚かれている。沈香であろう。重くしめった香の匂いとともに、甘く、懐かしい女の肌の香りが鼻をくすぐった。

「紀香……。いや、いまは小宰相ノ局どのと呼ぶべきか」

屋形の奥に端座した女人に、崇伝は声をかけた。

明かりは暗い。

ほのかに揺れる灯明の火に照らされ、女の白い輪郭と、膝の上で重ねた指先の白さがきわだって見えた。

「いずれの名でお呼び下さっても結構でございます。南禅寺ご住職、金地院崇伝さま」

紀香の声は、底に氷のカケラでも含んだように冷ややかだった。

南禅寺に、おのが住坊として金地院を移築してから、人は彼を、

——金地院崇伝
と、呼ぶ。

一見、無関心のようでいながら、こちらの身辺の動きを承知しているところをみると、まんざら崇伝に関心を失ったというわけでもないらしい。

崇伝は障子を後ろ手に閉め、紀香と向かい合ってすわった。

「そなたと会うときは、なぜか、いつも近くに水があるような気がする」

「水が……」

「五島の宇久島ではじめて出会ったときも、天ヶ瀬の山夜荘のときもそうだった。そなたを腕に抱くとき、耳の底に水の音が響いていた」

「過ぎた、遠いむかしのことでございましょう」

明かりが暗いせいで、紀香の顔に浮かぶ感情の揺らめきをはっきり見て取ることはできない。それが、崇伝にはもどかしかった。

しばし、沈黙がつづいた。

女との長い年月を埋めるため、何から話していいのか、さすがの崇伝も見当がつかない。

やがて、双方、その沈黙の重さに耐えきれなくなったとき、

「会いたかった」

崇伝は、自分でも思いがけぬ言葉を口走っていた。

「そなたを忘れたことはない、紀香」

崇伝は言った。

「嘘です」

「なに……」

「あなたさまのお心にあるのは、ご自分の野心のことばかりでございましょう。口先だけのいつわりを申されても、もはやわたくしは騙されませぬ」

「……」

「ちがいますか」

突き放すような紀香の問いに、崇伝は返す言葉がなかった。

言われてみれば、たしかにそのとおりである。げんに、崇伝は重井筒の座敷で紀香を待っているあいだも、大坂が生み出す富をいかにして豊臣家の手から奪い取るかのはかりごとをめぐらしていた。

大坂城で思わぬ再会を果たすまで、紀香のことより、おのが栄達を強く心に念じていたのは事実である。

が、その一方で、紀香を一日たりとて忘れたことがないというのも、崇伝なりの真実であった。

崇伝は、女のおもかげを捨て去ったつもりでいた。人間らしい恋心など忘れ、ただ野心のみに生きてきたつもりでいた。

(しかし、そうではなかった。忘れたつもりでも、自分は胸のどこかで、この女を恋うていたのだ……)

そのことが、いまにしてようやくわかった。

「信じよと申しても、無理かもしれぬ。だが、わが言葉にいつわりはない」

「そのようにして、いったい幾人（いくたり）の人の心をたばかられました」

「紀香……」

「あなたさまが身にまとわれた濃き色の紫衣。それさえあれば、あなたさまはご満足なのでございましょう。いまさら、わたくしのような力なき女に、何をおもとめになろうというのです」

「何もいらぬ。ただ、そなたが欲しい」

「烏滸（おこ）なことを」

紀香が口もとに手をあてて、小さく笑った。

「わたくしは、とうのむかしにあなたさまのことを思いきってございます。何を申されても、遅うございます」

「ならば、なぜ来た」

崇伝は、女を見つめた。

「申せ、紀香。忘れたのであれば、そなたは今宵、なにゆえわしに会いに来たのだ」

「それは……」

紀香の顔に、とまどいの色が広がったような気が崇伝にはした。

「言え。そなたはまだ、わしを忘れておらぬのであろう」

「ちがいます」

紀香がかぶりを振った。

「ちがうとは、どういうことだ」

崇伝は、頰に血の気を立ちのぼらせた。

女が無理をしてまで会いに来た以上、向こうもまた、自分を恋うているとの確信を持っている。

いついかなる場合も、崇伝はおのれに満々たる自信を抱いていた。

「あなたさまに会いにまいったのは、ひとりの女としてではございませぬ」

相手に気圧されまいと、紀香が澄んだ目で崇伝を見返す。

「女でなければ、そこにいるそなたは何者だ」

「わたくしは、大坂城の淀のお方さまにお仕えする女官でございます」

「女官として、わしに会いに来たというのか」

「はい」

「これは異なことを申す」

崇伝は笑った。

「そなたも知ってのとおり、わしはいまや南禅寺の住職だ。大坂城の使いとして会いに来たと言うなら、白昼堂々、寺の門をたたけばよかろう」

「そのようなことをして困るのは、あなたさまのほうでございましょう」

「なに？」

「あなたさまが、京都所司代板倉勝重さまと通じ、徳川家のために陰ばたらきをしていること、わたくしが知らぬとでもお思いですか」

「……」

今度は、崇伝のほうが言葉に詰まる番だった。

「そなた、なぜ、そのようなことを……」

「豊臣家とて、ただ徳川の手のうちで玩（もてあそ）ばれているだけではございませぬ。おのが身を守るために、どなたが敵で、どなたが味方か、ひそかに探りを入れるくらいのことはいたします」

「謀者をはなっているのだな」

「申せませぬ……」

紀香は顔をかたくした。

（あなどれぬ……）

崇伝は思った。

大坂城は、無能な家臣と女たちの集まりとたかをくくっていたが、彼らにも生き抜こうとする覚悟はあり、そのための智恵も身につけているのである。

「崇伝さま」

と、紀香が膝を前へにじらせた。

「お願いでございます。あなたさまに、人としての心があるなら、これ以上、秀頼君を追いつめないで下さいませ。秀頼君は、すでに天下の覇権をゆずりわたし、摂河泉六十五万七千石の一大名に甘んじておられます。もはや、江戸の幕府にたてつくほどの力もなし。どうか、哀れと思し召して……」

紀香の声は必死であった。

（そうか。豊臣家を守らんがため、危険をおかしてわしに会いに来たか……）

崇伝の胸は、さっと冷えた。

身勝手とはわかっていたが、紀香に裏切られたような気がした。

「そなた、それほどまでに豊臣家が大事か」

崇伝は言った。

「大事でございます」

ためらわず、紀香はこたえた。

「大坂城は、あなたさまとの恋を失ったわたくしが、唯一、心安らげる場所として手に入れた住みか。その住みかを、欲にまみれた男に踏みにじられとうございませぬ」

（欲にまみれた男とは、わしのことか……）

崇伝は、ますます皮肉な気持ちになった。

「しかし、紀香。そなたが、秀頼君が江戸の幕府にたてつかぬといっても、ありようはそうではあるまい」

「いいえ。あえてことをかまえようとするのは、幕府のほう。秀頼君に、謀叛のこころざしなどございませぬ」

「秀頼君ご自身はそうかもしれぬ」

崇伝は、嘲笑するように片頬をゆがめ、

「だが、母親の淀殿はどうだ。いまだ、豊臣の世が再来すると、むなしい夢を見つづけているではないか」

崇伝の頭には、いまから二年前、慶長九年の事件のことがあった。

上洛して伏見城に入った徳川家康が、秀頼に対し、年賀の挨拶に出てこられたしと要請した。

それまで、年賀の挨拶は、家康のほうが大坂城に出向いておこなっていた。しかし、征夷大将軍となって江戸に幕府をひらいた家康は、立場が逆転したことを満天下に知らしめるため、秀頼が挨拶に出てくることをもとめたのである。

家康の要請を聞いた淀殿は、

「わが豊臣家は、徳川の家来にはあらず」

と憤激し、ついに秀頼を大坂城の外へ出さなかった。代わりに家老の片桐且元が伏見城に出向き、ことなきを得た。

（淀殿は、世の動きを何もわかっておらぬ……）

話を聞いた崇伝は、料簡のせまい淀殿を嘲笑った。

「お袋さま（淀殿）とて、いずれお立場がおわかりになられましょう」

紀香が言い返した。

「それに、いまひとつ」

崇伝は言葉をつづけ、

「かりに秀頼君に天下奪還の意思なしとしても、西国大名のなかには秀頼君をかつぎ出し、謀叛を起こさんとする者があるやもしれず。そのこと、いかに」

「西国大名のことなど、秀頼君は何もご存じありませぬ」

「どうかな」

崇伝の唇に皮肉な笑みが浮かんだ。

「そなたの申すとおり、なるほどわしは、京都所司代板倉勝重どのと意を通じている」

崇伝はひらきなおって言った。

「やはり……」

紀香が、咎（とが）めるように崇伝を見つめる。

「板倉どののもとに入った知らせによれば、近ごろ、太閤子飼いの家臣であった安芸広島城主福島正則、肥後熊本城主加藤清正らがしきりに大坂城に出入りしているとのよし。幕府は彼らと大坂城のあいだに、きな臭いにおいを嗅ぎ取っている」

「それは、福島さま、加藤さまらが、秀頼君の疱瘡の病を案じられてのお見舞いにございます。他意はありませぬ」

「見舞いか」

崇伝は、かすかに笑った。

「おもて向きは見舞いに見せかけ、うらで幕府転覆の密談をすることもできる」

「言いがかりです」

紀香が唇をふるわせた。

「何の、言いがかりではない。赤子ならばいざ知らず、いまや秀頼君はりっぱに元服なされている。知らぬ存ぜぬではすまされぬ」

「………」

紀香が黙り込んだ。

女と言葉を交わせば交わすほど、苛立ってくる自分を崇伝は感じていた。寂寞とした思いが胸に満ちてくる。

（ちがう……。自分が望んでいたのは、このようなことではない。ただひとりの男、ひ

とりの女として語らいたかっただけだ)

しかし、話の道すじがこうなってしまったうえは、どうにもならない。

「そなたはわしに、豊臣家と徳川家との仲立ちをせよというのだな」

低く押し殺した声で、崇伝は言った。

「そのようにしていただければ、これほど嬉しいことはございませぬ」

ようやく意思が通じたと思ったか、紀香がほっとしたように顔を上げた。

「時をかけて話し合えば、秀頼君が江戸の幕府に異心なきことが、きっとおわかりになられましょう」

「ことと次第によっては、仲立ちをせぬものでもない」

「まことでございますか」

紀香の顔が輝いた。

「そばへ来い、紀香」

「え……」

と、紀香がいぶかしげな表情をした。

「徳川と豊臣の仲立ちをする。代わりに、そなたが欲しい」

「何をおおせです。わたくしとあなたとの仲は、とうに終わっております」

「終わったものなら、また一からはじめればよい」

崇伝は女を見つめた。

「傲慢な」

紀香が崇伝を見返した。刺すような視線が、冷たい怒りをふくんでいる。

「一度情を交わした女が、いつまでもご自分の意のままになると思われますな。それこそ、男の思い上がり」

「思い上がりとな」

「はい」

「されば、そなたの心はもはや、毛すじほどもわしにはないというのだな」

「あなたさまは、むかしから、うぬぼれが強うございます。策を弄して意のままになるのは、出世や欲に目のくらんだ小人のみと思し召されませ」

「まるで、このわしが稀代の悪党であるかのような申しざまだな」

「悪党……。いかさま、あなたさまは野心のためなら、ご自身の手を汚すこともいとわぬ、まことの悪党でございましょう」

「まことの悪党か」

次の瞬間、崇伝は膝をたたき、笑いだしていた。肚の底から、泉が湧くようにおかしさが込み上げてくる。

「なにゆえ、お笑いになります」

紀香が、異様な生き物でも見るように、喉をそらせて哄笑する崇伝を見た。

「これが笑わずにいられるか」

崇伝はさきほどまでの、おのが未練がましい言動を吹き飛ばすように高らかに笑い、

「いかにも、わしは大悪党だ。身の栄達のためなら、公家や大名に賄賂も贈る。詐術をめぐらしもする。ただし、わしは悪党たることを断じて天に恥じぬ。なぜかわかるか、紀香」

「悪党の理屈など……」

「わかるはずもないか」

笑いおさめた崇伝の目に、らんと青ずんだ光がともった。

「わしはな、紀香。戦乱のなかで、一家離散という憂き目を味わった。幼くして寺に入れられ、望まずして坊主になった。それもこれも、麻のごとく乱れた戦国乱世のゆえだ」

「ご自身の悪行を、乱世のせいになさるのですか」

「そうではない」

崇伝は首を横に振り、

「乱世は人を不幸にする。たたかう者どうしが、いかなる大義名分を振りかざしたとしても、いくさで人が傷つき、死んでいくのは、動かしがたき事実だ」

「………」

「わしが願っているのは、泰平の世だ。たとえ、賄賂が横行し、金まみれの世の中になってもいい。罪なき多くの民が、いくさに巻き込まれて死んでいくよりはましだ。天下を、乱世にもどしてはならぬ。そのためなら、どれほど手を汚そうと、わしは徳川さまのために働く」

紀香に語っているうちに、崇伝はおのれの心にあった考えが、はっきり形をなしてきたような気がした。

乱世をもたらす者こそが、まことの〝悪〟である。

その意味では、いま大坂城にあって、あらたな戦乱の火ダネとなりつつある豊臣秀頼は、崇伝の考える〝悪〟の、最たるものであろう。

大坂城と秀頼あるかぎり、天下に真の平安がおとずれることはない。

(家康さまとともに、この手で乱世の火ダネである秀頼君をつぶす……)

崇伝のなかに、明確な意思がめばえたのは、まさにこのときといっていい。

「あなたさまは、何というおそろしい方……」

傲然と胸を張る崇伝を見て、紀香がおののいたように身を引いた。

「あなたさまは、やはりまちがっています。天下を泰平に導くためなら何をしてもよいなどと、本気で思っておいでなのですか」

「思っている。そのために、人はわしを、仏に仕える僧侶にあるまじき悪党と呼ぶだろう。それでもかまわぬ。人は小さな悪には目がゆくが、世を戦乱に巻き込む大きな悪には気づかぬものよ。謗り(そし)は、甘んじて受けよう」

「あなたさまは仏者ではない」

紀香が叫ぶように言った。

「まことの仏者とは、清廉潔白にして名利を一切もとめず、ただみ仏の教えを説くだけで、人の心を安寧(あんねい)にみちびいて下さるお方でございましょう」

「そんな浮世ばなれした坊主が、いまの世にいるか」

崇伝はうそぶいた。

「おられます。おひとりだけ」

と、紀香。

「ならば、その名を申してみよ」

「大徳寺の出で、いまは泉州堺で草庵を結んでおられる沢庵さまです」

「沢庵だと……」

「さようです。沢庵さまの高潔にして清廉なお人柄をしたう者は、大坂城の女房衆のなかにも多うございます。わたくしも一度、堺で法話をうかがいましたが、末世にあのような生き仏のごときお方がおられたのかと、身も心も洗われる思いがいたしました」

「あの者、堺におったのか」

崇伝はかるく眉をひそめた。

取るに足らぬ男と、崇伝が見下しきっている相手だが、なぜか心の奥でその存在が気になってならない。

（近ごろ、噂を聞かぬと思ったら、堺に引き込もり、ごたいそうな清貧とやらを振りかざして女どもの歓心をかっていたとは……）

「沢庵さまをご存じでしたか」

「知らぬ」

いつしか、女への執着はうすらいでいた。

沢庵の噂を聞いたせいかもしれない。崇伝の心は、いやおうなく現実へ引きもどされていた。

屋形船で紀香と密会してから三月後、崇伝はある噂を聞いた。

堺の草庵に引きこもっていた沢庵が、京の大徳寺へ、

——前堂（ぜんどう）

として呼びもどされるというのである。

大徳寺の〝前堂〟とは、南禅寺における〝西堂〟にあたる。

すなわち、大徳寺では住職に次ぐ重い役職だった。

（大徳寺はいったい何を考えている……）

崇伝には、不思議でならない。

崇伝が二十代の若さで南禅寺の西堂となり、さらに三十七にして住職に出世したのは、たぐいまれなる学才と、政治力のゆえであった。

しかるに、沢庵は出世というものを頭からばかにしている。僧侶は清貧たるべしというのが、沢庵の考え方であった。

そういう沢庵に対し、

（きれいごとのみを言い、現実を見つめようとしない）

と、崇伝は苦々しく思っている。

現実を見つめぬ者に、現世での出世はない。少なくとも、崇伝がいままで生きてきたかぎりでは、そうであった。

禅宗をはじめとする仏教は、大むかし、シャカが天竺で教えを説いていたころとはちがう。それぞれの宗派が、それぞれに巨大な組織を形づくり、もはや純粋な信仰とは呼べぬものになっている。

そうしたなかで、政治力をいっさい持たず、浮世ばなれした信仰のみに生きている沢庵が、異例ともいえる早さで出世の道を歩んでいるとはどうしたことか――。

（納得できぬ）

南禅寺住職の座をつかみ取るまで、さまざまな労苦をかさねた崇伝は、言いようのない腹立たしさをおぼえる。

（手を汚さず、運だけでぬくぬくと成り上がった……）

と、沢庵の大徳寺での栄達は、崇伝の目にそのように映った。

しかし、その出世が運のみによるものでなかったことは、翌年、沢庵が京へもどり、大徳寺の前堂に就任してからわかった。

「大徳寺の沢庵さまは、年はお若いが、こころざしのすずやかな、いまどきめずらしい高潔なお方じゃ」

「まこと、名利に恬澹（てんたん）としておいでだ。末は、たぐいまれなる名僧となられよう」

口さがない京者のあいだでも、沢庵の評判はすこぶるよい。ばかりでなく、噂をつたえ聞いた大名、武将のなかにも、沢庵に帰依（きえ）する者があらわれた。次期、大徳寺の住職にという呼び声も高い。

思わぬ敵があらわれたような気が、崇伝にはした。

この年、大御所徳川家康が駿府へ移った。
——駿府
とは、いまの静岡市にあたる。駿河国の国府（みやこ）ゆえ、駿府と呼ばれた。

気候温暖な東海地方のなかでも、ことに肥沃な土地柄で、ゆたかな物産にめぐまれている。

かつて、この地をおさめていたのは、東海の太守と称された、

――今川義元

であった。

駿河一国はもとより、遠江(とおとうみ)、三河を支配下におさめた義元は、京文化に強いあこがれを持ち、戦火を逃れて都落ちした公家を駿府の館に招いて、蹴鞠(けまり)や歌舞音曲の遊びに興じた。

そのせいか、駿府にはそこはかとない京の香りが残っている。

家康は幼少のころ、今川家の人質となって十二年、駿府で過ごした。駿府の明るい風光は、人質暮らしを送った家康の心に強く沁みついた。

念願であった幕府を江戸にひらき、将軍位を息子の秀忠にゆずりわたした家康は、みずからの隠居の地として、幼年時代をすごした駿府をえらんだのである。

現在(いま)、家康の暮らした駿府城をたずねると、御殿あとに、蜜柑(みかん)の木がある。古木といっていいほどの立派な木である。

駿府城の蜜柑は、家康がわざわざ紀州から取り寄せ、みずからの御殿の庭に植えさせたものと言われている。

家康は蜜柑だけでなく、駿府のおだやかな気候を愛した。

とはいえ、文字どおりの隠居になったわけではない。将軍位は息子にゆずったものの、じっさいの権力は家康自身が握り、重要政策の判断はすべて駿府において下されることとなった。

いわゆる、

——大御所政治
のはじまりである。

江戸の秀忠のもとへは、第一の側近、本多正信を送り、幕政を駿府から操った。

一方、駿府には、正信の子本多正純（まさずみ）のほか、成瀬正成（まさなり）、安藤直次（なおつぐ）らが顔をそろえ、まつりごとを補佐した。外交面を担当したのは、引きつづき西笑承兌と閑室元佶である。

それまで江戸と、京の板倉勝重のあいだをひんぱんに行き来していた使者も、駿府と京のあいだを結ぶようになる。

その駿府からの使者が、

「西笑承兌、危篤」

の報をもたらしたのは、年も押しつまった十二月はじめのことである。

西笑承兌が危篤におちいったという知らせは、すぐさま板倉勝重から崇伝のもとにつたえられた。

した。

崇伝は思わず身を乗り出し、金地院の方丈の庭先に片膝をついてひかえる霞に問い返

「なに、兌長老が……」

「はい」

霞がうなずいた。

「兌長老は十日ほど前に倒れられ、大御所さまよりつかわされた御典医の診立てを受けておいでとのことでございます。しかし、容体はかんばしからず、御典医も年内は保つまいと申しているとか」

「そうか、兌長老がな」

崇伝は口もとに不敵な笑みを浮かべた。

西笑承兌、六十歳。

禅門の最高峰に君臨し、太閤秀吉の時代から、異国との外交交渉で力をふるってきた辣腕家である。崇伝は、この人物に出世の道をはばまれ、いままで外交の表舞台に立つことができなかった。

(だが……)

生身の人間である以上、誰しも老いと病には勝てない。

崇伝は、いまこのときほど、おのれの若さを、おおいなる武器と思ったことはない。

頭上をおおっていた灰色の雲は、はるかかなたへ消え去ろうとしている。崇伝の行く手に、もはや障害となるものはない。

「勝重さまは、駿府の大御所さまよりいつ呼び出しがあっても、すぐさま東下できるよう、崇伝さまに旅支度をしておくようにとおおせでございます」

霞が言った。

「東下の準備か」

「はい」

「駿府に下れということは、すなわち、わしが兌長老に代わり、大御所さまのおそばに召されるということだな」

「内々に、そのようなお達しがあったと聞いております」

「ときが来たな」

崇伝は、はるか東の空に流れる雲を見つめてつぶやいた。

「いよいよ、わしが世に出るときがめぐってきたようだ。そなたにも、これまでよりいっそう働いてもらわねばならぬ」

「………」

「いそぎ、板倉どののもとへ立ちもどり、委細承知したとお伝えせよ」

崇伝は、女忍者に命じた。

それから三日後、西笑承兌は病没した。

年があらたまった慶長十三年早々、南禅寺住職金地院崇伝は、駿府の家康より正式な呼び出しを受けた。

異国日記

梅が、匂っている。
白難波（しろなにわ）
寒紅梅
水心鏡
と、さまざまな種類の梅がいっせいに咲きほころび、えもいわれぬ香りをただよわせている。
駿府城本丸御殿の座敷にすわった崇伝は、手入れの行き届いた庭のたたずまいに目をほそめた。
大御所徳川家康は梅の花が好きだと、聞いたことがある。
まだ、寒さの残る季節、ほんのりとそこだけ春のあかしのようにほころびる梅の花は、苦労人の家康の心ばえを映しているのかもしれない。

亡き太閤秀吉は、絢爛と咲きほこる桜の花をことのほか愛し、たびたび盛大な花見の会をもよおした。

桜のように、妖しくもあでやかな花は、質実剛健をむねとする家康の好みではない。雪の下でもしたたかに咲く、梅の花こそがふさわしい。

梅の木立の向こうに、鈴なりの実をつける蜜柑の木が見えた。橙色の実が、春の陽射しに光っている。

（あたたかい土地柄だ……）

底冷えのする京から、駿府へやってきた崇伝は、この地の気候のおだやかさにおどろいていた。

たしかに、老境を迎えた家康が暮らすには、これほど過ごしやすい土地はない。

（しかし、大御所さまが駿府の地を選んだのは、それだけの理由ではあるまい）

崇伝には、家康の意図がわかる。

江戸は将軍家のお膝元として、めざましい発展をとげているが、なにしろ上方からは遠い。江戸から京へのぼるのに、男の足で十二日はかかる。

それにくらべ、東海地方にある駿府から京までは、七日で到達できる。この五日の差は、大きい。

京の朝廷、および大坂城の豊臣家対策で、何よりも必要となってくるのは、情報伝達の早さである。上方で起きた変事を、いち早くつかみ、すばやく対処することが最大の課題となってくる。

その意味で、江戸と上方の中間地点にある駿府は、

（かっこうの場所だ……）

と、思うのである。

崇伝が庭を眺めていると、廊下に足音がし、やがて座敷に人が入ってきた。

よく糊のきいた肩衣袴をすっきりと着た、やや青みがかった目をした四十過ぎの男だった。

本多佐渡守正信の息子、本多正純である。

「これは、伝長老。お待たせいたした」

本多正純が崇伝と向かい合って、折り目ただしく正座した。

一見して、

――利け者

とわかる、するどい印象の男である。

父の本多正信は、鷹匠から家康第一の側近に成り上がっただけあって、めったに肚の底をみせぬ老獪きわまりない政治家だが、息子の正純のほうは、もっと直線的な敏腕家

といった感じがする。

江戸の正信と正純は表裏一体であり、家康にもっとも近い本多父子が、いまの幕府政治を握っている。

「駿府城下に仮の住まいを用意いたさせましたが、何か不自由はござらぬか」

「いまのところ、不足はありませぬ」

年齢は、崇伝のほうが正純より四歳下である。

だが、正純は、若年ながら南禅寺の住職である崇伝をうやまい、

「伝長老」

と呼んだ。

「それがし、大御所さまより、伝長老に駿府城内を案内(あない)するようにと申しつかっておる。城中をめぐり、大御所さま側近の者どもにお引き合わせしたいと存ずるが」

「願ってもなきこと」

「されば」

と、正純が立ち上がった。崇伝も腰を上げる。

正純が、最初に崇伝を連れていったのは、御殿の黒書院であった。

黒書院は、

——年寄衆(としよりしゅう)

と呼ばれる重臣たちが、政務をとるところである。年寄衆は、のちの老中にあたる。

「おのおのがた、京よりまいられた伝長老にござる」

正純は、黒書院にいた三人の年寄衆に崇伝を紹介した。

成瀬隼人正正成、安藤帯刀直次、大久保石見守長安である。

成瀬正成、四十二歳。安藤直次、五十五歳。大久保長安、六十四歳。

いずれも、四十になったばかりの崇伝より年上であった。

「南禅寺の住職というから、兌長老のごとき年配の者かと思うていたが、ずいぶんとお若きことよ。大事な外交文書の起草、安んじてまかせられるかのう」

一同のなかで、もっとも年長者の大久保長安が言った。

「伝長老に対し、無礼な申しさまでござろうぞ」

本多正純が、大久保長安を咎めるように見た。

自分が挨拶に連れてきた崇伝に向かって、いきなり相手の能力を疑うような言い方はなかろうというのである。本多にも面子がある。

一同のなかで、もっとも年長の長安はまったく動ぜず、

「何の無礼なものか。それがしは、思うたままを申したまでのこと。役儀に粗相があってからではおそかろう」

役者を思わせる大きな鼻を、ふんと鳴らした。

役者――と、見えるのも道理である。
大久保長安は、そもそも大蔵流の能楽師であった。もとの名を金春長安といい、能楽師として甲斐の武田信玄に仕えていた。のち、抜擢されて、税務および金山開発をおこなう蔵前衆（代官）をつとめたが、信玄の子の勝頼の代になって武田家が滅亡。
浪人となった長安は、徳川家康の重臣の大久保忠隣のもとに身を寄せ、その引き立てを受けて、家康に仕えるようになった。大久保の名乗りは、このとき忠隣からあたえられたものである。
地方行政手腕にすぐれた長安は、関東十八代官の支配をまかされ、また、
石見銀山
佐渡金山
伊豆金山
などの再開発をおこなって、徳川幕府に莫大な富をもたらした。
その功績のため、長安の勢威は、三河以来の家康近習である成瀬正成や安藤直次らをしのぎ、幕府領のうち百二十万石を差配し、本多父子と拮抗するほどの力を持っていた。
大久保長安の物言いに、おのずと傲慢さがにじみ出るのは、彼の自信のあらわれであろう。
だが、その一方で、長安には、

——金山、銀山の上がりをかすめ、私腹をこやしているのではないか。

との黒い噂が絶えずつきまとっていることは、崇伝も京にいたころ、盟友の板倉勝重から聞いていた。

ともあれ、駿府に到着する早々、無用の敵をつくることは崇伝の本意ではない。

崇伝は、柔和な微笑をつくると、

「大久保石見守どのの申されること、一々、ごもっともにござります。拙僧、ご覧のとおりの未熟者ゆえ、よろしくご指導お願い申し上げます」

と、頭を下げた。

そう言われると、大久保長安も文句のつけようがない。

「せいぜい、役儀に励まれることじゃ」

不機嫌そうに横を向いた。

本多正純が、つづいて崇伝を連れていったのは、駿府城の白書院である。

白書院には、年寄衆に次ぐ側近たちが詰めており、正純は彼らひとりひとりに崇伝を引き合わせた。

（大御所家康さまのまわりには、人材がそろっている……）

というのが、崇伝の正直な感想だった。

金、銀山の開発に手腕を発揮した大久保長安もそうだが、家康はたんに武辺にすぐれているというだけでなく、商人の茶屋四郎次郎や亀屋栄任、儒者の林羅山など、さまざまな分野に長じた多種多彩な人材を登用し、政治、経済のブレーンとして身のまわりに置いていた。

ことに、崇伝がおもしろいと思ったのは、白書院の間の片すみで帳面に目を通している、

——後藤庄三郎光次

という男だった。

少し撫で肩で上背もなかったが、湖のごとく静まり返った冷静そのものの目が印象的である。

「後藤どのはな、大御所さまより金銀改役として金座の支配をまかされておる」

本多正純が、崇伝の耳もとでささやいた。

「後藤家はそもそも、刀の鍔や目貫、口金のこしらえをおこなう金工の家だ。当主の徳乗は、故豊臣秀吉に乞われて天正大判づくりにかかわった。後藤庄三郎どのは、その徳乗一門に仕えていた手代であったのよ」

正純の言うとおり、後藤庄三郎は京の後藤徳乗に仕えていた。

しかし、徳乗の代理として江戸へ下っているうちに、家康の信任を受け、金座の支配役をまかされるようになった。

大判の十分の一の目方の、

――小判

は、この後藤庄三郎が考えだしたものである。庄三郎発案の小判は使い勝手がよいため、大々的に流通するようになった。

金座のほか、銀座の支配もまかされた庄三郎の力は、いまや後藤本家をしのぎ、貨幣経済の総元締として諸大名も一目おく存在となっていた。すなわち、大久保長安が掘り出した金銀を、後藤庄三郎が貨幣に鋳造し、天下に流通させている。

庄三郎は、つねに家康のもとに近侍し、御側（おそば）御用の役目を果たしていた。

（武士でもない金工の手代が、大御所さまの御側御用をつとめている。なんと、風通しのいい城であることよ……）

崇伝は、愉快でたまらない。

「そういえば、南光坊（なんこうぼう）どののお姿が見当たらぬのう」

本多正純があたりを見まわして言った。

「南光坊どのなら、今朝方より五大堂に籠もり、加持祈禱（かじきとう）をおこなっておられるよしにございます」

後藤庄三郎が帳面から目を上げて、正純を見た。

「祈禱とは、何の祈禱ぞ」

「大御所さまのご側室、お万の方さまの積聚の病を平癒なしたてまつらんと、百日の護摩行に入られたとか」

「そのようなこと、密教の加持祈禱などおこなわずとも、御典医の板坂卜斎にまかせておけばよいものを」

本多正純がやや渋い顔をした。

「失礼ながら、南光坊どのとは、比叡山の南光坊天海どのにございますか」

崇伝は正純にたずねた。

「おお、伝長老は天海どののことをご存じであったか」

「噂だけは……」

人から聞いて知っていた。

南禅寺住職として、いまや禅門の頂点に立つ崇伝は、禅宗のみならず、他の仏教諸流派への目くばりも抜かりなくおこなっている。

南光坊天海は、天台宗の僧侶である。武州川越の喜多院にあったところを、家康に見いだされ、去る関ヶ原合戦では東軍勝利の加持祈禱をおこなった。のち、比叡山延暦寺で山内の勢力あらそいが起きると、家康はこれに乗じて天海を探題奉行（事務総長）として送り込み、一山を支配させた。

天海は年齢、出自ともに不詳。ただし、すでに七十をゆうに超える高齢だということはたしかである。天台密教の奥義をきわめ、その法力は鬼神のごとしといわれている。家康は天海を重用し、近ごろでは駿府に呼び寄せ、何かにつけて相談相手にしているという。

禅門の合理的な考え方を身につけている崇伝は、天台密教の神秘主義をうさん臭いと思っているが、家康はかならずしもそうではないらしい。

天海の存在は、崇伝も以前から気になっていた。

「南光坊どのは、どのようなお方でございます」

「ひとことでは言いあらわせぬ」

本多正純が小首をかしげた。

「あまり口はきかぬ。しかし、まれに発するひとことが重く、人世の妙諦を心得ておる。何というか、こちらの力を吸いとる底なしの沼のような御仁と申したらよいのか」

「底なし沼……」

「としか、言いようがない」

祈禱の最中ということで、南光坊天海にはついに面会を果たせなかった。

しかし、崇伝にとって、またしても油断のならない相手があらわれたようである。

崇伝は本多正純が用意した、駿府城横内門前の空き屋敷に腰をすえた。

京の南禅寺からは、元竹をはじめとする平僧十人を連れてきている。崇伝の身のまわりの世話は、彼ら平僧たちがおこなった。

翌日から、崇伝はさっそく本格的な仕事に取りかかった。

外交政策の根幹にかかわる重要事項は、将軍秀忠のいる江戸ではなく、すべて大御所家康のいる駿府へ送られてくる。

崇伝とともに外交文書の解読、起草にあたるのは、もと足利学校の庠主(しょうしゅ)の元佶である。

いまは亡き西笑承兌と並び、徳川政権の外交僧をつとめてきた人物だが、押しの強かった承兌とはちがい、万事控えめな〝学者肌〟の性格で、自身とは親子ほども年の離れた崇伝をこだわりなく受け入れた。

「近ごろは、南蛮、紅毛諸国とのあいだに煩瑣(はんさ)な交渉ごとが多い。伝長老のようなお若い方に、力を貸していただけるのであれば、わしも心強い」

元佶が目尻の垂れた柔和な顔をほころばせて言った。

「いや、外交文書の起草については、まだ右も左もわかりませぬ。わたくしなど、佶長老のお役に立てるかどうか……」

「何を申される、伝長老」

元佶は笑い、

「御坊がながらく、玄圃霊三どのの代筆をつとめていたこと、わしが知らぬとでもお思いか。国書起草の様式は、十分に心得ておられるであろう」

「いささかは……」

「謙虚な申しようじゃ」

元佶は崇伝を気に入ったようであった。

元佶の提案で、外交文書の起草は、崇伝と元佶が交替でおこなうことになった。そして、一方が書いた草案にもうひとりが目を通し、正式な文書とする。

この元佶の申し出に、崇伝もまったく異存はなかった。

「駿府には、大御所さまの外交相談役として、三浦按針どのも来ている。一度、挨拶に行ってはいかがか」

元佶が崇伝にすすめた。

「三浦按針とは、もしやエゲレス人ウィリアム・アダムスのことでございましょうか」

「うむ。大御所さまから三浦按針の名をあたえられ、造船の指導などもいたしておる。いまや、わが国の言葉や習慣にも通じ、話していると相手が紅毛人であることさえ忘れそうになる」

「さようですか。あのウィリアム・アダムスが駿府に……」

ウィリアム・アダムスの乗ったリーフデ号が豊後臼杵に漂着したとき、崇伝は家康から交渉役を命じられて、九州へ下ったことがあった。

アダムスに会うのは、それ以来、八年ぶりのことである。

崇伝は、駿府城下から東へ二里（八キロ）離れた清水湊に、ウィリアム・アダムスをたずねた。

アダムスはそこで、徳川水軍の船手頭たちに西洋式の航海術、海戦術を指南しているという。町なかの役宅にアダムスの姿はなく、崇伝は軍船の浮かぶ湊の船倉まで足をのばした。

海があおあおと光っている。

右手に、清水湊を抱きかかえるように〝三保の松原〟がのびている。天女が降り立ったという、

――羽衣伝説

のある、美しい松林であった。

三保の松原が太平洋の大波を防いでいるため、湊のなかは鏡のようにおだやかである。

「これは、崇伝どの」

三浦按針ことウィリアム・アダムスが、あわただしく人足が行き来する船倉で崇伝とかたい握手を交わした。

厚く、おおきな手である。

八年前に会ったときは、長い漂流生活のために、オオカミのごとく顎がとがっていたが、いまは見ちがえるように血色がよくなり、頬もふっくらとしている。

アダムスは紅毛人の服ではなく、日本のサムライのような木綿の袖なし羽織と、動きやすい野袴（のばかま）を身につけていた。長くのばした髪を、首の後ろでひとつにたばねている。

体が大きいから、どこにいても目立つが、表情やしぐさが日本人に溶け込み、さほどの違和感はない。

「崇伝どのは、私の恩人だ。あなたがいなかったら、私は大御所さまに会うこともできず、いまの仕事もできなかったでしょう」

「こちらも、按針どのには貴重な異国の話を聞かせてもらった。按針どののおかげで、海の外の世界に対して目をひらくことができた。大御所さまも、たぶん同じ思いでおられよう」

崇伝の言うとおり、家康はこの英国人航海長に、相模三浦半島の逸見村（へんみ）（現、神奈川県横須賀市）の領地二百五十石をあたえるなど、破格の厚遇をしていた。

いまや天下の覇権を完全に握った家康は、莫大な利益を生み出す海外貿易におおいなる関心を寄せている。イスパニア（スペイン）やポルトガル、オランダ、イギリスといった西洋諸国と取引をするとき、彼らと交渉するための水先案内人として絶対不可欠なのが、ウィリアム・アダムスの存在であった。

「そういえば、崇伝どのはリーフデ号の水夫を南禅寺に招き、紅毛語を学ばれたそうですね」

早春の駿河湾からの照り返しに目をほそめ、アダムスが言った。

「いつか、外交の表舞台に立つとき、そのような心得も必要になろうと思っていた。だが、言葉ができるだけでは足りない。諸外国との交渉のコツを、按針どのにお教えねがいたい」

新しい知識に対して、崇伝はどこまでも謙虚、かつ貪欲である。

「立ち話もなんです。すわりましょう」

ウィリアム・アダムスは、船倉から出て、砂浜に腰を下ろした。

風が弱く、陽射しはあたたかである。この季節、京の町では底冷えがし、北山しぐれがちらほらしていることを思うと、まるで嘘のようなおだやかな天候だった。

「あれをご覧なさい」

と、アダムスがしめしたのは、湊に浮かぶ洋式帆船である。千二百石積み（百二十トン）はあろう。

洋式帆船としては小さいほうだが、三本の檣（マスト）を持ち、船尾楼をそなえていた。

「あの黒船は、大御所さまのご命令により、私が伊豆の伊東で船大工に造らせたものです」

「ほう」

崇伝は船を見つめた。

「私が乗ってきたリーフデ号にくらべて、船の大きさは半分にも足りませぬ。あれで大海原を越え、遠い西洋まで航海するには、まだまだ不安がある。それに引きかえ、私の母国エゲレスをはじめとする西洋諸国、イスパニア、ポルトガル、オランダなどは、外海を航海する船をいくらでも造り出せる技術力を持っている。交渉にあたっては、その差を、まず考えるべきです」

「紅毛、南蛮に対し、卑屈になれということか」

「いいえ、その逆です」

ウィリアム・アダムスは、海原のような真っ青な目を崇伝に向けた。

「相手が強大であればあるほど、卑屈になってはならない。なぜならば、彼らは通商をしたいという望みを持って、この国にやってきているからです。西洋諸国にとって、日本との通商は、たいへんな旨味がある。ことに日本で価値の低い銀は、国外に持ち出せばひじょうな高値で取引される。そのような旨味がある以上、彼らは日本側にどのような条件を突きつけられても、通商をおこないたいと望むのです」

「なるほど」

「ただし、イスパニアだけは別です」

「イスパニア人は、日本と通商したいという意思を持っていない。彼らの望みは取引よりも、キリスト教の布教にあります。そのことだけは、肝に銘じておいたほうがよいでしょう」

「というと？」

「イスパニアと、按針どのの故国エゲレスは、かつて、いくさをおこなったと聞いたが」

「そうです。わが国の栄誉ある海軍は、当時、世界最強といわれたイスパニアの無敵艦隊を撃破しました。かく言う私も十代のころ、リチャード・ダフィールド号で海戦に参加し、艦船に食糧や弾薬を運んだものです」

アダムスは誇らしげに言った。

「按針どのはエゲレス本国とは連絡を取っておられるのか」

崇伝は聞いた。

「はい」

と、アダムスがうなずく。

「私がこの国に流れ着いた年、オランダはジャワ島に商館を設立しました。わが故国のエゲレスも、少し遅れてジャワ島に東インド（アジア）貿易の拠点となる商館をおいたのです。いまでは、ジャワ島のバタビアにある東インド会社の商館から、年に一、二度便りが届きます」

「されば按針どのは、その東インド会社とやらが、日本に送り込んだ先鋒のようなものだな」

「まあ、そんなものでしょうか」

アダムスは陽灼(ひや)けした顔に微笑を浮かべ、

「崇伝どのには、以前にもお話ししたことがあると思いますが、われら紅毛の国――エゲレス、オランダは、さきに東洋へ進出したイスパニアやポルトガルよりも、通商圏拡大において後れをとっています」

「うむ」

「私は南蛮諸国との競争の後れを取りもどすため、できれば、東インド会社の商館を日本にもひらきたい」

「商館を……」

「日本からジャワを経由し、エゲレス、オランダと結ぶ海の道を切りひらく。それが、日本に流れ着いた私の役目だと思っているのです。むろん、海の通商路を築くことは、貴国にとっても、けっして損な話ではない。交易による利益は、莫大なものになりましょう」

「その話、大御所さまには？」

「何度も願い出ています。しかし、大御所さまも、新しい幕府の骨組み造りのために何かとお忙しい。私はジャワの東インド会社へ、日本との正式な通商をもとめる船を出してくれるよう、しばしば要請しています。もし、正式な交易船がジャワと日本のあいだを行き交うようになれば、商館が必要となります。そのとき、大御所さまの外交顧問の崇伝どのに商館設立の労をとっていただけると、まことにありがたいのですが」

「考えておく」

崇伝は言った。

ことは、一国の外交の大事にわたる。自分ひとりの考えで、かるがるしく判断を下すことはできない。

(しかし……)

日本と東南アジア、そして西洋諸国を結ぶ海の貿易の通商路を築き上げるというのは、じつに壮大な夢のある話ではないか。

「ときに、按針どのは、エゲレスへおもどりになりたいとは思われぬのか」

「それは、あります」

アダムスは海を見つめ、

「ですが、私には仕事がある。それに何より、大御所さまが帰国をゆるしてくれませぬ」

このときばかりは、青い目が寂寥(せきりょう)の色を帯びた。

横内門前の仮住まいから、崇伝は毎日、駿府城へ登城した。

処理すべき外交文書は多く、仕事は忙しい。

ときに、駿府だけでは片づけられぬ問題が生じ、駿府と江戸のあいだを往復することもある。

とはいえ、このころの日本の近隣諸国との外交関係は、おおむね良好であった。

徳川家康は、前政権の豊臣秀吉とはまったく異なる外交を展開していた。秀吉の場合は、相手国を脅し、屈せぬ場合は武力行使も辞せずという、

――恫喝外交
をおこなったのに対し、家康は、

――親善外交
とも呼ぶべき、柔軟な路線をとった。

その姿勢がもっとも顕著にあらわれたのは、秀吉が文禄の役、慶長の役と、二度にわたって兵を送り込んだ朝鮮との外交である。

家康は朝鮮に対して、通商をもとめる書状を持たせた使者をしきりに送った。その結果、江戸に幕府をひらいて四年後の慶長十二年に、朝鮮の使節が来日して国交が復活し、両国間の交易が再開された。

同じく、秀吉の〝唐入り〟をさかいに国交が絶えていた明国に対しても、家康は朝鮮、

琉球を通じ、たびたび国家間の商取引再開をもとめる使者をつかわした。しかし、明国については、いまのところ国交の正常化をみていない。

また、東南アジア諸国の、

安南国

大泥(パタニ)国

カンボジア国

シャム国

などとは、さかんに使節をやり取りし、通商をおこなった。

秀吉時代には、関係が悪化していたイスパニアが領する呂宋(ルソン)（フィリピン）とも、家康は積極的に友好関係を結び、毎年、幕府公認の船六艘を出して、交易をおこなうようになった。

さらには、マカオに拠点を持つポルトガル、東洋貿易では新参のイギリス、オランダが加わり、日本の外交は大変動の時代を迎えようとしていた。

（うかうかしていては、広大無辺な世界の流れから取り残されよう。外交の大事をあずかる者として、もっと外に目を向けねば……）

崇伝は決意をあらたにした。

後年、崇伝が諸外国とのやり取りをまとめた、『異国日記』によれば、崇伝自身が起草した最初の国書は、この年八月、呂宋国にあてたものである。

イスパニア人の呂宋太守、ドン・ロドリゴから来た国書の返事を、将軍秀忠に代わって書き上げ、駿府へ来た秀忠の御前で読み上げた。

国書を読み上げる崇伝の声は、駿府城の御殿に朗々と響きわたった。

「日本国征夷大将軍源秀忠、呈報。呂宋国王麾下（きか）」

崇伝は、そこでいったん言葉を切った。

上段ノ間にすわった将軍秀忠、大御所家康、そして、中段ノ間にひかえる年寄衆たちの視線が、崇伝ひとりにそそがれる。

「朶翰（だかん）圭復披閲す。そもそも黒船一隻、海上その煩いなく、順風を得、而して（しこう）不日（ふじつ）、相州浦川津（浦賀津）に到着す……」

国家のあいだで交わされる書簡は、むろん漢文である。それを崇伝は、読み下し文にして朗読している。

内容は、呂宋から江戸湾の浦賀へやってきた黒船の無事な到着を祝し、両国間の交易をますます発展させようというものであった。

国書とはむずかしいもので、一文字でも言葉の使いようをまちがえれば、たちどころに相手を怒らせ、国交断絶ということになりかねない。

そのあたり、崇伝は細心の注意をはらい、しかも堂々と書き上げた。

「今より以往、いよいよ疎志有るべからず。商船年々来往絶えず、すなわち自国他邦、幸のまた幸也。方物、目録のごとく領納す。厚恵浅からず……」

崇伝が返書を読み終えたとき、上段ノ間の家康も、秀忠も、満足の表情を浮かべていた。

秀忠は崇伝をねぎらい、

「まことに堂々たる玉章である。これをもって、呂宋太守への返書とす」

と、声をかけた。

そのあと元佶が、作成した大御所家康の返書を読み上げ、家康自身の了承を得て、二通の返書は呂宋よりの使者へわたされることになった。

これを機に、駿府での崇伝の評判は一気に高まった。

「若いに似合わず、佶長老にまさるとも劣らぬ見事な文章を書く」

「明国や朝鮮、安南、シャムはもとより、南蛮、紅毛の事情にもすこぶるくわしく、なんでもエゲレス語も話すと申すぞ。大御所さまは、伝長老をいたく気に入っておられるらしい」

駿府城の侍たちは、城中を紫衣の袖をひるがえして歩く崇伝のことを噂し合った。

崇伝と元佶のほかに、徳川幕府の外交にかかわる者はふたりいた。

ひとりは三浦按針こと、ウィリアム・アダムス。

もうひとりは、金座、銀座の支配人、後藤庄三郎である。後藤庄三郎は、わが国最大の輸出品である〝銀〟の流通にくわしく、異国との商取引に関しては、彼に権限があたえられていた。

京から、女忍者の霞が下ってきたのは、その年の秋も終わろうとするころである。

「ご苦労であった」

屋敷の縁側にすわった崇伝は、霞に言葉をかけた。

霞は、蜜柑の木の横にひざまずいている。手甲(てっこう)、脚絆(きゃはん)をつけた女の旅姿だった。

久しく会わぬ間に、目もとのあたりや、顎の線に娘らしさが増し、しなやかな肢体に健康的な女の色香がにじみ出ている。

さながら、固かった桜の蕾(つぼみ)が、あたたかな春雨に濡れて、一気に花ひらいたかのようである。

「そなた、美しゅうなったな」

崇伝が言うと、

「何をおおせられます」

平素、表情の少ない女忍者が、めずらしく狼狽(ろうばい)した表情を見せた。

その変化を、崇伝はおもしろく思った。

「好きな男でもできたか」

「男など興味はございませぬ。忍びのおなごは、おなごではござりませぬゆえ」

「では、何だ」

「化生（けしょう）の者にござります」

「化生か」

「はい」

青っぽく底光りする目で、霞が崇伝を見上げた。

「われら忍びは、闇に巣くう魑魅魍魎（ちみもうりょう）と同じ。人の心は持ちませぬ」

「化生のなかには、美々しく身を飾り、たくみな言葉で男をたぶらかす者もいよう。そなたも、そのたぐいか」

「もとより、心なき者なれば、おおせのままに、何なりといたしまする」

霞は、もとの感情のない顔を取りもどして言った。

（無理をしている……）

崇伝の目には、霞の姿はそのように映る。

帯をとき、衣を脱ぎ捨てれば、血のかよった熱い血肉を持った女が、無理をして心を封じ込め、おのれを化生の者と思い込もうとしている、そんな気がした。

「京に変わりはないか」

崇伝は、色づきはじめた蜜柑の実に視線を向けて聞いた。

「さしたる変事はございませぬ。しかし近ごろ、京の町なかで妙な落書（らくしょ）がはやり、板倉さまはお心を痛めておられるようでございますが」

「落書とな？」

崇伝は聞き返した。

「はい。三条大橋のたもとに誰とも知れぬ者が高札をたて、書きつけたものにございます」

「どのような落書だ」

「大御所さまのおわす駿府にて、口にするのもはばかられまする」

「それほど不埒（ふらち）なものか」

霞は目でうなずき、あたりをはばかるような低い声で、京ではやっているという問題の落書を口ずさんだ。

　御所柿はひとり熟して落ちにけり
　　木の下にいて拾う秀頼

「なるほど、板倉どのがあわてるのも無理はない」

崇伝は苦い顔をした。手にした扇で紫衣の膝をたたく。

落書の意味は、御所柿……すなわち、大御所家康が熟柿（じゅくし）のように老いてゆき、その柿が落ちたあと、木の下にいる若い秀頼が労せずして天下を拾うという何とも皮肉なものである。「木の下」とは「木下」、つまり豊臣秀吉の若いころの姓の木下に掛けている。

「むろん、板倉どのは落書の出どころを探索なされているのだろうな」

「はい。なれど、何者のしわざか雲をつかむようで、下手人（げしゅにん）探しは行き詰まっておりまする」

「さもあろう。そもそも落書は、京の町衆どもの声なき声。そのような落書がはやるのは、幕府を毛嫌いする京者の気持ちのひとつのあらわれにすぎぬ」

幼少のころから京で育った崇伝は、京という町の特異性を知り尽くしている。

京には、平安の世から都としてつづいてきたという誇りがある。したがって、新興の成り上がり者でありながら、京の朝廷に対して我がもの顔にふるまう江戸の徳川幕府には反感を持っている。

京都所司代板倉勝重をはじめとする、京に駐在する徳川幕府の役人たちを、京の人々は、

——川西（かわにし）の者
と呼んで、冷たい目で見た。

川とは、京の町なかを北から南へ流れる「堀川」のことである。二条城、京都所司代屋敷などの、幕府関係の建物は、ほとんどが堀川の西側に集まっていたため、こう呼ばれた。

「民の声は、捉えようとて捉えられぬものだ。板倉どのは、この先、煮ても焼いても食えぬ京の者に、まだまだ苦しめられるにちがいない」

崇伝は勝重に同情をおぼえた。

「朝廷のようすはどうだ」

崇伝は、さらに聞いた。

「こちらは相変わらずでございます」

淡々とした口調で、霞が報告をつづける。

「帝が幕府からの圧迫を嘆き、病がちにおなりの一方で、朝廷に出仕する若い公卿たちの風紀は、目をおおいたくなるほどに乱れております」

「ほう……」

「近ごろでは、猪隈少将なる色好みの者が、宮中の女官とさかんに浮名を流し、〝今業平〟と呼ばれて、たいそうな人気でございます」

「猪隈少将か」

その名は、京にいたころ、崇伝も何度か聞いたおぼえがある。

猪隈少将は、名を教利(のりとし)という。近衛少将の官位をあたえられた青年貴族である。

猪隈少将教利は、

——天下無双

といわれるほどの色男で、彼の髪形、服装は、〝猪隈様(いのくまよう)〟と称され、若者たちがこぞってまねをした。

女人との浮いた噂が絶えず、昨年の二月、宮中の女官のひとりと密通事件を起こして、一時、行方をくらましている。その後、性懲(しょうこ)りもなく京へ舞いもどり、ふたたび遊蕩三昧の暮らしを送っているらしい。

「使えそうな男だ……」

扇を手のうちで弄(もてあそ)びながら、崇伝はつぶやいた。

「霞」

「はッ」

「これより書状をしたためる。書き上がったら、それを持って、すぐさま京へ立ちもどるように」

「どなたにお届けすればよいのでございます」

「一通は、板倉どのへの便り。そして、いま一通は、そなたも存じておる公家の徳大寺(とくだいじ)実久(さねひさ)へ」

「徳大寺さま……」

霞の顔に、かすかな嫌悪の表情が流れる。

徳大寺実久は、かつて門跡寺の尼たちと密会していた現場を崇伝に押さえられた、閑院流の若手の公家であった。

一件以来、崇伝には頭が上がらず、仲間の烏丸光広とともに、崇伝の意のままに動く木偶人形のようになっている。

（まずは、徳大寺、烏丸をして、猪隈少将に近づける。京の朝廷を完全に幕府の支配下に置くためには、いささかの荒療治が必要だ……）

崇伝の目は、雲ひとつなく晴れわたった駿府の空ではなく、はるか西の京の空へと向けられていた。


駿府城本丸へ伺候した崇伝が、御側御用役の後藤庄三郎を通じ、大御所家康に拝謁を願い出たのは、その翌日のことである。

目通りは、すぐにゆるされた。

崇伝が、公卿たちの風紀の乱れに乗じ、さらなる朝廷の攪乱を画策しているむねを言上すると、

「それはよい。宮中の乱れは、幕府が帝の内々のお暮らしにまで口出しできるきっかけ

である。

となろう」

家康は満足そうにうなずいた。

京から駿府へ下って、まだ一年足らずの崇伝に対し、家康の信任は厚い。国書起草を見事につとめ上げていることもそうだが、駿府へやってくる以前の、おもてに出ないところで地道に幕府の〝陰御用〟をつとめた崇伝の実績を、家康は高く評価しているのである。

「京都所司代の板倉勝重と連絡を取り合い、よきにはからうように。朝廷の内情は、そなたと勝重が、いちばんよくわかっているであろう」

「ははッ」

崇伝は平伏した。

菓子皿の干し柿を、家康はふとい指先でつまんで手に取り、

「朝廷も腐るだけ腐れば、熟柿のように木から落ちよう」

「大御所さまは、京ではやっている不届きな落書のことをご存じでしたか」

「知っておる」

家康は干し柿をかじった。

「人が死ぬのは天命だ。わしも、いつかは土に還る日がくる。しかし……」

と、家康は干し柿のタネを懐紙の上に吐き出し、

「木から落ちた柿を、むざむざと秀頼に拾わせはせぬ。わしの目の黒いうちに、災いの芽を摘み取っておく」

「御意（ぎょい）」

「いずれ、そなたにも、駿府と上方（かみがた）のあいだを忙しく動いてもらわねばならぬ。柿が熟しきるまでに、時はそうあるまいでな」

「大御所さま……」

崇伝は顔を上げて、家康を見た。

時がないと言っているが、六十七歳の家康の肌はつやつやと輝き、壮者のごとく生気に満ちている。

（だが、たしかに人の命は、いつ果てるとも知れぬ。大御所さまも、そろそろ本気で、大坂城を潰しにかかるおつもりか……）

波瀾の時が近づいているのを、崇伝はひしひしと感じた。

「大御所さま、南光坊どのがお見えでございます」

そのとき、廊下をわたってきた家康の小姓が、下段ノ間に片膝をついて告げた。

「南光坊がまいったか」

家康はあぐらをかいた脚を組みなおした。

「そなたは、南光坊天海に会うたことがあるか」

家康が、崇伝に聞いた。

「いえ」

崇伝が駿府へ来てから、南光坊天海は家康側室のお万の方の病気平癒の祈禱をおこなうと称して、城内の五大堂に籠もりきりになり、めったに外へは姿をあらわさなかった。

そのため、崇伝は、とかく謎めいた噂のある怪僧と顔を合わせたことがない。

「ちょうどよいおりじゃ。これより幕府の宗教政策にかかわる者として引き合わせておこう」

廊下に影がさし、その人物があらわれた。

一種異様な、

——静謐（せいひつ）

なおもむきをたたえた老僧である。

クマザサをかきわけ、山をのぼっていくと、眼前にいきなり姿をあらわす山上の湖のごとき静けさが、その男の体にまとわりついている。

松襲（まつがさね）の法衣の上に、紫の大五条袈裟（けさ）をつけ、蝙蝠（かわほり）を手にしていた。

かつて本多正純が、天海を評して、

——底無し沼

のごとき人物と言っていたが、それもなるほどとうなずける、得体の知れぬ底深いたたずまいを持っている。

「こちらへ来よ、南光坊」

家康が天海をさしまねいた。

天海が御前へ進み出て、崇伝と肩を並べてすわる。

「以前、そなたに話したことがあるであろう。この者が、南禅寺の住職にして、外交僧をつとめる金地院崇伝じゃ」

家康の言葉に、天海がちらりと崇伝を見た。

皺に埋もれた、ほそい目である。

顔の色は、護摩祈禱の煙が染みついたのではないかと思うほど黒い。が、その色黒の肌に、内から滲み出すようなつやがあり、七十を超える老人とは、とうてい信じられなかった。

「見知りおかれよ」

老僧が崇伝に向かって目礼した。

声に、威厳がある。聞く者が、思わず気圧されずにはいられぬような、底響きのする声である。

（初対面から、相手に呑まれてなるものか……）

崇伝は威儀をつくろい、天海に一礼した。

ひととおり挨拶がすむと、天海は横にいる崇伝のことなど忘れたように、家康のほうに顔を向けた。

「本日は、大御所さまに、願いの儀あって参上つかまつりました」

「おう、何じゃ」

「京の方広寺大仏殿の件、かねてよりの相談どおり、話をすすめてもよろしゅうございましょうや」

天海が、家康を上目づかいに見て言った。

「申すまでもなきこと。すべて、御坊のよきようにとりはかろうてくれ」

「されば、さっそくに豊臣家へ話が通るようにいたしましょう」

「手間をかけるのう」

崇伝はあとで知った話だが、家康は天海と語らい、大坂城の豊臣秀頼に方広寺の大仏殿を再建させる話をすすめていた。

方広寺は、かつて太閤秀吉が、豊臣家の菩提寺（ぼだいじ）として京の東山に建立したものである。寺の大仏殿には、奈良の大仏を模した高さ六丈三尺（約十九メートル）の盧遮那仏（るしゃなぶつ）が安置されていたが、火災に遭って焼失していた。

大仏殿の再建には、当然、莫大な金がかかる。しかし、方広寺が豊臣家の菩提寺である以上、秀頼が断ることはない。

これも、徳川幕府による豊臣家の軍資金浪費政策の一環であった。

「それから、関東における天台宗総本山創建のお約束。ゆめゆめお忘れなきよう」

天海がつづいて、念を押した。

「その儀なれば、江戸の秀忠に命じ、適当な地を探させている」

「は……」

「南光坊の申すとおり、江戸が武家の都となったるうえは、京の鬼門をまもる比叡山延暦寺のごとき鎮護の寺を建てねばならぬ」

「御意」

「たがいに、老い先短き身。約束は、早いうちに果たさねばならぬのう」

「なんの」

天海は声を立てずに笑い、

「大御所さまも愚僧も、常人より強い運気の星の下に生まれておりまする。天命はまだまだ、尽きますまいぞ」

「言うわ」

家康が、これも声をあげずに顔だけで笑った。

ふたりの老人の会話をはたで聞いていて、

（妙な……）

崇伝は、喉に小骨が刺さったような違和感をおぼえた。

家康の態度は、崇伝に対するときとはあきらかに異なって見える。もっと親しげな、長年の旧友に対するがごとき、気心の知れた口ぶりである。

聞くところによれば――。

家康がはじめて天海に会ったのは、いまから二十年近く前、豊臣秀吉による小田原北条攻めのころであったという。

その後、関ヶ原合戦のさいには、家康ひきいる東軍方の戦勝祈願を江戸の神田薬師堂でおこなったものの、天海はとりわけ目立つ存在ではなかった。

その天海が、家康の側近として台頭するようになったのは、昨年起きた比叡山内での揉め事がきっかけである。

比叡山の大衆（僧兵）たちが、山を二分してあらそい、ついには武力闘争にまで発展しそうになった。この危機を見かねた施薬院宗伯（比叡山中興の祖、施薬院全宗の養子）が、駿府の家康に訴え出て、ことはおおやけになった。

家康は、武州川越の喜多院にいた天台宗の僧侶、天海に、

「山内の騒動を鎮めよ」

と、命じた。

家康の下命を帯びて比叡山に乗り込んだ天海は、みごとに役目を果たし、以来、比叡山延暦寺の事実上の支配権を握るようになった。

わずか一年前の出来事である。

家康は、比叡山の騒ぎをおさめた天海の手腕に惚れ込み、駿府へ呼び寄せてみずからの側近とした。天海に、幕府の宗教政策をまかせようという意図があった。

（しかし……）

と、崇伝は思う。

家康がなにゆえ、天海をここまで信頼するのか、崇伝にはいまひとつ釈然としない。

徳川幕府のために、陰で汗を流してきた崇伝自身とはちがい、天海の政治手腕は未知数である。

（たかだか、比叡山内の喧嘩をまとめただけではないか。加持祈禱にしたとて、まことに効験があるかどうか、知れたものではない……）

それを、にわかに重用しはじめた家康の真意は、

――謎
であった。

「南光坊天海、並びに金地院崇伝」

家康がふたりの僧侶を見下ろして言った。

「その方ら両名に、これより、幕府の寺社にかかわる政策いっさいをまかせようと思う。どうじゃ」

「ご下命とあらば、よろこんでつとめさせていただきます」

崇伝は平伏した。

天海も無言のまま頭を垂れる。

「南光坊は、天台宗、真言宗など、密教にかかわる諸寺院を統括せよ。金地院は五山をはじめとする禅門を従えよ。諸寺の朝廷色を一掃し、幕府の威光がすみずみまで行きわたるようにするのだ」

「ははっ」

崇伝は全身の毛穴が引き締まる思いがした。


今日でも事情は同じだが、宗教政策というのはきわめてむずかしい。

とくに、この時代には、寺社はまだ強い独立の気風を持っているため、なおさら統御は困難であった。

かつて、中世の日本には、三つの大きな権力が存在した。

「武家」

「朝廷」
「寺社」
である。
その三つは、たがいの権益はおかさず、それぞれ独立した勢力を保っていた。
独自の武力を擁し、広大な領地を持つ寺社に対しては、武家や朝廷も、みだりに口出しすることができなかった。寺社領で何か事件が起きれば、裁きは彼ら自身の手でおこなった。
わが国で最初に、この壁を突き崩そうとしたのは、
――天下布武
を旗印にかかげ、天下統一をめざした織田信長である。
信長は、
比叡山焼討（対天台宗）
石山本願寺攻め（対一向宗）
伊勢長島の合戦（対一向宗）
高野山攻め（対真言宗）
と、宗教勢力との対決をつぎつぎにおこなった。完璧なる天下支配をめざす信長にとって、それは避けて通れぬ道であった。

対する寺社勢力は、徹底抗戦。日本史上まれにみる、血で血を洗う凄惨な戦いが繰り広げられた。

信長の覇業を継いだ秀吉の時代になると、寺社勢力はやや衰えをみせ、以前のような正面きっての大合戦はなくなった。わずかに、鉄砲術にひいでた根来寺(ねごろじ)の衆徒が抵抗をみせ、秀吉によって焼き討ちされただけである。

家康の世になって、寺社勢力は鳴りをひそめ、一見牙を抜かれたかに見える。

しかし、彼らの独立の気風は根強く残っており、これを手なずけることが、幕府にとって頭の痛い仕事となっていた。

(厄介なのは、寺社の多くが朝廷と結び、幕府の権威などみとめておらぬことだ……)

崇伝の属する禅門でも、住職の任免は帝の勅命によっておこなわれている。また、僧侶として最高の名誉である紫衣も、勅許(ちょっきょ)によってあたえられていた。

天台宗の総本山、比叡山延暦寺にしても、事情は変わらない。

比叡山の最高位、

――天台座主(てんだいざす)

は、宮家や五摂家の者が任じられるさだめになっており、朝廷の影響力は大きかった。

しかし、禅宗や天台宗などはまだいい。

彼らは仏法を守るという大義名分のもと、

——王法

すなわち、政治権力との結びつきを否定していない。彼らを牛耳るためには、従来の朝廷色を排除し、かわりに幕府の色に染めていけばよいのである。

さらなる難問は、

《一向宗》

《日蓮宗》

を、いかに幕府の支配下に置いていくかであった。

彼らは、王法が仏に口出しすることを毛嫌いしている。いや、毛嫌いどころではない。彼らが信仰する〝仏〟こそが唯一絶対であって、いかなる俗世の権力の介入もゆるそうとはしなかった。

加うるに、

《天主教（キリスト教）》

という異国渡来の、手ごわい宗教勢力もある。

それらを、すべて幕府に従わせるのは、なみたいていのことではない。

（とりあえず、禅門の禁裏色をうすめ、幕府の支配下に組み入れることからやっていかねばなるまい）

崇伝は、横にいる天海の表情をちらりと見た。

気負いたつ崇伝とはうらはらに、老僧は平然としている。

（どういう男だ、南光坊天海とは……）

ともに家康の下で働く同僚とはいえ、どこまでも得体の知れぬ怪人物である。

崇伝と同じ世代で、気心の知れた本多正純などとはちがい、

（うかつには、肚を割って話ができぬ）

崇伝は天海に警戒心を抱いた。

いまのところ、崇伝は禅宗の実力者、天海は天台宗の実力者という棲み分けができているが、江戸幕府の世において、宗教界の頂点に立つ者はただひとりであろう。

いずれ、天海とは、

（雌雄を決せねばならぬ日が来る……）

そんな気がした。

とはいうものの、天海はすでに、七十をゆうに超えた老僧である。先は知れている。

雌雄を決するという自分の予感が、まさか現実のものになるとは、崇伝はこのとき本気で思っていたわけではない。

年が明けた、慶長十四年。

崇伝は、いったん駿府を離れ、京へのぼった。

五日かけて東海道を西上し、粟田口（あわたぐち）の日ノ岡に立ったとき、懐かしい京の都が目の前

にひろがった。

南禅寺の黒瓦の屋根が、絹糸のような春の雨に濡れていた。

（下巻に続く）

黒衣の宰相　上
徳川家康の懐刀・金地院崇伝

朝日文庫

2022年12月30日　第1刷発行

著　者　火坂雅志

発行者　三宮博信
発行所　朝日新聞出版
〒104-8011　東京都中央区築地5-3-2
電話　03-5541-8832(編集)
03-5540-7793(販売)
印刷製本　大日本印刷株式会社

Published in Japan by Asahi Shimbun Publications Inc.
定価はカバーに表示してあります

ISBN978-4-02-265079-5

伊東　潤
平清盛と平家政権
改革者の夢と挫折

武家政権の礎を築いた清盛の人物像や公家社会と武士の関わりなど難解な平安末期を、歴史小説作家ならではの観察眼で描く。《解説・西股総生》

永井　路子
源頼朝の世界

鎌倉幕府を開いた源頼朝。その妻の北条政子と弟の北条義時……。激動の歴史と人間ドラマを描いた歴史エッセイ集。《解説・尾崎秀樹、細谷正充》

本郷　和人
日本中世史の核心
頼朝、尊氏、そして信長へ

中世を読み解く上で押さえておきたい八人のキーパーソン列伝。個々の人物を描き出すことで、濃厚でリアルな政治史の流れが浮き彫りになる。

本郷　和人
暴力と武力の日本中世史

史上初めて、幕府「武」が朝廷「文」を超えた！天皇から幕府へ――。暴力による平安・鎌倉の大転換期を読み解く。《解説・本郷恵子》

本郷　恵子
室町将軍の権力
鎌倉幕府にはできなかったこと

鎌倉幕府は全国政権に押し上げられたために滅亡した。尊氏・直義から細川頼之、そして義満へ。将軍権力の変遷を読み解く。《解説・本郷和人》

日本史史料研究会監修／呉座　勇一編
南朝研究の最前線
ここまでわかった「建武政権」から後南朝まで

建武政権・南朝は、前後の時代と隔絶した特異で非現実的な政権ではなかった！一次史料の検証により、その先進性、合理性、現実性を解き明かす。

朝日文庫

日本史史料研究会編
信長研究の最前線
ここまでわかった「革新者」の実像

「楽市楽座」は信長のオリジナルではなかった！信長は朝廷との共存を望んでいた！一次史料の検証により、従来の信長観が一変する一冊。

堺屋 太一
鬼と人と（下）
信長と光秀

信長から領地替えを命じられた光秀は屈辱に震える。両雄の考えのすれ違いは本能寺で決着を見るが、信長は、その先まで見据えていた。

堺屋 太一
鬼と人と（上）
信長と光秀

天下布武に邁進する織田信長と、その忠実な家臣足らんとする明智光秀。両雄の独白形式によって、互いの心中を炙り出していく歴史巨編。

網野 善彦／鶴見 俊輔
歴史の話
日本史を問いなおす

教科書からこぼれ落ちたものにこそ、この国の未来を考えるヒントがある。型破りな二人の「日本」と「日本人」を巡る、たった一度の対談。

岡 潔／司馬遼太郎／井上靖／時実利彦／山本健吉
岡潔対談集

根強い人気を誇る数学者にして随筆家初の対談集。碩学たちと語らう歴史・文学から哲学・宗教・美術・俳諧まで。講演「こころと国語」収録。

新渡戸 稲造著／山本 史郎解釈
武士道的 一日一言

英語で『武士道』を著し世界を驚かせた新渡戸が日本人に向けて記したベストセラー。日々一節、三六五日。滋味深い文章に自ずと背すじが伸びる。

朝日文庫

細谷正充・編／宇江佐真理／北原亞以子／杉本苑子／半村良／平岩弓枝／山本一力／山本周五郎・著

情に泣く

朝日文庫時代小説アンソロジー　人情・市井編

失踪した若君を探すため物乞いに堕ちた老藩士、家族に虐げられ娼家で金を毟られる旗本の四男坊など、名手による珠玉の物語。《解説・細谷正充》

細谷正充・編／池波正太郎／梶よう子／杉本苑子／竹田真砂子／畠中　恵／山本一力／山本周五郎・著

おやこ

朝日文庫時代小説アンソロジー

養生所に入った浪人と息子の嘘「二輪草」、歌舞伎の名優を育てた養母の葛藤「仲蔵とその母」など、時代小説の名手が描く感涙の傑作短編集。

今井絵美子／宇江佐真理／梶よう子／北原亞以子／坂井希久子／平岩弓枝／村上元三／菊池仁編

江戸旨いもの尽くし

朝日文庫時代小説アンソロジー

鰯の三杯酢、里芋の田楽、のっぺい汁など素朴で旨いものが勢ぞろい！　江戸っ子の情けと絶品料理に癒される。時代小説の名手による珠玉の短編集。

朝井まかて／安住洋子／川田弥一郎／澤田瞳子／山本一力／山本周五郎／和田はつ子・著／末國善己・編

いのち

朝日文庫時代小説アンソロジー

江戸期の町医者たちと市井の人々を描く医療時代小説アンソロジー。医術とは何か。魂の癒やしとは？　時を超えて問いかける珠玉の七編。

細谷正充・編／青山文平／宇江佐真理／西條奈加／澤田瞳子／中島　要／野口　卓／山本一力・著

なみだ

朝日文庫時代小説アンソロジー

貧しい娘たちの幸せを願うご隠居「松葉緑」、親子三代で営む大繁盛の菓子屋「カスドース」など、ほろりと泣けて心が温まる傑作七編。

細谷正充・編／朝井まかて／折口真喜子／木内　昇／北原亞以子／西條奈加／志川節子・著

わかれ

朝日文庫時代小説アンソロジー

武士の身分を捨て、吉野桜を造った職人の悲話「染井の桜」、下手人に仕立てられた男と老猫の友情「十市と赤」など、傑作六編を収録。